2021中国年度　精短散文

葛一敏　主编

漓江出版社
·桂林·

目 录
contents

我，世界

心中宛有当时在

满窗明月

我，世界

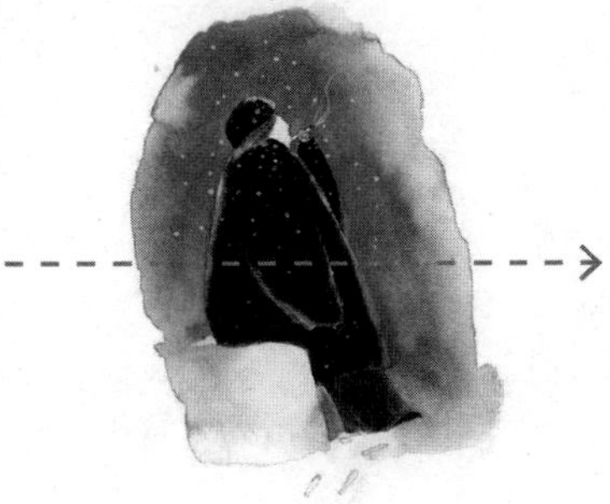

作为哪吒的文学

李敬泽

今天的主题是“心如原野，文学无界”。文学是不是无界的？我觉得当然有界，宇宙都有尽头，文学怎么会没有边界？但这文学的边界、这宇宙的尽头是变动的，可能在你家门口，或者在铁岭，或者是喜马拉雅山，或者是在火星。我们必须在身体上在人心里，在地上和天上不断探索、指认文学的边界。

刚才我们听了一场关于文学之“无界”的脱口秀。黄平说今天的文学太拿自己当艺术，我深有同感。他主要是在讽刺作家，我还想讽刺一下评论家，我们的评论家也太知道什么是文学，太知道什么是好小说。我们对此太知道了，脱口而出，但不是脱口秀，是顺口溜，我们太像一个对生活和世界了如指掌的中年大叔，几杯酒下肚就在自己的经验和习惯里嗨了起来。自 80 年代以来，我们建构起纯文学的自律性，本来也是匆匆忙忙，各种凑合将就，日子长了就成了习惯成了顾盼自雄顾影自怜，成了傲慢与偏见，结果就是太拿自己当“艺术”。这样的所谓艺术不是活的艺术，是非物质文化遗产，这样下去我们的这个纯文学大概率会变成昆曲，兄弟姐妹坐一圈喝茶吟唱。我现在也学几句昆曲，清拍而已，唱得不好。昆曲很艺术、太艺术，行腔走板，差一点儿都不行，林黛玉进贾府，知道他们家规矩大，一步不能行错，于是乎昆曲变成了遗产。但是文学不能这样，文学必须是活的，文学要向时代、历史和变动不定的人类生活人类经验开放，文学不能自律起来、封闭起来，不破不立，又破又立，破字当头，立在其中，文学永远要在它所不是中体认它自己是什么。

这个道理当然不是我的发明，大家都明白。大道理明白，落到实处落到家常日用就未必明白。所以，我们这些批评家也很拧巴，谈文学谈小说，总体上说、概括地说，大家都是种种不满，不满意、不满足。但碰到一个个具体作品，那都是好，各种好，这叫个别表扬与普遍批评相结合。我们的头脑里有一个自律自足的文学“理想国”，虽然柏拉图不喜欢诗人，但我们还是像柏拉图那样想问题。然而特别拧巴的是，我们是现代人，我们的“理想国”、我们的城邦里预设着变革和创新，这种变革、创新几乎是文学的合法性之所在，所以，我们必须在一个普遍性视野里释放我们关于变革和创新的焦虑，然后，在回到个别性的时候，我们已经放松下来了，我们回到了那个家常日用的舒适区，我们看不见那些让我们不舒适的东西，甚至能够抵达我们眼前的都注定是让我们舒适的东西。批评如此，文学期刊也是如此。

所以，我们也要警惕，我们是不是在很舒适地谈论“无界”。比如很多朋友谈到了文体问题，似乎所谓“无界”就是文体的混杂、越界。文体固然重要，但文体上花样百出其实解决不了我们的问题，演杂技耍盘子，眼花缭乱满天盘子，最后一收势，手里还是那两个盘子，并没有多出一个。比起“体”来，更重要的是“性”，文学性远比文体重要。很多人都在谈论文学的衰微，这固然是我们大家都看得见的，但是，另有一件事大家可能视而不见，一方面是被我们现有的观念所固定的“文学”的衰微，但另一方面，是文学性的大规模泛化、扩散、流溢，文学性是水是喷泉，溢出了“文学”的坛坛罐罐，四面八方淹了一地。所以我们面对的是文学的危机而不是文学性的危机。刚才大家都在说脱口秀，我忽然想起李诞最近写了一本小说，那是绝对纯文学的，比纯文学还纯，一看就是当年文学青年里的先锋青年，加缪等托生转世。我就觉得很有意思，显然，李诞和我们是一样的，认为这个才是文学，我现在是在搞艺术，不是在搞通俗庸俗的脱口秀。他为什么不想想，勾栏瓦舍、豆棚瓜架，脱口秀里可能自有一种野的、没有被指认没有被充分赋形的文学性。他脑子里也有一个柏拉图式的文学城邦，其中是绝对没有脱口秀的，一定要把脱口秀演员赶出城门。

什么是文学性，它在哪里？在一个时代的生活、感性、想象、话语和思想中，那个文学的幽灵文学的风如何闪现和吹动，我觉得这是比文体、文类等等更为根本、更为紧要的问题。这个时代需要我们发现和发明新的文学性，需要打开城邦的门，走到广阔的原野上去。

上午的议题是“文学革命”，我发现每当触及“革命”二字的时候，朋友们都是一脸迟疑，可能是觉得“革命”二字何其激烈。我倒觉得“革命”用在这里没什么不恰当，我们党不断地自我革命，走过一百年的奋斗历程，文学有什么理由不自我革命。而且我认为文学革命的理由从来没有像现在这样迫切，只要眼光稍微放得远一点，视野稍微放得大一点，我们就能够看到，一方面承平日久，我们守着艺术的小城邦，过着安定舒适的日子；另一方面，历史已经远远走在我们前面，时代已经远远走在我们前面，文明的形态、生活的形态，已经远远走在我们的前面，最根本、最重要的是，人本身已经远远地走在了文学的前面。我们在座的所有人，如果现在就架起测谎仪问一遍，你读那么多的小说你喜欢吗？你真的喜欢吗？你真的不厌倦吗？我不知道会是一个什么样的结果。这个时代的人到底是什么状况，自我和他人和世界是什么状况，这已经不是我们已有的文学观念、经验和话语所能够应付、能够赋形和表现的，如果说，文学面临着可能的衰微，那是因为文学需要革命。

我有时很怕读我们有些作家的创作谈，我感觉他是在展示他的文学小庙，里边供着各种各样的神，也许是吧，也许那真是他的神，但是，那些神都没有见过小庙之外的世界，文学说到底也不是对这个小庙这些神负责，你又不是庙祝道士，你能不能直接面对小庙之外的星空和大地？

今天我发现，我在无意中好像炮制了不少华丽的格言，什么文学是强人的事业，文学是老狐狸的事业，对此我不打算负任何责任。现在我要提出新的格言，文学是什么呢？什么叫作心如原野，文学无界？当我们身处这样一个世界意义上、人类意义上的文明之大变的时候，为了让未来依然会有文学，我们需要什么样的品质和行动？

——我觉得，文学应该是哪吒。《西游记》里有孙悟空大闹天宫，那是革别人的命，很好。而另一方面，哪吒，这个童子这个少年是革自己的命，他抛却已有的一切，走出他的庙宇和城邦，进入广阔原野，越过种种界限，获得一个新的心。他脱胎换骨，然后在原野中，摘一枝荷花，或随手摘一枝别的什么植物，就以此作为自己的身体，获得一个新的身体。我想，这应该就是新的、投入这个时代伟大变革的文学。

选自《文学报》2021 年 8 月 19 日

自省录

陈世旭

蹒跚文字，数十年了。见识不多，教训不少。聊作记录，以诫未来。

——题记

曹禺先生一堂课

1980年，中国作协恢复文学讲习所，按序列为第五期。这一期时间很短，只有四个多月，但我们十分幸运地听到了许多前辈名家的讲课。其中，曹禺先生讲的那堂课，是给我印象最深的课之一。

此前不久，曹禺先生访问英国时看了歌剧《阿芒得斯》，那堂课他着重讲的是这部歌剧的观感。

《阿芒得斯》主题是庸才对天才的扼杀。宫廷音乐家阿沙利瑞作为一个平庸的音乐家，对音乐天才莫扎特怀有浓烈而又深沉得仿佛爱情的嫉妒和恨意。演员惟妙惟肖地再现了庸才和天才之间一场关于宽恕与嫉妒的争斗。

然而，如果仅止于此，那就只是一个平常的嫉妒故事。高潮在于歌剧的结尾：阿沙利瑞临死时，宣布自己是莫扎特的“谋杀者”！更令人震惊的是，剧终前，主角阿沙利瑞走到台前，面对整个大厅的观众，大声问：

你们谁又不是扼杀天才的刽子手？

复述这句台词的时候，坐在讲台后面的曹禺先生腾地站起，模拟那位演员，声色俱厉，抬手指着前方。

不知其他人是什么感觉，我的感觉是突然被人揭去了假面，暴露出了深藏的阴暗和肮脏。从小我就是那么自卑，心胸狭隘，暗中嫉妒一切比我强的人。之所以没有成为阿沙利瑞那样的“刽子手”，不过是因为不具备他的地位和权力。

在曹禺先生观摩的英国歌剧《阿芒得斯》中，天才莫扎特陨落了，而“谋杀”天才的阿沙利瑞也不免让人同情。见证天才的辉煌，何其有幸；生活在天才的阴影下，又何其不幸。凡夫俗子的茫然、绝望和嫉妒，撕咬着他的灵魂。作为同行，他其实是最懂也最爱莫扎特的人，可惜他自己也许并没有意识到。他的嫉妒也“扼杀”了他自己。这真是一个无解的悲哀。

曹禺先生讲的是一堂文学课，对我来说，是一堂人生课，让我认识到，嫉妒本身其实是一种仰望，而被嫉妒，则是成功的标志。许多事终非强求可得，嫉妒的人因而是可怜的，他们被追名逐利的偏执与欲望扭曲，享受不到阳光的美好，体会不了人生的乐趣。更有甚者，嫉妒作为一种心灵的疾病，会扩散到身体各处，引起种种莫名其妙的不良反应，是摧毁人性和健康的毒药。嫉妒固然有可能伤害别人，但首先伤害的是自己。

自那以后，我虽然不敢说对别人的成就绝对没有醋意，但会努力强化自己的心理承受能力。“留心嫉妒，那是一个绿眼的妖魔！”（莎士比亚）决不苦逼煎熬，傻乎乎地做伤害自己的事。

“作者简介”利弊

有一个著名比喻，将作者与作品比作鸡与蛋：读者读作品不必知道作者如何，如同吃鸡蛋不必知道那母鸡长什么样。

这个比喻很幽默，但跟所有的比喻一样不尽精确。鸡蛋吃了就吃了，的确不必知道鸡，但了解作者对理解作品还是有一定帮助的，问题只在别自我吹嘘或听任别人夸张。然而，这在实际操作中往往难以避免。

有家文学刊物发稿，要求提供作者简介。我以为自己写得足够详细了，但刊物出来后却发现编辑加上了许多虚张声势的称谓、名头，令我羞愧无地。

刊物那样做，无疑是为我好，使我那些平庸的文字得以刊行。所谓吃蛋不必管生蛋的鸡的比喻，是有前提的：要么蛋是绝对的好蛋，什么样的鸡生的都无所谓；要么鸡是人人皆知的好鸡，下的一定是好蛋。如果两者都不具备，那就只好加上尽可能多的、不着四六的名目，来广告这鸡是好鸡，使读者认为其下的蛋也一定是好蛋。

这样一想也就释然，心里并且滑过一个不无卑劣的念头：反正我是被动的，真有人信也没什么不好。此后再有这样的事，也就听之任之了。

却终于几乎当众出丑。

某次坐火车，一排三座的另外两位女士正头靠头地读一本文学期刊。我忍不住偏头瞄了一眼，她们看的正是我新近发表的一篇小说，一阵窃喜，不料，却突然听到捧着刊物的那位很尖锐的一声：这人也太没劲了，作者简介说这么多跟文学不相干的东西！另一位更激烈：不是没劲，是下作。越是写得不怎样的，越是在这些地方动脑筋。

我像遭了雷击，眼前一黑。稍稍清醒，赶紧起立溜走——那作者简介前面同时刊发了我的“玉照”——也不知编辑是从哪里找来的——笑得那么开怀那么愚蠢。

离开座位的时候我两腿发软：但愿她们没有认出我，或者认出了只是骂骂而已，不要当众揭发。

从此，再遇到必须刊发“作者简介”的要求，我绝对坚持由我本人提供文字，对方可以删，不可以加。然而，这样的固执还是会有完全相反的结果。

客居异乡后，一位认识我的当地同行看我拿欠发达地区工资在发达地区过日子，好意帮我，推荐我参加当地一个基层文学社团的评奖工作。主办方为了证明评委的资格，需要公布评委简历。他们觉得我提供的资料过于简单，不足以与评委之职相称。因为我坚持不肯增加内容，推荐我的那位朋友很生气。

人家请你，是看得起你。你既然接受了，就有义务支持人家的工作。希望评委简历详尽，是为了证明评委会的权威性。你那样做，除了让已经提供详尽资料的其他评委难堪，说穿了，还不就是想显得自己单凭名字就可以走遍天下！就算我不这么看，别人也会这么认为……

我张口结舌，无从解释，只能敬谢不敏，退出评委会了事。

那笔本来可以到手的评委费虽然说不上多么丰厚，但好歹是一点福利，事后不免心疼。但权衡利弊，觉得朋友说的“想显得”只是一种推测，比起直截了当的“是下作”来，还不致太难以忍受。

读者的视野

先天才华和后天修养的缺失，让我的写作始终步履维艰。《小镇上的将军》发表之前，我写过十几个短篇，除了一两篇在地方报刊发出，大多成了废纸。用差不多一年的时间写的《小镇上的将军》，发表前也先后被两个刊物退稿。获奖作者座谈会上，大家聚精会神聆听大评论家冯牧先生讲话。我头一次参加这样的会议，诚惶诚恐。忽然听到他点我的名字，以为会有“新秀可喜”一类夸奖，听到的却是：据说，他写了《小镇上的将军》后，就再也写不出东西了。

我当时受到的冲击无法形容，说是痛不欲生亦毫不为过。

冯牧先生的“据说”，显然反映的是一种普遍的舆论。他在这样的公开场合说出此言，表现出对一个青年作者的殷切期望，恨铁不成钢。只是他没有想到，对一个来自遥远乡镇、从未见过大世面的极其脆弱的心灵，这是一种几近毁灭的打击。

“再也写不出东西了”像一句魔咒，一语成谶。

成名作即是代表作。我最终也没能爬出这个让人深怀恐惧始终不甘的陷阱。

想要爬出陷阱的愿望是如此丧心病狂。小说一旦刊发，就眼巴巴地注意有没有评论，会不会被转载。热心的朋友推荐评奖，我口里忸怩作态，实际半推半就。写文章说只问耕耘不问收成，心里却饥渴着奇迹的发生。《裸体问题》出版后，出差北京的同事回来转告，中国社科院文学所的《文学评论》让你请评论家写个评论在他们那里刊发。我大喜过望，立刻给只有一面之缘的李洁非先生打电话，劳他大驾。他很仗义，文章很快写出，但《文学评论》一头雾水：根本就没有人约过《裸体问题》的评论。同事的转告无疑出于好意，可笑的是我根本没有核实就信以为真。

很长一段时间，外界的所有响动，跟自己有关无关，都有可能让我心惊肉跳。

刚学会电脑，无聊上网，忽然发现一个文学网站对我的介绍，生辰八字之外，关于我的写作就一句话：

文字朴实没有趣味。

一个正常人，对这样的评论，正确的做法是努力让自己的文字有趣，但我的做法是设法让网站别说我“没趣”。

拐弯抹角打听到这个网站在辽宁，赶紧给辽宁的名家刘兆林去信，请他帮忙找找这家网站的负责人，看看能否删去这八个字，或者至少是后面四个字。

我的理由振振有词：网站应该秉持客观立场，引述各种见解，不宜直接评判。

这样的本末倒置，结果当然是让自己更加没趣。

我不得不接受难堪的事实，写了长文《平庸的生活和平庸的写作》，老老实实承认自己的平庸。

这种平庸其实从一开始就已定型。一切在莫大程度上为基因所决定，难以改观。即使因为偶然因素凑巧获奖的作品，在专业范围的认可也是相当有限的。而今，我专业写作快一辈子了，或有进步，但退稿依旧是常事。编辑部不到万不得已，决不会退他们自己约的稿。虽然可以拿取舍眼光不一来安慰自己，但也说明作品没有达到公认的水准。近年因为微信的方便，读到阿城、储福金、肖克凡的中短篇，他们选材不以时胜，叙述唯重生活本身的固有韵律，从容、流畅、圆熟，让我看出自己与真正的小说艺术还相距甚远。

有一次参加一家出版社的活动，同车的几位男女青年作家、编辑、记者对我一无所知，很奇怪出版社怎么邀请了这么个不相干的人来。我背过身去，默默听着他们的窃窃私语，很后悔接受了这次邀请。一个写作者连圈子里的人都不知道，也就是那首著名的诗说的：有的人活着，他已经死了。

但我的心没有死。

2014 年，距冯牧先生那次讲话三十四年后，我刚杀青一个长篇。在一次通电话时，我顺便告诉一位正值创作盛期的新锐作家，暗自期待一声祝贺，没想到对方突兀地说：怎么写你也不在读者的视野了。

这位作家是个实在人，心直口快，以他的敏感，很容易就听出了我的嘚瑟。尽管话很直率，却是善意的提醒。后来的事实证明他说得一点不错。那个小说出版后，一位在深圳某企业当头儿的朋友邮购了一百本，用于企业文化活动。一年后，那位朋友很尴尬地跟我说，那堆书一直原封未动，无人问津。我赶紧找了一位大学毕业分在当地工作的小老乡，开车拉走处理了事。

对于一个写作者，有什么比这更悲哀的呢？写作的终端不在完稿，不在刊发和出书，而在读者。希利斯·米勒说："文学是通过读者发生作用的一种词语运用。"没有读者，前面做的一切都是瞎耽误工夫，不过是给朋友添麻烦、给社会添垃圾而已。

不时听到对过气写作者的奉劝：生命力、创造力枯竭了，就该"歇菜"了。更有一种激愤观点认为：作家不伟大，就一定无耻。

写，还是不写？成了一个哈姆雷特式的问题。

在微信中与文友谈起，《北京文学》的晓升兄颇不以为然：你写你的，管人家说什么！

仿佛是在疲惫不堪的沙漠跋涉中遇到的一泓甘泉，直沁心脾。

是啊，写作是个人权利的一种。一百多年前的外国文豪就说过，大狗叫，小狗也叫。小狗叫有什么可非难的呢？只有千方百计不择手段地争取非分的荣誉，非要钻进大狗之列不可，或者干脆自封甚至冒充大狗，才是无耻。

这样想着，我又坦然。只要还有一家刊物约稿，我就不必放弃写作。如果哪天没有稿约了，我依然可以把文字当作不离不弃百依百顺的情人，倾情相与，直到荷尔蒙耗尽。古往今来世上的所有写作，并不一定都为光宗耀祖，也不一定都为稻粱谋，更不是每个人都有资格奢望功勋牌或是垫棺材的砖头，登上金榜，载入史册，有故居有纪念馆，被今人和后人研究和瞻仰之类。有些仅仅是一种痴迷，一种消磨，一种性情，一种内心的抒发。一个写作者即便不在读者视野，终至被读者完全遗忘，也至少会有一个绝对忠实的读者，那就是他自己。

结　语

从十余岁下乡谋生，每天田间地头、灯下床上折腾文字算起，投身文学，近一甲子了。虽然无可自矜，所幸终日矻矻，与文学相伴了一生。曾与朋友谈及一同起步的同行许多已巍然成为参天大树，朋友叹息我们才情有限，最多算棵草而已，很没劲。我同意他的比喻，却不同意他的自卑。没有长成参天大树，长成了草，也是文学原野上的生命。而且，一粒种子，能长成一棵草，生动地活着，其实也并不容易。参天大树不是一天长成的，草又何尝不是？天时地利人和，一样不能少。不说社会历史那么高大上的原因了，仅仅是为了帮助一个写作者安于平凡，心无旁骛，坚持写下去，文坛多少良师益友就不知付出了多么良苦的用心，给予了多么宽广的包容。

看过《文学自由谈》2021年第1期刊发的我的《自省录》，反应不一。好心的朋友觉得人无完人，不必过于苛责，有些失误无足轻重，专文提及，反而过犹不及；也有人批评为故作姿态，玩深沉，刷存在感，状若乞丐，自我打脸引人注意。

我感谢朋友的温暖体贴。至于笑骂，姑且理解为人性的一种。我所指望的，只在日子能尽可能单纯，内心能尽可能清静，放下种种人生负累，自我解脱。

一个写作者最大的负累，莫过“功名”二字。放下对功名不现实的企求，是万缘放下之始。人生固应有高远的抱负，但在阅历相当后，也应有相应的清醒。检点自己，如同搓澡去垢，写作就或许有可能成为一种轻松愉悦的精神运动。

如此而已。

选自《文学自由谈》2021 年第 1—2 期

当旅行成为一种习惯

乔　叶

旅行于我而言，现在已经成了一种习惯。这种习惯的形成，是写作带来的重要福利：都是采风活动。采风就是工作，工作就是采风。食住行都不用考虑，只跟着主办方定好的行程走就是了。

这些年走的地方很多，新疆的戈壁、沙漠和雪山，内蒙古的草原、森林和河流，秀美之江浙，大美之青藏，粗犷美之东北，浩渺美之南海……走的地方越多，就越是觉得这个世界真大啊。

世界越大，我就越小。越小的感觉就越好。

好在哪里呢？

我是一个不重要的人。在我生活的地方，我似乎是重要的，是重重关系网上的一个结点，许多事仿佛都缺我不可似的。这真是一种幻象。事实是我离开后，以我为结点的那个世界依然在很好地运行着——那张网经常会漏的，漏了就会有补的。网依然在，铁打的网，流水的结点。“多我一个不多，少我一个不少。”这种认识是很残酷的，多次认识、反复认识之后就感觉不到残酷了，有什么可残酷呢？不过是常识。

我是一个很轻微的人。重要的人在旅行的时候也是重要的，不重要的人在旅行的时候就更不重要。在名为采风实为旅行的过程里，免不了要在各种场合露一下脸，露脸的时候免不了需要排一下序。序首绝不会有我，接近末梢处倒常常是我的熟地。在序首和末梢之间，我所做的就是鼓掌、微笑，至多只是说几句话占用一两分钟时间，打个浅浅的酱油。甚至连酱油都不想打的时候，还可以随便找个借口逃会。上个网啊，找服务员聊个天啊……此时就会有一种羽毛的轻盈感升腾起来，也因此特别惬意。

我是一个很陌生的人。平素的生活圈里，走到哪里都是熟人，虽然没做什么坏事，可是碰到熟人，就不免敷衍应承，问候寒暄，亦不免因此油然生厌，心生不爽，所以我一年也不逛几次街，更不逛超市。而旅行的时候，便干干脆脆地做一个再纯粹不过的陌生人。一个人故意落着单，摘摘花，踢踢草，招招猫，逗逗鸟……看着孤零零的，很可怜的样子吧，可我的舒服我知道。这个时候，随便做点什么都是好的呢。

我是一个很沉默的人。日常的语境里，虽然也常常不想说话，可若是太沉闷就会让别人生疑惑，有歧义。唯有旅行的时候，我想少说话就少说话，想不说话就不说话。不和蔼可亲，不善解人意，不随声附和，不凑趣逢迎。我成了一个各色的、别扭的女人，也成了无比简单的我自己。

不重要的、轻微的、陌生的、沉默的……这种状态中的我，旅行就不仅是新鲜，不仅是长见识，而是真正的放松、放空、放下——我是多么喜欢这种状态中的自己啊。这才像我呢，这才是我呢。享受着这种喜欢，看什么风景就都成了好景。

当这样的旅行成为一种习惯，和自己独处也便成为一种习惯。

我无比由衷地觉得，这真是一种好习惯。

选自《文艺报》2021年6月2日

花骨朵破胸而出

葛水平

单为了思念起一种颜色，那一份好和俏丽，都在耐得住寂寞下盛开。好，隔着旧时光，它竟是华丽。一张红绣帷幔的檀香木床上，早晨的第一声鸡鸣推醒了她，手环和颈前饰佩叮当，伸一个懒腰，在幽暗的晨光中，所有是静止的，风从一个缝隙挤进来，又从一个缝隙挤走。

时光的伤痕像冬眠的蛇，或被一场雨敲醒，舔着长舌向脚前匍匐而来。你可以不知道你是谁，但不可以不知道自己喜欢。那样的意趣，只能在古典小说里了。一直喜欢老绣，比喜欢一个人更让我心仪。尤其是喜欢女子穿一片贴胸的肚兜，外罩一件披肩。初秋走在林子里，风像辽阔的秋叶，缓缓拨动那女子的头发，生活在时间的那一边，那一份藏着，这个好也叫出色。

肚兜早时称“亵衣”。“亵”意为“轻浮”，有“挑逗、勾魂”之意。悄没声息的喜悦，勾，或者魂，有许多风情，叫你去黏。我在夜晚走进一间保存完好的老屋，是一位古人的书房，有月光把心灵上的尘埃擦洗得干干净净，一些前尘往事在朦胧的光影下水一样晃动。我想象发黄的线装书，一介书生，三两点墨痕，绣帕如雀，荡起了廊檐下一树尘影，一种背景下的氛围，我穿梭在时光中像鬼狐一样，抬头四望，无奈而寂寞。

什么是一场风花雪月啊，有比红绣银白，更能泛滥时间暗淌的泪滴吗？

汉朝开始，平织绢开始用作常用的内衣面料，其上多用各色丝线绣出花纹图案，满工绣，把俗世的美意融进锦缎里，成为寓意的一部分。风华绝代，季节都开在胸口了，也只有中国的女子才有如此风情。

到了唐代，出现了一种无带的内衣，称为“诃子”。唐，就那样，一直蛰伏在历史深处，因为有杨玉环，唐，也许该是一个动词。杨玉环能从俗世中脱出来，与“诃子”有极大的关系。也是大唐外衣的形制特点所决定的。那时的女子喜穿“半露胸式裙装”，露，就算有风来，只要不那么鲁莽，悬着的双乳也只在“诃子”上荡几下，之后，安静端坐，聆听春歌。

透明的罗纱内若隐若现，因而诃子的面料是考究的，色彩缤纷，常用的面料为“织成”，挺括略有弹性，是手感厚实的麻料。穿时在胸下扎束两根带子即可，“织成”保证“诃子”胸上部分达到挺立。杨玉环在大唐占有着空间最重要部位，写她的文字始终呈现着永久，附带着的大唐奢靡、诡异，全都是因为“诃子”的暗香袭人啊。

风华正茂时武则天活在衣服里。金花红袄是她一抹机巧的显露和召唤，也是她的主要手段。

说到宋代，宋代把肚兜喊为“抹胸”，穿着后“上可覆乳下可遮肚”，整个胸腹全被掩住，因而又称“抹肚”。平常人家多用棉织品，俗称土布，贵族人家用丝织品，绣花，花开富贵。宋比唐瘦了一圈，或许是因为“抹胸”？不要那么多繁盛，像宋徽宗的瘦金体，只是一种雅趣。宋代把抹胸穿得最有雅趣的是李师师。传言是古老生活的轨迹。幸好悄掩着的沉重的木门扇，入睡前已经用麻油把吱吱响的门闩涂了一下，才有了文字里的春夜。“并刀如水，吴盐胜雪，纤指破新橙。锦幄初温，兽烟不断，相对坐调笙。　　低声问向谁行宿，城上已三更。马滑霜浓，不如休去，直是少人行。”急促的短暂，由一片抹胸抹紧了被无限感动的那一刻。

元代叫“合欢襟”。仔细品，有一些些艳俗，可叫人想入非非，是媚惑，更是手段。仨字组合得真好。不妨想象一下，审美经验和生命态度下的情趣，是关乎生命最高秘密的隐喻和福音。合，欢，襟。“生命”终归是“动物性”狂欢。

也只有清代才把它叫了“肚兜”。棉、丝绸，系束用的带子并不局限于绳，富贵之家多用金链，中等之家多用银链、铜链，小家碧玉则用红色丝绢。那是由颈部滑下的曲线，沿肩往两侧顺畅而下，与腰线到骨盆处向外那种圆弧状构图有上下辉映之美，肩颈处微微看到锁骨，隐隐有一种风姿。像曲折幽深的花径，低调的张扬，因为它携有无所不在的繁华。

黛玉的衣着在《红楼梦》里少有具体描写，世人似乎都喜欢她那灵性。我总觉得好像她的衣衫是没有颜色的，只是简洁的一种布，纤腰一搦，樱桃小口里吐出的尽是尖酸刻薄。我喜欢看绣在布和绸缎上的花花草草，但也只是喜欢看，说细了，其实是在那里像读书一样读绣在上面的心情。寻常花草、日常物事，一些些逸出，一些些阴幽，一些些深情，一些些洇出的小颓废，花语心影，缱绻醉意。绣是养眼的物事呀，养心，养情，养命中的俗事。

花瓣的质地，是用语言形容不来的。而它的鲜艳，我只好说它像花朵一样鲜艳。

绣有夕阳的寂静之味。秋天了，光照的草地露珠烁烁。不要跟秋天说话，只看炕边、枕上、墙体吉祥的绣，有图必有意，有意必有吉祥。离尘世无比远，我忘了我是谁。那份心情炊烟般散散落落舒缓，一读一千年。好么！

好的绣品是拨动清水的手，一针一针扎出来的，一种丝线，是一种情感，几种情感重叠在一起，就出了浪漫的效果。南方的女红和北方的女红有很大区别（原谅我，我说的女红是只指丝线绣品，古典的）。南方叫“刺绣”，北方叫“扎花”。南方的绣品大都细腻温润。锦绣风景在一方绣床上，刺绣人脸上浮泛着一些暧昧。一块丝质的底布就这样在时间中一点一点地温柔起来。南方的刺绣有一种喧嚣世界的宁静韵致，贤淑得美丽，安逸得幸福，也让在外做事的男人，越发地有了做事的感觉，正如对于以往温馨事件的渴望。儿女们在这种氛围中成长，个个都干净清爽，个个都俊秀飘逸。这都是南方女红真性情中恩养出来的。因此，被恩养出来的男人大都看上去很精明，而且精明中有一点儿挑剔的婉转，这也是观看女人的绣品，咂摸出来的。嫣红姿影，春也罢，秋也罢，她不会为取悦俗世红尘而改变性情，任你蓄意也好，无意相逢也罢，顶多只给你满眼惊艳，自在轻飘的栖止，相知相惜。

北方的扎花就不一样了。南方的一个“刺”字是一种滋味儿，可北方的“扎”

是一种“痛”，这种痛从一开始就注定与生活情绪血肉相连。一个“扎”字可能是光明，是和煦的风儿，可能是咸如海水的苦。因此，北方女人的扎花是俗世的，热情满怀。北方女人做女红不用绣床，连绣花绷子也不用，绣什么，就在物件上扎什么。北方女人把一年两季的蚕茧卖掉，剩下那些粘着谷草的懒散的末梢子儿，晚上取下来煮了，抽出丝，用颜色染出黄绿蓝等，凉透了在指间缠绕成一把一把的小绺，粗细不均珍藏在包袱里，用时拿出。

或一个肚兜，或一双鞋垫，或男人出门在外体己的钱夹，带着欢喜吉庆，大都花花绿绿，没有内敛的风格，对比鲜明，如北方女人的相思——要惦记，要相扶，要呵护，要不惜一切争得。大红大绿是激情高亢，是恒久的期待，是乡间地垄上的日头，历经一生，似无终极。被扎花扎出来的儿女们，感情也是大起大落，心灵坦诚而不虚伪，直出直入，挺胸拍肚十二分热情。因此上北方的好男人，大都质朴劲勇，趋险耐劳。社会上常有镖客拳技之勇，好讼轻生，呼朋引类，动辄拜兄，对女人也就多了份拳脚呵护。

世界万物都没有再走回来的路，有些东西已经永远地不在世间了。美，除却被时间吞噬以外，真的再没有其他消耗的途径了吗？

喜欢老绣的人心里都有一种风气，那么就在衣饰上变化一些小格调吧。多年前茨威格写道：“所有生活的安定和秩序最高成就的获得是以放弃为代价的。”不放弃，一定要把“姹紫嫣红”说道成一句“津津乐道”的成语。

选自《广州文艺》2021年第1期

我，世界

汪惠仁

忍的类型

某日收到照片，是久违的少年时的玩伴寄来的。从照片上，我只能从下巴的西南角依稀可辨的疤痕来判断此人就是“他”——我是疤痕产生的目击者。当时他贪婪地把高高树梢上整个鸟窝取下来，他要让所有的鸟蛋完好无损。当我看到那些青色的鸟蛋的时候，也看到他下巴的西南角在滴着血。

现在的他，坐在照片里的大堂上，情绪饱满，皮肤呈现着轻度酒精中毒的颜色。背景墙上挂满了他的企业获得的各类认证铜牌。当然，最为醒目的还是那个高悬在大堂上的巨幅的“忍”字。

普通人会把这个字刻在心里，忍气吞声地过一辈子。成功人士通常会把这个字挂出来，只为提醒自己不要乱了“大谋”。

文学里也有个“忍”字。这个“忍”不再是聪明机巧，也并不意味着写作者性格的懦弱，这个“忍”字在于揭示人生的困境：忍把浮名，换了浅斟低唱。这是柳三变的意义，他把“忍”字放到了交换价值与自由价值的交界点上，体现着自由价值对人生的诱惑。“忍”是暗藏价值选择的充满动感的中间状态——这里有滞重的生活，还有希望。

燕　巢

小时候，我经常去大姑家。在大姑家的堂屋里，我总爱给有线广播的地线浇上水，这样，来自大队部的通知和中央人民广播电台联播节目就不再被炒豆子似的杂音掩盖。

然后，我就呆呆地看着有线广播木盒上方的燕巢：无数褐色的泥粒神奇地聚合成这“危险”的巢，每个泥粒的表面都是那么光滑，一些泥粒被压得扁扁的——我把燕巢称为半碗“城墙”，上口收得拢些的，我称之为半壶“城墙”。为筑这“城墙”，燕子选择每一粒春泥，并且反复咀嚼，我见过燕子的唾液在阳光下闪耀着拉伸着，燕子知道，这一口唾液将要粘牢的是“城墙”的哪个部位。

燕巢是坚固的：巢之每一分毫，皆有燕的生命因子。燕巢之泥，如蚕之丝啊。

写作者，也在筑巢，只不过用文字而已。人的聪明是燕所不能体会的，所谓的“时代感”在制造一个又一个的“典型”文字模块——无疑，对于文字筑巢而言，这是高效率的。所有的事物都将注定湮没在时间之场，但我想，一粒粒竭诚而筑的巢，它的消失也是一粒粒地消失；而用模块拼接的巢，它的消失将是一块块的，甚至轰然一片——就像那么多的我们曾经的偶像。

不二法门

中国的数字都极有讲究。

“不二法门”，这是一个最初让我一头雾水的词。这里就有“二”这个数字——这个数字现在的活跃程度可能不用我来描述了，它就像童年时被投来掷去的苍耳，粘在每个人的身上。

让我们回到“不二法门”这个词。这个词，我最初看见它是在乾元禅寺，那时我还在上小学。那时寺庙的香火并不旺，我的心里只觉得那是一个可供玩耍的乐园，尤其在夏天的时候，寺旁高大而浓密的竹与松为我带来了大片大片的阴凉。常住的只有三五僧人，一例地清瘦。寺内的一面墙上写满了佛教语录，其中一则就有“不二法门”这四个字。碗口大的紫色的绣球花开了一树，我向树下的僧人请教这四个字的意思。他怀抱着一只年迈的猫，回答了我，但我听不懂他的口音。后来有人告诉我，他是太湖县人。花瓣在风里簌簌落下，经年雨水侵蚀了寺院的墙，“不二法门”四个字墨迹淋漓——这是我最初的疑惑，也可能是我最后的疑惑。

乾元禅寺多年没有再去看看。那一株花树，那一面墙，那墙上的字，一定不是老样子了。我们从思想史上了解到的“不二法门”早已被新的生活挪作他用。

无　常

人常常舍不得说破某些东西。

比方说，人生无常。这是我们心里时时闪着的一句。但作为成年人，我们不忍把这句话过早地传授给下一代人。我们教给下一代人，是这样的观念：人生只是一系列亟待解决的问题。

但是，人生无常。这毕竟是每个人迟早要发出的感慨，这毕竟是人迟早要面对的最根本的挫折。所以，酒、致幻的药物以及宗教向我们走来，我们用它们来安慰这无常的人生。

当然，当你有阅读的兴趣，拯救这无常人生的还有文学。但，文学不是酒，又不是致幻的药物，也并非宗教——尽管文学需要一定程度的非逻辑主义的力量，尽管文学需要仪式感。文学是一只蜜蜂，它要四处奔波，采集它能够采集到的、在它的采集传统里也没有对它自身构成致命威胁的那些花粉。

如果，我们把这无常的人生简明地用一个数轴来表示，我想：类似宗教那样的情感与思想，占据的是原点的位置；真实的人生则在世俗利益的牵引下向正负两侧运行；酒及致幻药物则为我们提供一种漫溢的状态，这一状态让我看见“理念人”与“真实人”的错位关系。

正因如此，我想，好的文学，定是从以上的三者中分别借用了：宗教的定力、世俗的实在与幻想的勇气。

加　法

生活问题的解决之道在于这一问题的消失。

维特根斯坦是在告诉我们什么呢？他习惯沉默，话很少。维特根斯坦的回答并不显得沉甸甸，他的回答是轻盈而透明的：他总会把问题返还给你，因为答案就在你的提问方式里。哲学就在你的语言里。

写作者中，有很多是勤奋而刻苦的人，他们勤奋刻苦地在做“加法”：于采风团“深入生活”，于经典作品借鉴“技艺”，于哲学偷得“深刻”。

这让我们看见了新型文化生产中写作者的“奔逐”心态：套话的叠加总是能换来平均收益——因为集体性的对“不离谱”的迷恋，我们的写作者在套话的加法里渐渐安逸起来，很少有人冒着风险去反观并建立自己的语言。这就是为什么，那么多人在做着加法，我们的内心却在不停地持续地亏空，爱不能有效积累，“我”在丧失。

青　年

写作者顾虑总是比一般人要多。他的每一个作品都不能重复，这与手机的设计师区别很大。我们彻夜排队买来的新手机和上一代手机相比并没有太多的不同。而写作真正的难度正在于：既要在一群写作者中体现独属于自己的文体辨认度，又要不同于以往的自己。

种种顾虑之中，写作者越来越看重年轻读者的口味。

我想，这并不庸俗。屠格涅夫写完《父与子》，他就担心因此而永远失去俄罗斯青年的喜爱。

对青年读者的看重到底意味着什么呢？是书商的市场焦虑，还是精神的传承忧虑？

在屠格涅夫的时代，俄罗斯民族的眼睛一直紧盯着法国和德国，唯恐被欧洲抛弃。巴黎底层的多次起义引导着俄罗斯作家的良知发现：屠格涅夫为自己的农奴主家庭出身感到羞愧；德国哲学也是俄罗斯读书人不容错过的学习对象：屠格涅夫从德国归来，与别林斯基谈论黑格尔，屠格涅夫说，别林斯基表现了极大的兴趣，不断地热烈提问。

思潮、风尚是我们熟悉的词。而青年，总是被假定与新思潮、新风尚紧密相关。思潮的真正发生，前提是对话，就像屠格涅夫与西欧的对话；并不存在一种思潮突然发生在午夜时分，于是也并不存在一夜主宰市场扼制传承的新青年。实用主义以青年的名义干过很多浅薄的事。

读　者

读者是谁？

读者是那个挑剔的人吗？据说他是经典性文学赛场上最终的裁判。

读者是那个亟待启蒙的人吗？不然，他何以对名言警句如此着迷？

也许，读者，我们对他完全不可把握，他就是毫无头绪的整个世界，他就是洪流，他不回顾也不听预言更不接受暗示。

写作者在生活中很难抓到一个理想的读者；这种读者为写作者提供着修辞学的建议，甚至，关于世界，他也能提供“真理性”的认识。

当我们没有进入写作之时，地球人皆是读者；当我们进入写作之时，无数读者中谁能成为古典时代的知音？

传播学需要这欢呼的人群——这群人用自己的电子终端当作表决器。读者被传播学空前地组织起来，成为随波逐流的消费模范——真正的阅读已经无限度地弱化了，读者变成了“参与商业传播的人”。

真 理

与真理性相关的总是基本问题。青年农民可以在区域性经济热点的某个工地上演绎励志故事，春节也不能回家——忙，或者是车旅的费用，他沉浸在自己的现实逻辑里；但他的九岁的孩子，一个留守儿童，得知自己不能和父母共度春节，选择了自杀。

孩子自杀，让我们看见了一种坍塌，让我们回归到基本问题，回归到人与自然真理性的层面。

实用主义生存逻辑只有在偶然灾难事件前才获得暂时的反思，好的文学给予人世的却是持续的反思能力，因为好的文学一直记得那个未被侵害的人与自然并视之为依据——任凭实用主义造出了多少繁华，好的文学总有能力拆穿它以牺牲真理性为代价的本质。

自 杀

时常想起一个自杀的女孩。她或许是得了某种精神病的遗传，她的母亲也是以自杀的方式离开这个世界的。女孩和她的母亲一样，并不缺少身边人的爱，但从青春期开始，她就执意寻找一种“美丽的方式”来结束生命。女孩上了大学，她的父亲为了防止意外，不远千里，每周末都来看望，并托付处世老成的同学帮着照应。几个月过去了，父亲觉得女儿似乎变得乐观开朗，他觉得，以后可以两周来一趟了。就在父亲改变探望频率的这一时段里，女孩失踪了。三天后，她的尸体在北戴河的海滨被找到。

她找到了那种“美丽的方式”。

她确认自己不属于此，而在彼——无人能将她说服。

她与我们差别很大吗？有些大，但不是想象的那么大。我们每个人都有着似她那般的瞬间。可能在写作者那里，情形更为类似。写作者总是很方便地将人世视为“他物”，而自己在“他物”之外。不能见容于当世，是一部分写作者心头暗暗自得的因素。这似乎成了一种“美丽的方式”。

世界在被叙说的时候，的确是他物。但世界的本质不是他物，它是全息之物，总和之物，我们都在其中——即便生命结束，我们也在其中。

一切存在即在他物之中。写作者可以在作品中模仿一个精神病患者，但不能真的成为精神病患者。

他的目的

古罗马的斗兽场，有很多残酷的故事。

但这里的残酷故事是可以细分的，并非都指向统治者的荒淫。作为低贱人的对手，一开始出场的是野兽，后来则产生了分化：死刑犯、奴隶在满场欢呼中胜利或死亡；一个不甘贫困的自由平民为了高额回报也来参加这场游戏；到后来，贵族和奴隶主们当中也有一些成为角斗士，他们来到此地，大概是要证明高贵人性中最有荣誉的那一部分——勇敢、毅力和智慧。

故事开始时，也许不是赌局。

但开始并不足以喻示结局。在故事之行进中，你并不清楚又会有哪些因素先后加入。

这先后加入的因素就像一个个的人那样，各有心思各谋其利，一种看不见的力量在“放纵”他们。于是，我们看见，故事里，他们在“获益”，他们在走到某种结局。

似乎那个看不见的力量无所作为。

文学要问的是，那个看不见的力量，他真的没有目的吗？

故事里先后加入的因素，他们先后获得个别的叙述学上的“意义”，但他们最终都在完成那个看不见的力量——他的目的。

他当然有他的目的，那个看不见的力量。

即使他暂时放纵你，那也是因为，你迟早要回来，听从他的召唤，猜测他的目的。

后代和后来者

参观一些博物馆时，我的情感总是很复杂。先民的生活生产的用具大体上是简陋的，面对这种简陋，我至少能感到自己有着双重的身份，貌似难以区分的双重的身份：后代的我，后来者的我。

后代的我，总是要勘侦出一点线索，把我与先民联络起来。认祖归宗的冲动会把先民用具之“简陋”重新加以解释：生活如史诗般的长征，一直延伸至“我”的时代。文化的亲近感会把“智慧”“勇气”赋予这些简陋的用具。

另一个我，是后来者的我，是一个作为在生活之场中迟到者的我。这个我，不像后代的我那么“热烈”：他注意到了“简陋”本身，他注意到了生活形态的断裂；他冷淡、冷漠地谈论着眼前的这些简陋用具，嘲笑它们的不合理；甚至，他对后来出现的全榫卯制作也不以为意，他一点也不愿意流连在“能工巧匠”的文化幻觉里。

青　春

一直不愿意把类型写作的概念强调出来。

譬如，我不愿意对青年作家谈青春写作，虽然我知道，市场在对这一概念进行滴灌培育和注水出售。这真的不是我故意追求高冷姿态，我实在不忍把青春从身体里剥离出去。

青春，是我们身体里的天书。

和生理学对人青春的界定不同，文学的青春在年龄上并没有截然的限期。

我常常把《变形记》《罪与罚》《尤利西斯》视为青春的文学，它们大都在作家三十五岁之前完成。也许，很多人在刚刚出现第二性征时就已经成为老练精干的社会成员了，他们眼中的世界是清晰的，他们的路径是明确的——故而，他们的价值观可以用共同语的某些词汇精确道出，它们响亮而正确。但毕竟还有一些人不是这样，他们和世界的谈判进展缓慢，他们和世界最多只能达成局部协议，世界在他们的表述中是霸道而模糊的力量，似是而非——为了表述他们的感受，尽管他们并未放弃共同语，但他们对共同语使用的警惕心是常人的一百倍。他们的青春期很长，甚至，终生都是他们的青春期。

是卡夫卡、陀思妥耶夫斯基，是乔伊斯，是他们提供了一个逸出的世界，提供了青春，提供了我们身体里的天书。

是的，恋爱在这一时期也是极重要的。我们从青春期开始尝试与异性交往，并逐步体会有着伦理倾向的情爱管理，但是，这不应该是青春文学的唯一内容。

自　由

有些艺术形态的历史，并不很久远。

比方说有声电影。二十世纪快进入三十年代的时候，有声电影才大规模进入人们的视野。这大概有技术上的因素：虽然早在 1876 年之后的几年之内，贝尔、格雷和爱迪生已经申请了人类声音电磁传输的专利，但稳定而清晰的录音和播放技术却是二十多年后的事情。不可忽视的是，那时关于电影的观念，也许在推迟有声电影登场这一过程也发挥着不小的作用。

人类的内在欲求是多么地复杂！在某种意义上，人类把感性的极大满足视为幸福和进步；而在另一些时候，人类又把感性的每一次满足视为堕落，视为对人性和艺术高贵的规定性的背叛。二十世纪三十年代对有声电影的质疑是强烈的，尽管这质疑没有改变电影形态流变的大势。质疑者重申，电影首先是一门剪辑的艺术。

质疑者的担忧是，忽视剪辑的感性泛滥和庸欲膨胀是电影艺术的灾难。

谁能否认这是合理的质疑呢？非常合理。事实上，在有声电影涌向市场的最初的时间里，电影艺术的滑坡是公认的。

后来的电影，不但接纳了声音，接纳了色彩，接纳了明星制造，而且几乎成为人类用全部的感性元素重建幻觉生活的唯一的复合的呈现方式。

电影没有死去，是自由帮它找到了出路——而不是“放纵”解救了它。

自由是能够回应质疑并将质疑纳入自身的感性。

选自《美文》2021 年第 1 期

黄鼬的嘹亮

冯　杰

小镇上的标本

一条黄鼬和一条黄河都姓黄。

孟岗小镇在黄河大堤下面，供销社收购站四壁上，挂满一排一排装谷糠的黄鼠狼标本。远在门口看，墙上的黄鼬肥嘟嘟的，风一吹就摇晃。

一张好的黄鼠狼皮能卖三十元，最次毛皮一张也要八九元。一方凳子泊在阳光里，收购站麻站长坐在阳光里打瞌睡。有人来卖黄鼠狼皮他才睁眼。他双手端着一只装糠的黄鼠狼，放到阳光下，用嘴吹黄鼠狼脊背，绒毛如被一股风浪犁开。我喜欢看他表演，能学经验，期盼有一日自己也能这般展示。

麻站长凭经验，根据绒毛清晰程度，马上断定等级。然后让会计开票付钱，八块、十块、三十块不等。若有小媳妇去卖黄鼠狼皮，他吹的速度就慢，据说会多加两块钱。

那时光，自然环境一片大好而不是小好，村里田野到处游走着逍遥的黄鼠狼，它们像道士，像乡村主人一般，双眼如手电筒灯柱，眼睛闪着金光。

你赶紧把天窗封死

果必有因，所以有后来的故事。都是收购站墙上挂满黄鼬的诱惑，像四壁挂满金币。是被金钱诱惑，才有一次剥黄鼬皮的行为。

在北地拾柴火时，大家在河沟上发现一孔口，不像兔洞不像鼠洞。长我四岁的孙暴雨有经验，断定那是黄鼠狼窝。黄鼠狼洞三个口，出口和进口，中间一个天窗，便于途中逃走。

大家得出结论：卖出一张黄鼠狼皮大于割十天草拾半月柴火。

一个人堵住出口，一个人从进口开挖，采取笨法挖掘，从中午挖到下午，最后关键时刻，听孙暴雨叫道，你赶紧把天窗封死，怕它要冒出来。

挖了一晌，最后才把黄鼠狼逮住。瓮中捉鳖捉黄鼠狼。

一块儿剥黄鼬皮者共计四人，有后来当了乡党委秘书的孙修礼，有老大暴雨老二风雨兄弟俩，有在下。孙暴雨说他剥过兔子剥过老鼠，有操刀经验。大家把一匹1976年逃脱失败的黄鼬挂在一棵野枣树上，先从黄鼬鼻子开始往下剥。大家提醒，一定要留意最后的尾巴。

眼看收官了，孙暴雨一激动，还是把黄鼠狼的尾巴剥掉了。大家无不沮丧，埋怨孙暴雨。黄鼠狼彻底不值钱啦，近似元帅最后没颁发勋章。

四个篮筐空荡荡，等于大家一天颗粒未收，只落一张失败的黄鼠狼皮。黄鼬气息弥漫。

姥姥后来知道，警告我，让我们不要再抓黄鼠狼。

以后再见到黄鼠狼，远远行注目礼，近似向黄鼠狼道歉。乡村黄昏里悄然行走着一匹接着一匹的黄色道士。

简史普及

它因周身棕黄或橙黄，故称黄鼬。

黄鼠狼一般两尺左右，雌性小于雄性。头骨为狭长形，顶部较平。是小型的食肉动物。栖息于平原、沼泽、河谷、山区，也有在村庄或城市。多夜行，以啮齿类动物为食，偶尔吃其他小动物。

冬季来临，黄鼬随鼠类迁移到村落附近。开始高蹦低窜的生活。在干沟的乱石堆里闪电般地追袭猎食对象。黄鼬警觉性很高，时刻保持着高度戒备状态，要想对黄鼬发起出其不意的偷袭是很困难的。一旦遭到狗或人的追击，在没有退路和无法逃脱时，黄鼬会凶猛地对进犯者发起殊死反攻，显得无畏又十分凶猛。黄鼬有一种退敌武器，就是藏在屁股里的一股臭气，这是最后的撒手锏，像关老爷的拖刀计，奔逃时同步喷射。假如追者被这种分泌物射中头部，马上中毒，轻则头晕目眩，恶心呕吐，重则倒地昏迷不醒。历史上以这种状态毙命的，都是黄鼬所致或黄鼠狼精所托依而致。

黄鼬食性很杂，在野外以鼠兔为主食，野兔短距离跑得快，在长时间高速追逐下，会因恐惧和力竭而被赶上咬断脖颈，黄鼬也吃鸟蛋及鱼、蛙、昆虫；若下榻村庄附近，会顺便捎带上鸡鸭家禽。这种食鸡吮血而不尽的习惯，让乡村孩子从小有个不好的印象——黄鼠狼专门吃鸡。一句歇后语也随之而来：黄鼠狼给鸡拜年——没安好心。

实际上，每一匹黄鼬一夜捕食六七只老鼠，却因一只鸡名声毁于一旦。

乡村之灵异

我姥爷讲过两个和干爹有关的故事：一个是公鸡认干爹，一个是黄鼠狼认干爹。凡乡村故事，题材多与吃有关，我姥爷的民间创作也未能创新。

说官桥营村的老罗，家穷人勤，每天早晨冷清明儿，老罗就背着粪筐到村外路上拾粪，我姥爷一贯主张“无事少赶集，有空多拾粪”，老罗很符合我姥爷的治家标准。

这天早起刚出村口，老罗看到前面一只黄鼠狼背着布袋、喘着粗气跑来，后面追着一条黄狗。黄鼠狼一看，迎面是拿粪叉者拦路，后面有恶狗追击，必死无疑。哪知老罗却把粪叉向黄狗头上砸去。恶狗眼冒金星，一命呜呼。

黄鼠狼跪谢老罗救命之恩：“今天借粮，没你我就没命，您老不嫌弃，我当您干儿吧，干爹在上，请受孩儿一拜。”尾巴翘起，对着老罗磕三个响头。

过后老罗也没放心上，继续拾粪。到大年三十，儿媳为年货发愁。早晨把房门打开，她看到锅台上摆放着鸡鸭鱼、大肉、点心、油馍，问爹：“咱家哪来这么多年货？”

“昨晚我道口镇的干儿看我带的。”

儿媳说：“这么多年，咋没听爹说道口镇有阔亲戚？”

半年后，到老罗生日的头天晚上，儿媳为寿礼发愁到半夜，却听到爹屋里有人说话，听声音是两人。

“爹，您还没睡，在屋里跟谁说话？”

“干儿来看我啦，你有事在外说。这里不方便。”

“明天是爹生日，和您商量咋过。”

“现在大伙食堂都快饿死人啦，连饭都吃不上，还过啥生日，算了！”

屋内响起一个细细声音：“干爹，明天您六十大寿？该办。嫂子别急，明早我就把礼品送齐，劳驾你给咱爹操办。”

“大兄弟，明天中午你也来喝寿酒。”

“我明晚上来。”黄鼠狼无意说漏了嘴。

这天清晨，儿媳打开房门，看到屋里鸡鸭鱼肉馒头尽有。寿宴中午办完，晚上她站在窗外，听到干儿在屋里说话：“爹，给您磕头了。”又听到干儿细细的声音：“祝干爹福如东海长流水，寿比南山不老松。”

分明是在上课，传播文化。

后来我对比过两个同样和干爹有关的故事，觉得这个故事没有小公鸡认干爹那个好。尽管我姥爷说他认识官桥营的老罗。

麻雀汉奸诱捕器

孙老师在课堂上说，黄鼬主要生活在俄罗斯的西伯利亚地区、中国西藏、泰国等地。这些地方离我遥远。我知道早期黄鼬活动的地理范围在大河之北：往大了说，是从长垣到滑县；往小了说，是从孙修礼家草垛到留香寨村草垛。

黄鼬喜欢在夜间活动，尤其是清晨和黄昏，出入频繁，但白天偶尔也能看到，在孟岗小镇邮局，我中午见到一只黄鼬穿过绿色邮箱，分明是在寄信。它通常单独行动，善于奔走，能贴伏地面前进，钻越缝隙和洞穴，会凫水，会攀树，会上墙。除繁殖期外，一般没有固定巢穴，通常隐藏在草垛、石堆、墙洞、墓地、荒园。也有黄鼬藏在蒲松龄狭隘逼仄的文字缝隙里，非胡适宽舒之白话，这类黄鼬极少，仅属“知识黄鼬”。

孟岗营业所院子里，父亲的同事是一位转业军人，我喊成云叔。这叔在部队当的是空军，一到冬天他就开始在地上布置捉黄陷阱。成云叔在院里我母亲垒的鸡窝旁，设下捉黄鼠狼的箱子，里面包含机关：前面小笼放一只麻雀诱引，另一边留口，有一块青色八砖吊在上面，黄鼬脊梁微微擦过，砖会触动掉下，把黄鼬关在笼里。这叔叔马上出动把黄鼬倒进一只布袋里，为保护毛皮完整不受损卖个好价钱，摔死黄鼬。一个冬季成云叔能捉十来只黄鼬。因为同一种气息，他和麻站长成为好友。

不管空军海军，我对世界上能抓狼捉兔的叔叔都很钦佩。

记得有一天半夜，他喊父亲起来，我也起来，迷迷糊糊，看到一只黄鼠狼困在笼子机关里，正焦躁地转圈。

整个冬天我都在兴奋状态里。我姥姥对捕黄举动很不满意，说：“看你成云叔那一双眼，暴得像狼眼。”我后来揣摩一下，果然长得像唐三彩上高坐的胡人。

狼毫非狼毛是指黄鼠狼尾巴

黄鼬的珍贵之处在于尾能制毛笔，国人称“狼毫”。满村笔庄送我父亲的毛笔时多称狼毫。如今郑州古玩城唐老板也常给我送一捆捆形状可疑的粗大狼毫。有一次我忍不住问：“哪有这么多黄鼠狼尾巴？”

唐老板调侃我：“齐白石一辈子撑死也就画七千件，现在市场有据可查的都十万件。”

画商的意思是说，黄鼠狼数量多少并不影响社会和谐。

多年后一个清晨，孙修礼给我打来电话，话题很多，我梳理一下，主要是关于竞选，大意是说下周全县要正式竞选乡长，竞争激烈，他半月都没睡好觉，前天夜里做一个梦，梦到多年前一同剥黄鼬皮的情景，一只黄鼬到办公室给他作揖，临走送他一方县长大印。

孙修礼说同学里数我如今学问最大，所以来跟我探讨一下这是什么征兆。

我只听说古代有一个掌管令印的狐仙，我到内乡县衙、平遥县衙印证过，从没听说黄鼠狼也掌管县长大印，心里疑惑。

我电话里问：“那一方县长印现在还在你手上吗？”

他笑了：“×，那是做梦。”

我说：“这不就得了。要是你手里有闲钱就去拼搏一把，现在存银行利息也不高，没闲钱千万别塌一身窟窿去蹚浑水。”

令我感到蹊跷的是，多年前那一只被剥皮的黄鼠狼咋能在他梦里出现？

黄鼠狼在乡村的天敌有三：在天上是老鹰，在地上是狗和鹅。狗则是农村常见的中华土狗，黄鼠狼和洋狗却相安无事，洋狗不认识它。鹅有坚硬的大嘴，翅膀猛烈扇动罡风。黄鼠狼有祖传经验，更可怕的是鹅屎不慎沾到身上皮肤会溃烂。曾国藩是英雄，一生也烦恼体癣。

孙修礼秘书长的“天敌”不在天上也不在地下，而是大院里的县委书记。

后来，他果然没有竞选上。见后我也作揖，说：“这未免不可恭喜。”

选自《芙蓉》2021 年第 4 期

颜色的秘密

李晓君

波兰女作家奥尔加·托卡尔丘克曾在小说《白天的房子，夜晚的房子》中写道："瑞士的屋顶是世界上最美的屋顶之一。那里人们生产陶瓦用的是不同寻常的五彩缤纷的稀有泥土，那里没有颜色相同的屋顶。屋顶的外观不断变幻着色调，以泥土所能呈现的上千种颜色而令人惊诧，看上去就像用各色布片拼缀制成的百衲衣。"

对于一个注重水墨画传统的国度，我不知道城市规划设计师是否会将色彩作为重要因素予以考虑。色彩反映着城市的性格、风度和气质，某种程度上也是城市主人内心审美和文化素养的体现。

我曾经登上小区 C 栋楼顶。那是冬天，阳台上的阳光转瞬即逝，我们像许多住户一样，把被子、洗好的衣物拿到楼顶上晾晒。屋顶是个裸露的水泥大平台，除了一个大水箱，视线中便是花花绿绿的衣物被子——规整地垂挂在一根根结实的铁丝上。我们生活中不乏这样的能手，善于对所在的生活环境进行改造，甚至制作简易家具，属于邻居主妇口中经常称道的对象。我们楼上这些晾晒铁架，显然也有些年头了，就出自如前所述的能手手中。如果不是这些晾晒物，屋顶本身是单调的灰色。C 栋是本小区最高建筑，站在楼顶，可以将小区全景一览无余，甚至可以看到更深的城市远景。我发现，我们小区整个笼罩在一片灰色的海洋中，就色彩感而言，是毫无新意的。

小区整体的色彩呈现出某种保守性格。建筑物外墙统一装饰着淡白色瓷砖，经过风吹雨淋，颜色陈旧发暗，它们主导了小区的色调，以至于小区的灌木、香樟树，也显得不那么青翠。地面是硬化的水泥，在后来的一次改造中，铺设成了黝黑色的沥青。13 栋建筑，除了高矮不同，都是一个模子立在那里。楼是空间的主宰者，它们占有并分割了这块空间，承载人们的欢笑、哭泣和梦呓，见证了老人的死亡与婴儿的诞生。不少人从某间公寓里搬出来，从此不知去向；也有人从小区兴建后就搬进来了，现在还居住于此。那些漂洋过海回到非洲、印度、巴基斯坦的南大医学院留学生，以及实习的女护士，带着小区某套居室的气息、记忆，回到家乡，而原来的房间已换上新的主人。被记忆保留的小区的整体灰色，成为他们日后回忆起来感触颇深的部分。

建筑外墙的颜色也投射到内部的居住空间。从我第一次搬进小区算起，陆续住过几套房子，尽管楼层、厅室、布局略有不同，但内部的装饰、格调都大同小异。20 世纪 90 年代初时兴的水曲柳木门和吊顶，暗黄色木质地板或青灰色（也有肉色）方块地砖，甚至连卫生间的材质、款式，都是一模一样的，毫无个性，带着体制单位职工共通的装饰趣味。这色调和风格，容易唤起人们对于某种话语的记忆，一种分配制度的遗产、稳定的审美情趣和过日子的精打细算在居室细节上的投影。有时，我在卫生间洗漱，面对斑斑霉点和锈迹深重的镜子，看到身后 30cm × 30cm 白色瓷砖砌边的浴缸（经常为发物堵塞而生烦恼），积着难以清洗的陈年污垢——因而只有视觉意义上的存在，从而弃之不用，马桶、热水器和莲蓬，都有着共同的特征以及相似的毛病。这房子的盛年已经过去，它健康的部分和在那个年代属于时兴的风格、功能，随着主人一道老去，把残存的红利和不断出现的毛病留给了后来的使用者——那些临时租户。我没去过小区的常住家庭，不知道他们是否也感受到这种困扰。

在乡村——每个人事实和身体的故乡，我们在那些残留在夕照中的建筑物上，感受到的是一种温暖的色调，一种炊烟和童谣萦绕的古老哀伤。但在城市小区，这些被时间伤害的墙体上，我们看到的是一种陈旧、破败本身。乡村的老房子，是我们割不断的故乡脐带，而陈旧的城市小区则是根盲肠，随时会被资本的利器所收割。贤士花园兴许不至于这么早就被纳入拆除改造的名册，它兴建于 20 世纪 90 年代初，不算太老，只是像个中年妇人，风姿不再。它的气质，从一开始就是中年的趣味和旧色。它远没有到比奥尔加·托卡尔丘克笔下瑞士那些有着五彩缤纷漂亮屋顶的房子古老的地步。但从营造的那天起，就是个中年妇女模样，穿着咔叽布服装，鲜艳的色彩和漂亮款式从一开始就在蓝图上缺席了。实用功能几乎覆盖了一切。色彩和艺术感，并未纳入正题。如同严肃的生活中，理性、效率和功能性的需要，构成的最大公约数，审美和艺术性，那是一个小众的话题和需求。贤士花园就是这样一个鲜活的标本——它是房地产市场兴起前夕单位福利房的最后见证。

但在时间这位真正主人的眼中，它其实与那些漂亮的花园楼房（虽然它也以花园命名）是没有不同的，不存在优劣之分。它的局限、嘈杂和纷乱，却也是那些精致漂亮的楼盘所缺少的。如同 V.S. 奈保尔在采访印度某周刊编辑时听到的一句话："你有没有看到我们一些贱民的美？"也许任何一种人类活动和生活方式都将留下一笔值得铭记的文化遗产。

贤士花园整体呈现的灰色，是一种后计划经济和工业化的痕迹，是一种市场与体制交媾的产物。其隐含的秘密，传达出一种理性、福利制度甚至安土重迁的意味。在过去，这里是南昌不大的市区版图的边缘地带，因此带有村落特征的地名和风俗仍然存在，居住在贤士花园和周围一带的人，有比重不轻的数代居住于此的"土著"。它的身后是历史久远、无限广阔的农业文明，它的面前是喧嚣嘈杂、日新月异的现代社会。它像是一个铆钉，焊接在这两端中间，成为时代的见证。我的楼下，有一对年迈的夫妻，依然保留着农历初一、十五烧香的习俗，我母亲在老家县城，都难以完整地承续这传统社会礼仪，据我所知，在这个小区内，这样的老人不算少数。农业文明往往伴随着狂欢、幻梦、非理性的日常、节庆和仪式，工业文明和商品主义的特征则是刻板、效率、理性的流水线般的图景和内心世界。假如说我们的农业文明反映在色彩上是大面积的红色——那张扬的、喜庆的、牺牲的、让人血脉偾张的颜色的话，工业文明则置换成毫无个性的灰色——那意味着理性、客观、收缩感、让人安静的色彩。每年春节，在南昌——江西省会城市，家家户户少有人再贴春联了，那残存的一点红色，早已让渡，或被大面积的灰色所吞噬。这一点，却在我老家的乡下大不同，每年春节，那里依然是一片被红色主宰的土地。

并非奥尔加·托卡尔丘克女士笔下的瑞士屋顶，那有着多样性色彩的房子，我相信，它们，有的也许经历了上百年、几百年，但它们依然无缝对接到现代文明中，成为旅游业和文明的一部分。在我们这里，在这样历史久远的国度，朝代更替频繁，喜新厌旧，难以建立一种长久的稳固的意识。在城市规划师的蓝图上，那些历史痕迹、市民生活的习俗、属于个人情感的部分，有时会被忽视和轻易地抹去。

现代性越来越强势地植入我们每个人的生活。以正当性和毋庸置疑的正确性，招呼着大家一起上路。没有人能回到过去的生活，回到历史中去。终有一天，贤士花园，和它周围混乱、嘈杂，但生气勃勃的一切，也终将坍塌在铲车和机器荡起的尘埃中，一种生活和记忆的消逝，将变为一个不可挽回和争辩的事实。

选自《四川文学》2021 年第 2 期

花间疏

米　兰

近来读《酉阳杂俎》，真真如尝炙鸮羞鳖，兴味盎然。作者段成式释道典故，必选“事尤异者”；所记民俗风情或植物草木，必为独特奇异者，“成式以君子耻一物不知”，书中事物令人终生耳目所不能及者，比比皆是。今取《酉阳杂俎·续集卷九·支植上》二条，试以旧尘往事省察生命离合之谜，或另作他意，知者自知。

紫薇，北人呼为猴郎达树，谓其无皮，猿不能捷也。北地其树绝大，有环数夫臂者。

“猴郎达”一名从未听过，那时候我们只晓得它是“百日红”，在校园西北角，自夏而秋，枝头上灼灼夭夭，十分娇娆妩媚。我们每天早晨去操场跑步，或者上体育课，都须从它旁边经过，很多时候对它视若无睹。那可真是接近心事，又远离心事的年龄，对美的认知需要体验和引领。当然，美也有让人厌倦的时候，就如青春期的我们常常厌倦我们的青春，亦如普鲁斯特追忆逝水年华之时，发觉任何一样东西，渴望拥有它时，它就盛开，一旦拥有，它就凋谢。

在一个睡不着的夜里，翻看伊丽莎白·毕肖普的诗集，她说，该爱的都爱到了，谁也没有被辜负；该瞒的都瞒住了，谁也没有被伤害。整部诗集读下来，却是心碎和痛苦。因为情感脆弱，我害怕一切与己有关的风言风语，却没想过“风”之成因。他对我一而再、再而三的呵护难道不令人生疑？他酷似费翔的外表、裘德·洛式的微笑难道不值得包括“狮子”、包括我在内的女生暗恋？在我们班，“狮子”的强悍尽人皆知，对于她发起的挑衅行为不作理会，不失为上策，可我反唇相讥，以至于她庞大的身躯挪将过来，几乎要对我动手了。如果不是他用身体挡住了她，以我一向不怕鸡蛋碰石头的性格，一场校园暴力事件应该在所难免。

事后，我悄悄去了操场。紫薇花在路边没心没肺地开着，它哪懂得一颗少女之心。

我们这所省重点中学，坐落在白云山南面山坡上，三面环山，校门面东建在最低处，初中部教室、办公室，高中部学生宿舍、教室、办公室、老师宿舍、操场，分七大部分呈阶梯状由低而高依次修建。因为地势的原因，操场四周并无院墙，我们可直接通过操场爬上山顶，或绕山而下，逃学回家。我躲在操场西边一个旮旯里，终于哭出了声。那时节秋玉米已经割完，山坡上零零星星只有些地瓜、割倒在地的玉米秸什么的，大风无遮无拦吹来吹去，眼泪瞬间被吹干。我的心事似有若无，哭声也变得支离破碎。

我的心理有了怎样的变化我并不确定。表面上，男生女生仍然互不理睬。暗地里，人人都在较劲。高考的日子越来越近了。

期末考试，我在班里下降了五个名次，他超过我，跃升至第四位。

放了寒假，校园里空荡荡的。班主任让我们几个尖子生继续留校复习。一周后，也就是腊月二十九，大雪下个不停。我准备到镇上赶公共汽车回家。他在我宿舍门口等着，执意用自行车送我去车站。雪很厚，而且一出校门就是一个小山头，上坡路，自行车根本没法骑。我们在漫天遍野的飞雪中艰难跋涉。大雪在山坡与山坡之间高高低低降落，层层叠叠铺展，纷纷扬扬落在树枝上、落进麦田里、落到我和他的头发上，天和地浑然一体，重重心事被落雪的声音覆盖。谁也不开口。不动声色的沉默掩盖着飞沙走石的内心。

在镇上的公共汽车站点，他坚持陪我等车。我怕被人发现影响不好，让他走开，他站着不动。天就要黑了，迟迟见不到公共汽车的影子，也可能不会有下一班车了。我很着急。“你快回家吧，天就要黑了。”我小声催他。他犹豫了一下，问道："那你怎么办？"他眼睛里也写着"焦急"二字，我看得出来。这时候来了一辆大卡车，人们拥到公路中间，一个劲招手，希望它能停下来。卡车停住了，在距离人群大约十米的地方。"你们干什么、干什么呀，不要命了？"司机从车窗里探出头来，大声嚷嚷。"捎我们一程吧师傅？"人们不由分说扒住后车斗横杆爬了进去。横杆很高，他用力托住我，我一头栽了进去，一只脚差点踢到一个小男孩。

他扶着自行车，站在路边目送我的影子越来越小。

I'm always true to you, darlin', in my fashion. I'm always true to you, darlin', in my way. 这句英语歌词一度在我日记本里留存。

大约一个小时后，卡车停在周村百货大楼后面一个空旷的大院里。大家从后车斗跳下来，各自散去。

周村离我家还有十华里。哼着校园歌曲，我走在回家路上。雪是不是停了对我来说已经不重要，我想象中的满天星光是真实的。雪夜茫茫，寂静无声，空气冷得凛冽——"凛冽"一词是刚刚从语文课本上学到的，竟是这般滋味。

大学毕业后，他留校任教，后来弃教从商，听说挣了大钱。我与他在师生联谊会上见过一次，他脸上的棱角消失了，裘德·洛式的笑是优雅还是邪恶，不好判断。

不久前突然接到班主任打来的电话，我们的"费翔"因为经济诈骗被判入狱。"婚也离了，钱也没了，怪可怜的，我想去监狱看看他，你愿意陪我去吗？"

高中毕业前夕，就在那棵紫薇树下，他与我有过一次"偶遇"，"他的脸有着峭壁般的棱角，眉眼宛转，那么幽深的冷酷和狡黠……"旺盛的荷尔蒙让他看起来就像一朵愚蠢的大丽花，而我身体的密码尚未打开，一声鸟鸣穿过头顶的浓荫和花香，飞往远处。

余世存在《时间之书》中教导我们：年轻人，你的职责是平整土地，而非焦虑时光。你做三四月的事，在八九月自有答案。作家林白有一首题为《过程》的诗，讲了一个平静而深邃的故事。当我一扭头，恰好看到我家窗外那棵紫薇花事正盛，光色煌煌，就想着从它开始吧，让我循着林白的思路，写完这个故事——

三月情窦初开，你还睡着

四月和五月，我们在灯下读书，直到天亮

六月，我开始写诗　一朵花的模样

在纸上怒放

七月里登上长城　炽烈阳光下

我们神清气朗我们相互爱慕

八月，啊，八月

你挥手告别，流下眼泪

九月，天凉了下来，有些事已不能提及

十月刮起大风，街道上尘土飞扬

一尊神像高高矗立，就像真理

十一月，暴雪在深夜降临　覆盖了十二月的早晨

一月以及二月，我一等再等，月经没能如期来潮

透过窗口，我看到一些稗草

终于占领了我们的土地

俱那卫，叶如竹，三茎一层，茎端分条如贞桐，花小，类木槲。出桂州。

画家大荒用墨淋漓，每一帧山水深处，皆隐一尊或多尊佛家，真切如是。画家说，那是他心中纯净的世界，安然无等。某日，我俩喝茶聊天，忆及幼年时光，我为他讲述了一段夹竹桃的故事，他在一页草纸上信笔拈来，勾勒出我小时候的家：院子中央一盘石磨，水井边一棵夹竹桃兀自开着花，围坐在一起

吃饭的一家人……

我念想里的老家除了一处院落，其实还有一块墓地。有一年清明节，我随姐姐去给父亲扫墓。父亲的墓碑旁边有一棵枝繁叶茂的榆树，巨大的冠盖遮护着好几座坟茔，青绿色榆钱儿一嘟噜一嘟噜散发着清香。姐姐指着那些大大小小的坟堆说，祖父祖母、二祖父二祖母、三祖父三祖母、九位叔叔婶婶和我们的父亲，都在这里相聚了。墓地近旁的潴龙河早已干涸，河东大片的麦田也已消失不见，代之而起的是一片厂房。“我们是麦地的心上人/收麦这天我和仇人/握手言和/我们一起干完活/合上眼睛，命中注定的一切/此刻我们心满意足地接受。”海子走后，把一些诗句留在世上。我的祖先走了也就走了，他们积累的大笔财富，大批的田产、房产、商铺和他们的生意经，如烟消云散。“立身德冠首，孝悌治家园”，一句家训和一个人的消失与诞生，皆为卑微个案，不足为怪，我只沉默以待。正如鲍勃·迪伦一句歌词：有些人能感受雨，而其他人则只是被淋湿。我们都不过是那些“其他人”。

父亲离世之谜，更令我沉默难言。即使阿尔茨海默病让妈妈越来越糊涂，她也记得有一种痛谁也不准再提。没错，沉默是保全一切的良方。

祭拜完毕，风变大了，纸灰在地上打着旋，又被吹上天。

姐姐挎着篮子走在前面，我像小时候那样跟在她后面。姐姐走路的姿势像极了父亲，匆忙张皇，急不可耐，一头短发被风吹着，开出一朵黑白之花。

父亲莫名离世，女儿又能怎样？我唯一能做的，是在文学里寻找爱，虽然文学也常常有着春光明媚的伤痛。

有一年，我去重庆开会，途经武汉，铁路两旁密密麻麻都是夹竹桃，红的、黄的、白的花朵，在车窗外影影绰绰，父亲的影子一闪而过，只是一刹那，模样却十分清晰。父母当年特别盼望我是男孩，女孩子都是为别人养的，有什么用。

我整日跟在姐姐身后，像是她的尾巴。那个晚上，村里来了马戏团，一看又是老一套，姐姐带我回了家。祖母在院子里乘凉，姐姐与祖母说着话，我在她身后转来转去。不一会儿，姐姐突然发现我从她身后消失了，怎么也找不见了。看戏的家人被姐姐的哭声、祖母的喊叫声召回。父亲、妈妈、叔叔婶婶、堂兄堂姊一干人等，喊着叫着，找遍了屋角旮旯，连我的影子也没有找到。事情怪得不能再怪。父亲犹豫了一下，拿上一盒烟去了“李半仙”家。

“这闺女是泰山奶奶身边的账房先生，趁现在还没走远，赶紧找吧。”李半仙踏罡步斗，指了一个方向。父亲循此，在屋角竖着的一把扫帚后面，把我抱了出来。

李半仙说，家里要有点祛邪的东西，比如，可以栽棵夹竹桃什么的。

我在夹竹桃肥肥瘦瘦的花叶下慢慢长大。不几年，夹竹桃高过了我的头顶。父亲先是把它从小土盆里挪到大陶罐里，又从大陶罐里移栽到一只大竹筐里。那些红硕的花朵在我少时的记忆里清晰又模糊。

我并不记得发生在幼年的离奇故事，家人对此一直讳莫如深，从未有人提及。

我对数字天生敏感，数学成绩始终名列前茅。我相信这是来自父系的遗传，父亲和祖父都是心算高手。我高考那年，阴差阳错被补录到经济管理专业，参加工作后从事财务管理工作，从会计师、经济师，考到高级会计师、高级经济师，一路顺利得让我觉得这个专业真是无聊，有了改行的念头。姐姐笑着说，你天生就是账房先生好吗。“天生就是？”在我的追问下，她讲了当年的“灵异”事件，我这才发觉，在我们离开老家去城里生活之前，那棵夹竹桃早已不知去向。

老家的房子破得不成样子。曾经的人来人往，层出不穷的故事，丰沛的情节，最终结局空茫而苦涩。妈妈倒是从不气馁，她经常唠叨“回家看看，回家看看”，唠叨得人心烦，就陪她回去住几天。看吧，院子里成群结队的野猫上蹿下跳，陈年的石榴还在树上挂着，一院子野草蓬勃旺盛，爆发着一股奇异的力量。当我看到威尔·史密斯的电影《我是传奇》，纽约荒废的街道、黑夜的诡异，一辆坦克上闪过一只蝴蝶的海报“God still loves us”，我知道上天依然爱着，只是上天总会放弃某些管理。

写下这些文字之前，在网上搜索“夹竹桃”，与之相关的词条多达五千万个，其中一条是：

> 夹竹桃原产于印度、伊朗、尼泊尔，具有抗烟雾、抗灰尘、抗毒物之功效，其茎叶本身有剧毒。花语：深刻的友谊、咒骂、复仇、注意危险等等。

我曾想过在我现在的家里栽一棵夹竹桃，那些繁密的花朵楚楚采采，美色可叹。“可是夹竹桃有毒啊！”家人的担忧阻止了我。一个人需要隐藏多少秘密，才能巧妙地度过一生？我发觉命运的面目终会次第打开，天意才是最后的怜悯者和安慰者。

还记得一个停电的夏夜，父亲在煤油灯下记账，蚊虫在灯罩上方盘飞，时不时吱吱声响，一些生命蹈火而亡，而更多的蚊虫继续追逐那一线光亮。

父亲那时多么年轻。

“俱那卫，叶如竹，三茎一层，茎端分条如贞桐，花小，类木槲。”段成式记载的俱那卫就是夹竹桃，他写的是它的“生”。我说的这棵夹竹桃或已作为木柴烧开过一壶水，那水在我体内哗哗响过，在夜深人静时分变成泪流淌进血缘里，也未可知。我知道的只是，我与父亲的牵连，从来没有过去。

> 如果飓风再次席卷大地，古老的血缘
> 也将被带走，就像它们
> 从不存在

我年轻时是诗歌爱好者，原以为诗歌能给残酷的青春和僵硬的心灵带来温暖和柔情蜜意，年龄大了才发现，诗歌有时是把刀，削铁如泥。

选自《散文》2020 年第 12 期

记一只白鹭

江　子

白鹭是南方山水田园中最常见的灵物。它浪漫，抒情，全身如雪，体态修长，飞翔之姿如书本翻动，又常作为坚贞、卓尔不群的传统文人的象征。

吉安赣江江心的小洲，就以白鹭为名。南宋淳祐元年（1241），朱熹的再传弟子、吉州知州江万里，在洲上按他母校白鹿洞书院的程式，开创了白鹭洲书院。

说到白鹭洲书院，人们总是会想到曾在此就读的文天祥。论才华，论事功，论文学，文天祥都是白鹭洲书院的最佳代言人，也是中国历史天空中的一只优美而又悲情的白鹭。

白鹭洲书院还有一只白鹭，他就是南宋著名词人刘辰翁。他比文天祥年长四岁，同时受业于白鹭洲书院，同为江万里的弟子，面对的是完全相同的时局。他的人生，同样是优美、悲情的。

刘辰翁 1232 年出生于庐陵灌溪（今吉安市吉安县梅塘乡小灌村），淳祐元年入院学习，成了江万里的弟子，学业日益精进。刘辰翁与江万里真正的交往，是在 19 年后的景定元年（1260）。刘辰翁到临安，其文章得到了时任国子监祭酒的江万里的赏识，被补录为太学生。又因为是白鹭洲书院的师生，他们的感情从此与日俱增。

景定五年（1264）春，江万里知建宁府兼福建转运使，刘辰翁应邀入其幕僚。五月，江万里迁任知福州、福建安抚使，刘辰翁跟随其到福州。

咸淳元年（1265）夏，江万里入朝执政，刘辰翁一并入京出任临安府教授。咸淳二年（1266）春，江万里罢相，刘辰翁一同被弹劾。

咸淳四年（1268）秋，江万里出任太平州江东转运使，刘辰翁再入为幕僚。

…………

刘辰翁把自己一生的前途、抱负和命运都托付给江万里。对他来说，江万里是苦撑南宋危局的国之柱石，也是具有人格感召力的精神偶像。他愿意终生追随他，与他同生共死。

可是时局危急，已经老迈的江万里无力回天。1275 年春，鄱阳城破，时年 77 岁、归隐鄱阳的江万里率一家 17 口投水自尽，壮烈殉国。

听到老师一家投水的消息，在吉州吉水虎溪避难的刘辰翁悲痛欲绝。之后，他执着地往来于吉州与饶州，冒着危险寻找江万里尸身的下落。六年后，刘辰翁终于费尽周折地将江万里的尸骨迁葬回故乡都昌。

安葬完恩师，刘辰翁守在家乡庐陵。庐陵，那是他与师弟文天祥的成长之地，也是他的老师江万里任过知州、创办了白鹭洲书院的地方，还是欧阳修、胡铨、杨邦乂、周必大、杨万里等人的灵魂故土。他守在此地，也就是守护了大宋的文化根脉。宋朝灭了，可宋朝的文化还在，他守在家乡，宋朝的文化薪火就没有熄灭。

面对元朝的多次征召，他坚辞不仕。他在家乡养花，种菜，同时广纳门徒，传授毕生所学。他以白鹭洲书院的教规为教规，为的是延续白鹭洲书院的文脉，也是他的恩师江万里的精神脉息。

他还用大量时间写诗，著述。“国家不幸诗家幸”，南宋的亡国之痛，成就了他的诗名。他的诗词，寄托遥深，慷慨沉郁，苍凉沉痛，尺幅千里，被认为是“苏辛”之后豪放词派第一人。

他最爱写的是春天。春天，对于他有着特殊的意义，这是让他痛楚的时令，隐含了南宋命运的时间刻度，更是他的老师江万里的死期。江万里死于德祐元年（1275）二月。刘辰翁于第二年暮春所作的《兰陵王·丙子送春》，既是沉痛悼惜当年二月临安陷落，也是悼念江万里前一年的投水殉国。

送春去，春去人间无路。秋千外，芳草连天，谁遣风沙暗南浦。……春去。尚来否？正江令恨别，庾信愁赋。苏堤尽日风和雨。叹神游故国，花记前度。人生流落，顾孺子，共夜语。

其他的咏春之作，同样有着河汉遥寄不得至的悲烈苍凉，声声都是师不得见国不得归的带血之啼。

芳草如云，飞红似雨，卖花声过。况回首、洗马塍荒，更寒食、宫人斜闭，烟雨铜驼。(《大圣乐·芳草如云》)

莺语依然，但春去、人间无约。谁念我、吟情憔悴，醉魂落魄。(《满江红·莺语依然》)

无肠可断听花雨。沈沈已是三更许。如此残红那得住。一春情绪。半生羁旅。……不如归去。不如归去。人在江南路。(《青玉案·暮春旅怀》)

元成宗大德元年（1297）正月十五日，这位啼声带血的悲情诗人，这位南宋著名的遗民，逝世于家中，享年66岁。他死的时候正值早春，这是巧合，还是上天的着意安排？

一只心事重重的白鹭，一只乱世之中隐身于庐陵青山绿水之间的白鹭，终于挣脱了肉身的枷锁，向着他纸上构筑的永恒的春天飞去。在那里，他与老师江万里、师弟文天祥终将会合。在那里，他抬头向天，手指苍天，作诗人吟诵与鹭鸟起飞状，就像如今白鹭洲书院里他的塑像那样。在那里，满天满地都将是白鹭振羽的优雅祥瑞之音。

选自《光明日报》2021年9月10日

砚边信笔

朱以撒

道在日常

日常生活似乎每日大抵相近，小欢喜小忧愁，日复一日。所谓日新又日新是从精神上来说道的，至于物质生活，是重复的，在重复中有些渐变，以此延伸。如果每一日都新变，都无常，日常生活就缺乏一贯性，缺乏生活所需的常道。

明代的理学家王艮有一个观点，“百姓日用即道”。日常生活平淡无奇，生活的常道就是寻常，在时日的递进中自然而然。生活的寻常使人有寻常之思、寻常之行为，守住一些寻常之规矩，同时也追求一些更高的目标，使日常生活有所提高，更有滋味。物质生活古不如今，后来都市崛起了，生产力提高了，物质生活走向佳好。好不是朝夕形成的，而是缓慢推进、比较、反思、检讨，寻找到更适宜的做法，千百年来积累了大量的生活经验，提供给后人。后人再根据所处时空的需要，有所改进，使之更合于日常。这么说来“百姓日用即道”是一点也不差的，且是一种大道，化在日常之中。道是教科书上玄之又玄的说道，摸不着看不见，以至使人无从知无从行，如果以百姓日常说开去，也便通俗易懂。既然是日用也就其旨未改，只是更世俗了，能理解了，可传播能运用了。再奇妙的道也要有人懂，否则只是表面上的文字，云里雾里不见真实。王艮的说法和禅宗“饥来吃饭困来眠”“行住坐卧皆是道”有一些相通，都是从日常生活来言说一些道理，以浅喻深，以近导远。如果衍至艺文，也可以见出不少巧妙。

天下人、物之生之长皆由规矩导引，规矩使人有章可循，就安避险，顺势应时，从而行远。书写是日常生活之一种，书艺高于书写，也就需要守规矩，规矩有大有小，皆值得信守。接受古代经典的引导就是一条大规矩，再有才华的人也不能悖于规矩。循规矩可以达到书圣，而不能成书圣者，也能使笔下文字因合规矩而具备美感。那种自视才高而无视规矩者，终了无所成。就如作家跨界于书法，书法家跨界于演唱，他们在各自领域已经显示出才华，一经跨界就变成小学生，在规矩中行，在这一界别中重新起步。子路未事孔子时，任意使性，多与人不睦而争斗，而后得孔子謦欬，以规矩约束自己，也就有资格成为一名孔门弟子。书艺生活中的千百规矩，与日常生活中的规矩的相似之处，就在于都值得去持守，如此则言行有出处，笔下有体统，如珠走盘而不溢出。

规矩不是整日挂于嘴边念叨的，规矩融入日常生活里，形成习惯，也就自然而然为之了，达到日用而不知，不须特地强调，更不必刻意示之以人。所谓天道，就是一种看不到摸不着的运行，春夏秋冬的轮回，浑然无端，找不到四季交替之间的缝隙。所谓书道，它所具有的种种要求，就是在道中行，甚至就是一种感觉，合于道或悖于道，不在外表，而于内在为人感知。一个初学书法的人，总是想着每一笔以中锋行，欲下先上，欲右先左，逆行以入纸，想着做得严丝合缝一些，书味却没了。如同一个初学作诗者，斤斤计较于平仄之合，以为诗之首要，结果一首下来，平仄合拍了，诗味也没了。及至运行纯熟，也就不再强求，获得自由了。明人王襞曾言："愈平常愈本色，省力处便是得力处也。日用间有多少快活在。"当一个从艺者将规矩融于心中，化于腕下，也就如赤壁泛舟，"纵一苇之所如，凌万顷之茫然"。若意在笔先，构思完整，可成佳作；若一时兴起，信手挥洒，也超乎平素。就如日常生活之人，不可能凡是行动、动土、举手投足皆以皇历为准，那生活就辛苦了。艺术生活之所以有趣味又不违规矩，也正是能有法，并能化有法为无法，行无法之法。此时，纵横无拘而不逾矩，喜不自胜。

艺文生活虽然高于日常生活，却是建立在日常生活基础上的，知其善而动，知其不善而避之，在漫长的积累中，除了共行的道，尤其有个人对于道的独异理解与运用，便在日用的不知不觉中，有所自得，与人不同。道之用，无远近大小，所用之人，不分贵贱贫富，这也是我们可见一些竹篱蓬艾之子，贩夫牧竖之辈，笔下非一般神采。善用道者，日常之道、艺文之道，皆可化而为之，无痕无迹。

异于众说

乐于笔耕的人常会写些文字，表达自己的见解。有的被视为正途，有的则视为野路子。有的顺着常道说，有的却逆着说，也就有合有不合，会觉得奇怪——他怎么会有这样的想法？

就像面对一件作品，优劣谁定评呢？只能各说各的。每个人看的书不同，审美观可以相差很远，但自己的评说尺度是真实的。至于以后是否随阅历丰富而合于所谓的正轨，那就另说了。

在钟嵘的《诗品》里，把一百二十多位诗人分为三品，陆机、潘岳列为上品，陶潜为中品，曹操则下品。有人以为诗分三品本就不妥，不置陶潜为上品更是荒唐。同时追溯流别也牵强局限之至。但钟嵘之所以为钟嵘，就是持如此评定法则。华人学者叶嘉莹是浩然小说的热心读者，对浩然的《艳阳天》给予很高的评价。这也让人感到不解，觉得此类书根本不值一读，写作技能不高，传递的艺术价值也匮乏，只是时势的传声筒。认为叶嘉莹文学素养这么好的人有此好，也属奇怪。正是许多的审美差异，各自坚持，各成癖好。

欣赏就是各人闷声不响地独自把玩，同道所言全然充耳不闻，只关注自己感兴趣的，甚至钻到牛角尖里了。即便一件作品好评如潮，也不为心动，因为看到了他认为很致命的那一点。座谈会上一致称许的嫌疑就是审美路线都制定好了，即往优里说，俗世的人情、面子使评说趋于大同——座谈会没有让人失望的，大家都为英雄所见略同而满意，生出惺惺相惜的热情和好感。俗世生活有这样的融汇力量，把异议藏匿起来。

千百年后大家都公认陶潜的诗文当列为上品，甚至上上品，也不免质疑钟嵘的审美眼力和品位，觉得为何如此高上之作不入法眼。后人都说陶潜诗文很好，跟随着表示的人也不费劲又正确。这样的人多了，也就显得钟嵘的审美之逆。个性就是如此——这就是我的判断，我的确认为他达不到上品这个级别，我不愿勉强自己。如此执拗的人，旁人都认为他在坚持明显错误的欣赏，而他以为自己的真实感受就是如此，非常正常。似乎钟嵘到死也没有对诗人们等级的排列重新改动，更不认为陶潜的诗是上品。个人的坚持可以不修正，不随众说。而有一些文字的作者却会为了合时宜一改再改，不胜其改——只想合众生的所谓准确，却没有什么个人的意气。高评要有高评的特色，众人说的都一样，高评也就合时宜，流于寻常。宋人魏庆之评陶诗："如绛云在霄，舒卷自如。"宋人陈模评："与万物各适其适，气象已好，又触兴而发。"清人洪亮吉评："有化工气象，余则惟能描摹山水，刻画风云。"清人贺贻孙评："能以真朴自立门户者，惟陶元亮一人。"这些褒扬都谈不上个人化，泛泛而已，厌烦准确的废话。

一篇文章，有问题的部分都是自己的。自己想的和众人不同。而一些没问题的，以前和现在都被人说过了，换个句式再表达一次也无妨，没有新意却很保险。因此会出现某些倡导、认识都一模一样，很合于规范的文章，真要挑剔也挑剔不出多少不足，就是不像人写的，像抄的，抄得很恰当。如果不合规范，自任又多，那么文章的逻辑性就达不到了，更不合经院式的要求。但这样的文字会更展露感性的成分，依赖常规性少一些，疏离附属性大一些，有着自由的思维和话语品格。不过，为了发表或入选，很少人愿意这么写，专家多半会说——文体不合，话语太文学化，不在这个价值向度内。表达的形式和话语的自由和个人化，往往被忽略了。

审美偏嗜是一种癖好，癖好可以偏离公认的轴线，反固有的思路而行，注重癖好展开的过程，未必倚重其结局。通常以为学艺文、赏艺文要走正道方合辙轨，行于大道才可通于长安。除大道外，还有许多道途，提供行道之人选择，可通长安的，不可通长安的——未必都要通向长安，长安不必是人人都向往的。行在非大道上，也可看四时异景、鸟啼花落，到达其他风光之境。这也使坚持个人之癖好的表达令人惊愕，在逆常规审美时，成为孤立的快意者。

大场面

古今文艺活动规模的差异就是大场面和小场面之别。古代的文艺场面，即便有名的金谷园雅集、兰亭雅集、西园雅集、玉山雅集，也不会是大场面。譬如玉山雅集有文士近八十人，已算很有规模了，但要和当今几百人、几千人的阵势相比，只能称屑屑尔。看看当今一个大型展览开幕，天南海北的参观者摩肩接踵，陌生口音会使一个城市热闹起来。至于交游、讲业，一日千里，天上飞，地上跑，偌大空间任由驰骋。对于古人来说，在文艺场面上无论如何都是以小的方式进行的，小幅式创作、小格局雅集、短距离往来、少数人相互欣赏。古代交通便利不足，通讯又止于马上传书。要使一个文艺场面浩大，使一个人通过大场面，让艺术名声进入广大空间，实在是艰难之事。

习惯了大规模有声势的活动，如果因为某种原因不能举行，一个人的活动方式就戛然而止得到转换。譬如想举办一个大型书法展览，想邀请许多人来捧场；想借助飞行器到四五个城市办班授课，讲讲参展入选的秘诀；想为新出版的书法作品集首发举行一个仪式，看看很多人排队等待签名售书也是很开心的事。可是，这一切都暂时禁止了。那么，就改变一种生活方式，像古人那般不到处驰骛，变动态为静态，变向外为向内。环境的迁变可以改变一个人，此前也许没这么明显感受到，以为环境是为人所设的，任人利用，而今必须适应空间的一切规矩，改变此前已经形成的癖好——一个人如果习惯了场面上的应酬，一旦不应酬了还真是觉得不对劲。20 世纪 30 年代，作家张天翼写了一篇小说《华威先生》，写的是一个官吏华威，终日繁忙，家里几乎待不住，到处开会、宣传、讲演、宴会，走马灯似的穿梭于各阶层团体，总是说：“唉，没有时间。”总是在会议中提出：“我现在还要赴别的会，让我先发表一点意见。”“好了，抱歉得很，我要先走一步。”空间之大，活动之多，以一人之身应对，自然就无暇顾及完全。华威先生素来就有，艺文界不乏其人，俗世生活使然、个人价值观使然。

大场面、大规模使人震撼。汉时蔡邕书《五经》于太学，观者如堵，算得上大场面了。大往往引人注目，如果是超常之大，更是让人自叹不如。譬如小型展览不及大型展览引人注目，超大型展览更见过人之力。展览若于小展馆，则小打小闹；若于大型美术馆，则身份不同一般。观展者若只是同道，展览分量则平平，若来三两个大人物，跟着来几个主流媒体，这个展览的品位就可以让人掂量一番。出版一本作品集，倘薄薄一册，几乎没有重量；倘厚重的精装巨制，沉重在手，自然不能同日而语。这样的比较为的是争外在的面子，至于里子如何，并无在意。时日长了，活动也就大且空。古时的文士雅集，有气派场面的还数在石崇金谷别业的这一次——金谷别业规模宏大，面临金水，随地势高下而建馆筑园，使楼榭亭阁，各见其妙。金谷园主富不可敌，士人相聚自然宴饮欢娱极其富足以至昼夜。相比起来兰亭雅集会朴素一些——不是大场面也能让人千年不忘。这也是一个道理。

这些年来写文人交游的论文多起来了。文人交游是一种必需的活动，情性相投者彼此相适，也就不必讲究论道的场所、人数的多少。三两素心人，说说素心话，全无客套。往往交游中得启发受裨益，取他人长以补自身短。艺文之所成还多在个人自重学业，溯流穷源，究其指归，这也有对自处行为的肯定。刘义庆在谈到陆士衡、顾彦先这些文士时，认为他们以洪笔为锄耒，以纸札为良田，以玄默为稼穑，著文章为锦绣，蕴五经为缯帛……做这些事都不是场面上能给予的，而且还需要每个人避免在场面上无谓地消耗精力与时日——当然，这就需要自觉了。这对惯常在场面上奔走的华威先生们来说，也是一种煎熬，因为他已经回不来了。

由于大场面的暂时消失，精神生活方式也相应改变，在没有大场面的家中、家中的书斋，做艺文之事。出现在大场面使人有存在感，安坐而学同样有存在感，而且会更加实在。大空间和小空间都可以让人有所作为，尤其是不能向外驰骛时，安静地坐下来，有了实在的意义。

选自《满族文学》2021 年第 1 期

大地呓语

田　鑫

村　子

有一个很有意思的问题，村子从一出现，样子、形状、大小和方位就一直没怎么变过，却没有一个人能把它描述得足够清楚。在通晓村子秘密的阴阳眼里，村子是圆形的，由一个核心和一系列点组成，和他手里的罗盘一样。可是他的这套理论太过抽象，不足以支撑我们对于村子的宏大想象。牧羊人说，村子宛如一丛杂草，东西南北都很茂盛，只有中部稀松，因为那里有一座涝坝，它的湖面倒映着蓝天，而天空中寸草不生，大地上相应的位置也就看不到一根草。我很佩服牧羊人的想象力，他跟羊在一起待久了，就具有了羊的性格。他走路慢悠悠，说话慢腾腾，看村庄的角度独特也就不足为奇了。此前，他和羊一起丈量过村子，从村子中心出发，向东走六公里，向南走八公里，向北走九公里，而向西走，就没办法确定路的长度了，那里沟壑幽深，羊知道长短，牧羊人却没办法确定具体数据。如同瞎子摸象，每个人的长处不一样，他看到的村子的样子、形状、大小和方位就各有不同。一个村子四个村民小组二百三十九户一千一百三十一口人，对于村子的样子、形状、大小和方位的认知，也有一千多种。他们眼中的村子，集合到一起，就构成了这座村子的复杂性。如果一个村子很容易让人读懂看透，那它还有啥值得迷恋的呢？

姓　名

你去哪？我去田家沟。这个问题，表面上看答案明确，但并不是每一个要去田家沟的人，去的就是同一个田家沟，因为“田家沟”这三个字，并不是一个村庄永恒的状态。比如，早上去田家沟的人，就只能看到早上的田家沟，对于田家沟其他时间的状态，他一无所知。常住田家沟的人，也不是一直住在同一个田家沟里。之所以叫它田家沟，因为它确实窝在一条沟里，不过这条沟里并没有流水，它应该是水的弃子，水生下它，再也没回来，它就长成了这副样子，把草木当作河水，苦苦撑着“沟”这个名号。其实，也可以叫它田家湾，四个村民小组，每个都守着一个湾，山与山的拐角处，有避风港的意思。还可以叫它田家屹崂，从天上看，它藏在大地的褶皱里，地图上没有留下踪迹，所有进入村庄的道路上，也没有任何标识。这件事跟生活在村子里的一千多个人的性格一个模样，他们跟草木一样，活了一辈子。故乡是离开村庄以后的人对村庄的称呼，就像我们离开村庄以后起的大名一样，读起来总觉得隔着一层什么。

男人和女人

乡下只有男人和女人。这是一句废话，哪个地方不是由男人和女人构成的呢？乡下的男人是男人，穿男人的衣服，做男人应该做的事，最大的一件事是，对女人发号施令；乡下的女人是女人，做女人应该做的事，最大的任务是生儿育女、劳作，以及听男人的话。男人和女人重复着同样的生活，遵循上一辈人从上上一辈人那里继承来的美德，恪守着他们坚守的正确的价值观，还会吸收因为环境变化而出现的新理念。当然，他们也会犯错，犯上一辈人以及上上一辈人都会犯的错。对于男人和女人，有人提出一个理论：女人生了男人，男人却让女人一生处于劳累、生育、抚养、疾病、恐怖之中，这是因为，男人就是劳累、生育、抚养、疾病、恐怖的集合体，他们可怜到只能拿女人撒气。而女人，用美德维护了乡下的尊严，延续了乡下的香火。

味 道

要说清这个村子是什么味道，是有一定难度的。你问春天的村子，桃花会用一身粉告诉你，可是你的鼻息之间，又不是单纯的粉，混合的气味让你觉得身体在膨胀，要顶开什么一样。你问夏天的村子，干燥与潮湿交织，腐败与清新交汇，风吹过来之前，味道还单一，风吹过来之时，味道已经含糊不清了，而风吹过去以后，大地就换了新的味道，你难以捕捉。你问秋天，它会拿出小麦、玉米、土豆、葵花……让你自己去辨别，自己去确认。可是，每一种植物都有独属于自己的气味，哪一种能代表村子，我说了可不算。夏天的村子，根本就是味道的世界，不管你从哪个方位闻，都能闻见复杂的气味，你说不清楚它是来自花朵还是厨房，而到了冬天，万物封冻，一场雪就把一切覆盖了，你想闻闻村庄，可是只有雪的味道，单调得让你觉得村庄仿佛死了一样。村子汲取了四季万物的气味，形成独特的味道，这些不断增加或者减少的气味，隐含着村庄的秘密。村庄不会泄露自己的秘密，只会把它像细软一样藏起来。但只要细心一点，就能在野地的桃花里、水中的蒲草间、麦子的叶片中，以及苜蓿的紫色花瓣上，发现痕迹，它们并没有按照大地的意愿保守秘密，它们因为美和芬芳，成为村庄的叛徒。

仇 恨

仇恨有以下几种：人恨人，人恨物，物恨人。一个人恨另一个人，一个人恨一群人，一群人恨一个人，一群人恨一群人。仇恨是人最基本的感情，是爱到一定程度以后因无法驾驭而产生的应急反应，也是人把自己逼到最后一步的表现。乡下人恨一个人，不需要这么高深的理论，走在路上没被正眼瞧，或者散烟的时候恰好漏了自己，都会成为恨一个人的理由。有时候看到别人家的麦子比自己家的麦穗长，看到别人家的牛踩了自己家的草，也可以恨起来。乡下人恨了别人却不会到处说恨，只是暗暗在心里较着劲，找机会报复对方，无非就是自己的烟散给所有人偏偏绕过他，把自己家的麦子种出长麦穗来，让自己家的牛去踩他家的草，这样，仇恨就平复了。我们村里有一个习俗，如果两个仇人至死都没握手言和，一个人死了，另一个人就要参加他的葬礼，跪倒在灵堂面前，单方面谅解死者，这样，一个人就不会带着遗憾去另一个世界。一个人，如果突然恨起一样东西来，最直接的办法就是摧毁它。比如我恨时间走得太快，就把父亲买的钟表拆开，然后让它永远停在某一时刻。木匠恨木头，就提着斧头进了山，所有的树都战战兢兢。他对着树一顿乱砍，砍得多了，就不恨了，和木头打了一辈子交道，最后，给自己打一口棺材，算是两厢和解。物恨人表现得不太明显，但是一旦恨起来，就会很猛烈。修房子取土、打梯田取土、埋人也取土，人对土的利用，无休无止，土决定报复，于是联合水来一次清洗。大水从山上冲下来的时候，雨已经下了五天五夜，人们还在睡梦中，他们在梦里可能遇到很多种情况，但是绝对不会遇到大水，他们以为水很温顺，以为已经凭借人的力量控制住了水流，没想到，水和土合谋，对人进行复仇。水所到之处，土做好支援，摧枯拉朽，路被冲开口子，土地被冲开口子，顷刻间，庄稼被覆盖，房屋摇摇欲坠。人们做梦都没想到的事情就这么发生了。第二天，天放晴，人们从屋子里出来，发现大地一片狼藉，水留下的战场上，写着“仇恨”两个大字。

循　环

并没有彻底的生，也没有彻底的死。生和死，每一次都有不一样的内容，每一次都是新的，每一次都充满期待和悲伤。只有这样，村庄才能不停地成长。生下来的人，重复着死去的人的生活，死去的人看着生下来的人重复着自己的生活，循环往复，人们前赴后继地重复着同样的生活。这样，村庄才会永生，才不会像一个人一样，只过一生就死去。其实，田家沟自从有了人烟那一天起，就启动了它生生不息的循环：劳作者一一死去，而接替他们劳作的人，又一一出生，大地之上，生生不息。

选自《雨花》2021 年第 1 期

高台寺

陆蓓容

京都这样的老城不会使人失望，去参观与丰臣秀吉夫妇关系密切的高台寺，历史像录像带猛然倒退。说来惭愧，当然不是因为爱好历史才提出要去那里的。在历史街区散步时，屡屡见到一张海报。红屋檐，绿树叶，上面寥寥数语：高台寺，天下第一绿。

其地上山道很不起眼。石板铺成矮阶，夹道种花栽竹，以与周遭区隔开来。游客实在少，几步路就隔开了尘嚣。想到人挤人的清水寺就在左近，深感人间万事荣落难期。此处售卖联票，高台寺、圆德院与掌美术馆在一处。付完钱，一沓印刷品递到手里。门票、宣传单，还有小套明信片，是寺中四时景色。余皆平平，只一张分外动人，是所谓“库里”建筑门口的屏风与烛火。屏风上“梦”字硕大又单纯，白烛盈盈，照它凄然。秀吉与宁宁的故事都像这个字。

相传是门不当户不对的自由恋爱，后来平民百姓毛头小子一跃掌握大权，正妻地位不倒，爱却分给了别人。秀吉病逝后，家族权力转移到侧室淀殿及亲生子丰臣秀赖那一边，宁宁无子，就在大阪出家，又接受德川家康帮助，来到京都，修建起高台寺，为丈夫修荐冥福。及至德川家康攻下大阪，秀赖与母亲一同自杀，而她独能于乱世中安享晚年。如今很难知道历史洪流之中，人是怎样做出抉择的。白手起家直至权倾天下，旋即病亡，固然如梦；夫荣妻贵，实权在握，却又“眼看他楼塌了”，何尝不是露电泡影过一生。况且人事代谢为常，微茫心绪不总能唤起后人咨嗟。

入寺之初，见三位女士蹲坐着修整青茵，她们身后正有一大株红薇纷然作花，此时随风簌簌，端的是颠倒苍苔落绛英。看在游人眼中是景，劳作者却不多情。每位身侧散着笼帚、小刀，手里捏着镊子，细细剔除芜秽。枯叶杂草与落花一视同仁，都收在面前的小簸箕里。这样的工作可不如秋风落叶，旋扫旋生吗？所以美色并不全出于天然，只是匆匆行旅，常不及了解风景背后的辛劳。此地尚是边缘，有一带黄墙黑瓦，都不高，远树垂枝特来护持。墙下分种两株小灌木，蹲一尊铜灯笼。如此畸零地面，竟然也收拾得整整齐齐。几簇细蕨聚生着，要么贴墙，要么傍路，或者就在灌木底下，不近不远，成为妥帖的视觉平衡。没有谁孤单落伍，调护者用足了心。

这份心思一路绵延。先是一段并不宽阔的道路，几座疏落茶亭散落其间，形制各别，不过都没有开放。其实，散步其间，并不一定会想进去坐坐的，因为周遭一切已足够夺人心目。就以遗芳庵为例，秸秆屋顶灰黑色，挂零星几点青苔。侧边与后方各有一株大树，漏下斑驳碎影。周遭都是花池，只有碎石铺地，近主干处略起波折：大片青苔上两丛玉簪，一片菊花，此时尚在抽条儿痴长。白石皓皓，彼此依偎着，做出低浅河道模样。大石条横卧为桥，几块色彩不一的圆石斑驳点缀，送人双足直到室门前。桥下依偎小棵灌木，卵圆叶子绿得油亮，也许是含笑。换个角度，侧边窗下，又栽一株细瘦桂花。晚春长秋都要你有香可闻，夏看浓荫正当时。只有严冬风致难想，或者深雪覆盖屋顶，灯火微黄，也会很迷人。

至此都还只是开胃小菜。路是灰石铺成，苔迹被竹篱隔开。路宽时整根横卧，粗略天然；路窄时劈成长片，上下两根，被木桩钉成曲折温柔的弧线；有时必须明示不可进入，那就着点儿急，认真插一片半人高的护栏。在别处见不到这样懂得掌握节奏的庭院装饰，一时满心赞叹。竹篱尽处豁然开朗，借来远景山色，眼前是小廊回合曲阑斜：欢迎履足，敬请脱鞋。

视野略高，看风景就是从容俯视。可是人家不叫你看风景，开轩闲敞，光线充沛，大和尚站立当地，伸手相请——来来来，且观赏绘卷与立轴。描摹鬼怪似乎分为两途，一种作恶相，催人畏怖，唤起各种觉悟；另一种作滑稽相，使人忘却人鬼殊途。都是不错的想法，在此皆有表现。

说理的有河锅晓斋《阎魔图》挂轴。他的时代并不早，大约在幕末至明治期间，行事做派都还为人所知。总体来说，是一位相当热衷于诡异题材的艺术家，画过红粉骷髅、幽灵变化、南瓜成精玩游戏、青蛙打架，诸如此类。好生恶死是常情，忧危难以言表，赶紧转去看那幽默的一面。此间展出几个长卷，虽时代各自不同，内容都是一致：百物成精，衣锦夜行。实在非常可爱，是让人温暖的幻想。假如日常用具都有这样的灵性，独居者起卧之间应该平添不少内心戏，说些“你好啊”“辛苦了”之类，或者管这些东西叫“某某先生”，就很平常了。有此感慨，是因为终于略微理解了宫崎骏动画。龙猫、白龙、借东西的小人，都有精怪气息，又都十分贴近日本人的现实生活。必先有普遍接受精怪存在的观念，才能顺利创造出它们，再以之感染几代后来者。

看过画儿，许你四处行走。提了鞋巡行一过，满目玲珑回廊影，影外即东山。偃月、卧龙两池平静无波，紫薇花高高伸上天空，在末梢抛下数簇红英。折到尽处出奇制胜，方丈室前大片檐廊，正对一片收拾整齐的枯山水。因是寺庙，乃竭力突出相关主题。巨浪漩涡譬喻宇宙，三山瀛海在侧边。莲花圆融自在，还有我看不明白的池中波浪与山头。左侧大树低垂，叶儿宽，枝条壮，不像是柳。努力辨认，该是垂枝樱花。到春来会是什么样呢？纷然绽生，旋即飘落在无尽波浪里，以喻人生万事弹指刹那？

从方丈室出来就进了山。路颇宽阔，池面开拓至山下，水昏然。一株枫树俯身压水，低枝绿，高枝黄；末梢金红，熠耀夺人。山中有桔梗、杜若、偌大树根。云气翻青，阳光聚散不常，照得树木颜色千变万化。末一段翠竹遮天，竹管勒成台阶殷勤相送。

选自《文学报》2021 年 5 月 20 日

旷野笔记

张二棍

老　树

远远望去，那村庄如此寂静而单调。一座座灰茫茫的房子无力地趴着卧着，东倒西歪，像一条条又老又哑的狗，被拴死在土路边、山坳里、小河畔、悬崖上。

无数座这样不动声色的村庄像无数贪婪的胃口，都在强悍而缓慢地吞噬着这里所有的人与事，消化掉他们笨重而粗粝的一生。我总觉得，一座越是古朴的村庄，越是用它的安详和平淡来杀人诛心。只要你敢于在这里出生，这看似羸弱而灰茫茫的村庄，就会把你磨损成一个喑哑的老头子、一个认命的老太婆，到最后，磨损成一捧黄土下几枚零散的白骨，白骨之上几株飘摇的荒草。

每一个村庄里，大概也会有那么一棵老树，笔挺挺或者斜歪歪地，杵在一间间陈旧的房舍之间，一副漫不经心或心无旁骛的样子。一棵几百年上千年的老树，什么样的人都见过了，什么样的世事都经历过了。曾有无数锋利的刀斧想要砍去它，曾有无数浩荡的白蚁想要吞噬它，也曾有无数场大火想要夺去它的老命……但它挺过来了，它已经活到了足够让自己坦荡，让自己比所有人更加一无所求的年纪，它已经不会再爱什么再恨什么了，它孤兀又永不懈怠地活在自己的时间里，该绿的时候它就绿一绿，该黄的时候它就黄了……

树足够老了，就成为神树。是不是神树，从来也由不得它自己，不管是一棵梧桐还是钻天杨，不管是站了五百年一千年还是更久远，都没用。一群清贫的人，在尘世间最大的能力，就是让一件事变成传说，让一件物成为神物。他们没有资格去封一个乡长、一个派出所所长、一个村支书，却可以在某个夜晚梦醒之后，轻快又简单地，营造出一个供他们跪拜和祈求的神。

一棵树猜不透自己怎么就糊里糊涂成为神树的，只是一天天又一年年，它无力地看着自己被围满了劣质的红布条。红布条褪色之后，就成了灰布条、白布条。一棵穿着白布条、灰布条的老树，像极了一个面容斑驳、衣衫褴褛的老人，沉重地站在村庄的中间，站在每一个朝夕的鸡鸣犬吠、闲言碎语、烟熏雾缭之间，站在一群蓬头垢面的老百姓中间。

它再老，再神，都是老百姓房前屋后的邻居，都是一座村庄抬头不见低头见的日常。它再老，再神，都得装聋作哑，它咬紧自己的每一枚叶子，抓紧自己的每一缕枝条，它不能透露村庄里的任何一个秘密，却需要牢牢地记住这村庄的每一个细节。它再老再神，都不得不接受一个人围上去的红布条。这红布条，像是嘉奖也像是镣铐。这轻飘飘的红布条，像是一个人对一棵树活了很久的崇拜，也像极了对它几百年寸步不能移的嘲弄。

一棵树突然神了，和村庄里一个人突然疯了，其实没什么太大的区别。它需要从被人们足够熟稔却常常忽略的日常中，抽离出来，它要从其他没有被封为神的树之中独立出来，它要先于它们发芽，或者后于它们落叶。它凌空的树枝上，要站着几只不知天高的鸟，它要在夜晚被恰好路过的人看见一闪即逝的光……

一棵树变老变神之后，就必须有了城府和见地，有了训诫与羞耻，就必须装出一副苦心孤诣和若有所思的样子，在每一个凄风苦雨或天寒地冻的日子里，像拥有一个无穷力量的母亲，咬紧牙活着。一棵老树，在一个村庄里已经不再是一株植物了，它慢慢会成为地标与方向，成为村人们聚散离合的常在。它什么都看见过了，生的死的柔情的残忍的……它庇荫着一代代孤独或苦闷的村人，它听他们的叹息、笑语、争吵、哭泣、祈祷、发誓，它把所有的故事都记住了，记成了树身上一个个醒目而丑陋的疤瘤。所以一棵老树，可能是一个裹脚老人送儿子去前线打仗的长亭外，也可能是儿子被几个陌生人运送回来的古道边……

至于一棵树想些什么，谁也猜不透，也极少有人愿意去猜一棵树的心思。相隔很多年，村庄也会偶尔诞生一个用一生去猜万物之心的人。他乐于去猜测树木的心思、牛羊的心思、山谷的心思……有时候，他昼夜不舍地坐在一棵老树生铁般蜷曲的枝条下，痴人般静默地把头顶的一枚树叶琢磨上很久，有时候想着想着就无端端哭了。他把自己全部的心思，都耗费在某个狭隘的猜想之上了，仿佛世上再也没有别的事儿能够打动和吸引他了。他像极了一个不动声色的愚公，毕生都在用大汗淋漓的冥想，搬运着内心的荒山与巨石、枯枝与败叶，直到把自己沉思成一个无力的鳏夫，再也无力猜想更无力哭泣……我见过很多这样被系满红布条的树，在那一个个或衰败或嘈杂或宁静的村庄里，孤家寡人般矗立着。

某一次，我还见过一棵被雷劈过的槐树，一半活着一半死去，一边无精打采另一边却又生机勃勃。我路过的那天，快过中秋了，三五个木讷的老人，拉着七八只更加木讷的羊，围在这槐树下。一个杀羊人面孔黧黑，他捏着一把刀子，仿佛沉稳的死神。而那七八只羊，仿佛一群老练又认命的死囚，也许它们是被吓呆了，也许它们总以为轮不到自己，也许它们知道迟早会轮到自己……羊是一只接一只挨个儿被捅倒的。他每捅完一刀子，就有一个老头儿提过来一只桶，搬起羊的头颅，汩汩地接着血。

羊儿们躺了一地，一动不动。其中一只，已经不喊叫了，却还是挣扎了两下，它的两个后蹄，梆梆梆地踢着那棵老树枯干的腰身，越来越无力。而老树，也一直如十二月的刑场般僵硬又无动于衷，已经不像是个活物了。

一棵老树，早已见识过足够多的人情冷暖。曾有一个摇摇晃晃的醉汉，提着斧子要找它的麻烦。曾有一只不知名的野狗，在树荫里打滚、撕咬、睡觉，最后还要冲着它撒尿。在无数个凄风苦雨的日子里，那些拎着猴子要把戏卖艺的，把一面面铜锣恶狠狠地钉在它身体上，又恶狠狠震耳欲聋地敲着。老树什么也没听见、没看见……

树上的神什么也没听见、没看见。或许，他只是一个比树更苍老、更无助的老头。也许，神从未存在过更没有出现过。也许，所有的神，都只是我们放置在高处的一个虚无倒影罢了。

我们借着他，遮挡和慰藉着凄风苦雨和粗茶淡饭的一生，罢了。而世上所有的穷人，除了神，别无长物。

更穷困偏僻的地方，一定拥有更多的神。在那里，无助的乡亲们，需要数不胜数的山神、水神、树神、井神，如猪啊羊啊牛啊狗啊一样，簇拥在他们的生活中。

更迭

更迭——一个带着巨大魔性和统治力的词语，蛮横而无理地消耗着每一个囚徒般的生命。你我他，它和它们，看起来熙熙攘攘纷纷扰扰，其实都是一个个孤零零的生命，偏居在各自的一隅，我们避不开任何的风吹草动，也躲不开时光任性的追捕。

一棵树一条路一眼井，很轻易就被时光浸染成了老树、老路、老井。浩荡的时光，一寸寸磨损着人间每一个活生生的人。最后，鲜活的我们都将被他人无情的口舌，讲述成一抹抹冰冷的背影，讲述成一个个无据可考的古人。然而，还有更多人的更多故事太平淡了，谁肯劳神讲述，谁又会费心倾听？许多人的一生总是如此仓促而无力，如此斑驳又迷离，连自己都无心去说，说起来也无非欸乃一声，就讲到了尽头。

我曾无数次路过的无数个村庄里，也有太多的人活在无人问津的一生里，哑口无言地等着被荒废，被抹杀，被湮灭。他们统统就是那么简单的一个复数——众生。这疲乏的众生、困厄的众生、尔虞我诈的众生，这骄傲的众生、多彩的众生、相濡以沫的众生……

我想要写出白日里叽叽喳喳的他们和黄昏中沉默寡言的他们。我想写出在祠堂里虔诚祭拜的他们和街头激烈争吵的他们。我想写出猪狗一样被羞辱的他们和曾被珍宝一样呵护过的他们。

我的想法是多么巨大的荒唐啊。一个人怎么有能力写下一群人呢。有时，我连描述自己都阻碍层层、困难重重。我常常把假设和误会过的生活，当作真实的存在。写，永远不过是一件欲盖弥彰、杯弓蛇影的谬行。我不过是在现实的掩映下，一句句地撒谎而已……

许多年前，我曾在某山村有过一次奇遇。一个毕生奔走在山川草木村落之间的白发老者，背着小山一样巨大的包袱，满面沧桑行色匆匆。他告诉我，这包袱中，是他一个人的《史记》。他在一个个或凋敝或偏远的村落间，穿行了无数个春秋，包袱里的白纸黑字，记下了太多人在这俗世的悲欢离合。他说，还远远没有写完，一个人不可能有过多的精力，去写那永无止境的故事。他老了，走不动了也写不动了，而这世上的故事，却如千奇百怪的病人般越来越多。仿佛是一次轮回与更迭，他把笔墨纸砚留给了我。我目送他过了几道山梁，直至他的背影，在一片如梦似幻的霞光中化为乌有，就像从未在这世上现身过一样。

呃，也许他真的只是我幻想出来的一个可爱老头，也许他正是多年后苍老而无能为力的那个我，也许连现在的自己，都是被幻想和拼凑出来的一个影子或一具傀儡。无所谓了，世界巨大如谜，我们短暂置身其间，而更多的时空中，我们都是在被人想象和想象别人。我们不过是借着一丁点无力的想象，支撑住了这渐至空茫的肉身。

之后很多年，我也一直背负着这些笔墨纸砚，在那一座座无名而有实的村庄里漫行着、喟叹着，像无数次走进大雾茫茫的梦境。我记得屋檐的残瓦、枝头的空巢、落满杂物的古井、村小学斑驳的黑板，我记得这些哑默的事物，怪诞地组成了一个巨大而黯淡的底片，无数次翻腾在我的脑海中，冲印出万千的景象。在一场场风雨雪霜中，我听了太多故事，也曾无数次允诺过那些孤儿寡母鳏夫，写下他们伶仃困厄的生活，以及曾有过的美好期望与短暂幸福。我还曾答应过我见过的疯子、侏儒、盲人，帮他们写出诉状与家书，绝交信与墓志铭。

可现在，如你所见，我辜负了那个赠我笔墨的人，也辜负了我曾抵达的每一寸土地。原谅我吧，我终归还是一个大事化小小事化了的人，我终归不擅长化腐朽为神奇，我终归会把我目睹过的这些微末与点滴，从脑海里一抹而去。我将怀着深深的歉意，离开每一座村庄。我走之后，这一切会在我的身后转瞬间坍塌、消失，被一寸寸蠕动的荒草张开绿了又黄的嘴巴，吞噬得一干二净。……那雪山下的葬礼，那青楼上的欢笑，那些贩卖奴隶的船队，那些刀口下滚烫的头颅，那两个小孩在辩日，那三个盲人在猜拳，那无数只飞蛾在你追我赶去赴火……天啊，你看看我经历的这一切吧，没一件有用的事，没一件值得绘声绘色说出来的事。而我怀中苦候我多年的笔墨，早已腐朽、干涸，成了无人问津的废墟和荒冢。

有一天，我也会风尘仆仆，返回到你们中间来。我返回来的时候也老了，比那个写下《回乡偶书》的诗人更老，比所有人加起来，还要老。我的口音也变了，我成了每个人的异乡人。没有人知道我经历过什么，也许在你们的眼里，我已变成一个偏执、沉默的哑巴，我已变成了一个颓废、癫狂的诗人，我已变成了一个阴鸷、势利的杀手，我已变成了一个多情、善变的戏子……

我写下的这篇姑妄言之的文字，绝不会是一篇锦绣文章，也不会有什么春秋笔法。这将是一次诸神遁走的围炉夜话，也将是一个人高烧中的呓语。你听，你不听，我也只是在这篇文章里说一说，而已，足矣。

选自《山西文学》2021 年第 5 期

路过另一个我

刘　厦

我那么近地路过了另一个我，我第一次在现实中接近了她，仿佛就要见到她了，却路过了。

我路过那个房间门前，我看见，那门上贴着我和另外一个参会者的名字，那是诗会主办方提前安排的。我到来的时候他们才知道我有家人陪着，所以又重新给我安排了另外的房间。每次出入，我都路过那个贴着我名字的房间，感觉就像路过了自己。那是另一个自己。

这么多年来，我对那个刘厦是如此痴迷地向往，她牵引着我的一切，我所有的选择都和她有关。

她在我眼前是那么清晰。

那个刘厦一米六〇的身高，身材苗条，因为在我八九岁时，有邻居指着我的腿说过："这孩子的腿骨节长，如果能站起来，长大了个子小不了。"所以那个刘厦可能会像她的大姑或者说我的大姑那样高，也会像大姑那样苗条，因为我三岁以后就没有再胖过。

那个刘厦留着披肩的碎发，很多时候头发是梳起来的，还有一些梳不上去而散在脸颊两侧。因为她不太白，所以突出了她清澈而有神的大眼睛。她穿着一条牛仔裤和一件白色柔软修身的衬衣，让人感觉安静而有质感。诗会报到这天，我想她就是这样背着一个背包来了，一个自由而独立的年轻人就这样出现在这里。

在会议期间她会换一身装束，那是她的另一面。她会穿一条长裙，虽然参会的大部分女诗人都穿着长裙，但刘厦穿的不会那么艳丽，她穿的是一条牛仔蓝复古长裙，柔软的布料随风摆动，她会散开头发，让头发和思维一样自由。

她温文尔雅又朴素自然，她低调，但低调中却透出一副傲骨。阳光因为她更加明亮了。她会赢得世界的爱慕。那个刘厦的诗歌和她的人完美地统一在一起。

那个刘厦会和其他的女诗人出入结伴，会和志同道合的诗友们私下外出，她会有更多的遇见。她也会因为这次在诗坛的第一次亮相，而开阔自己的创作道路，她会有学习到更多东西的机会，也会有更大得到认可的可能。

她会去做我想去做的事，她会成为我想成为的人，她会获得我所追求的人生。

我终于没有按捺住敲开那扇门的冲动。

“你好，我叫刘厦。”我冒昧地敲门问好。

一个穿着艳丽长裙的女子从一张床跳到另一张床上，并用紧张的口气说：“你睡那儿吧。”

“我不住这儿，我就是过来看看本来安排谁跟我一个房间。”我善意地笑着解释道。

“你不住这儿？”

“对。”我的笑容有些尴尬了。

此后便是锋利的沉默。这个沉默让我觉得自己的到来是多么莫名其妙。当我赶紧告辞退出来的时候，那个女子却紧追了出来。

“阿姨她这是怎么了？”她问推着我的母亲。

她的表情带着惊讶，带着厌恶，带着躲避，带着可怜。就在这一刻，我彻底明白了一个事实，那就是今生我都无法见到那一个“刘厦”了。

我们擦肩而过了。

我感觉到了今生不可弥补的缺失。

参加那次诗会的所有人都没有见过刘厦。或许他们并没有想象过，这个在《诗刊》发表过作品的“85 后”女诗人的样子，但当坐着轮椅的我出现在这里，我仍然觉得自己是一个冒充的。只因为我和刘厦有着相同的名字和联系方式，只因为那些诗歌那些文字是我们一起写的，所以我底气十足地来了。

我跟随着这一个刘厦，感觉并没有真正地抵达。

尽管我看上去和其他的人一样来了，一样听课，一样讨论，一样发言，一样照相。但这一切离我都是那样遥远，我看见，那遥远的目光，或暖或冷；我听见，那遥远的叹息，或惋惜或敬佩。我知道这距离是这个刘厦巨大的特征造成的。

这个刘厦坐在轮椅上，被父母推来，和她一样的姐姐也一起来了。他们就像一个小小的团体，保护着也淹没了刘厦。

这个刘厦一头短发是母亲理的，不分男女也看不出性格，因为这样最省事，她不想再因为头发这种无关紧要的事，再给母亲添负担。她穿一身三年前买的灰色的休闲夏装，中性是她掩盖差异的方式。她脊柱有些侧弯，声音也不够洪亮。除了她的眼睛和语言可以找到我的一些线索，其他的地方都无法与我联系起来。

外在的形象虽然不能代表一个人的人格和价值，但从某个层面说，它是一个人生活背景的体现，更是一个人命运特征的外化。

我在这里感受到了深入骨髓的自卑。无论怎么说，自卑是件丢人的事，所以我用说笑隐藏。

如果在这种情况下，没有产生自卑感的人不是坚强，而是无知。

几年过去了，我觉得我是一个比较坚强的人了，所以我敢于承认，我是自卑的。

无论看上去是否能联系起来，我都时刻与这个刘厦在一起，无论我是否愿意，我都跟随着这个刘厦来了。

看这个刘厦，在这里认识了几个朴素善良的朋友，在这里发言获得一次又一次掌声。看这个刘厦，在这里获得特殊的照顾和正常的打击，在这里获得前进的鼓励和生命的启迪。看这个刘厦，被省级文学刊物重点推荐，被主流媒体关注报道。看这个刘厦走在她特殊的路上。

我又怎能说我没有来呢，我的确来了。只不过，我抵达的是这个残缺刘厦的诗会，而不是那个完美刘厦的诗会。

我又怎能抵达命运之外。

这么多年来，那个刘厦忽远忽近，我不能抵抗她美好的吸引，我奋力挣脱着残缺刘厦的囚困，虽然那光芒还在远方，这个刘厦却走出了她的一条坎坷的路。

我为什么会成为这个刘厦而不是那个？

我又问到了这个终极的问题。在荒废了的时光里，在路过的人群中，在没有尘埃的窗前，在冥想的深夜，我都无数次提出了这个问题。

这个问题是无数个连锁问题最后得出的问题，这个问题就像一个黑洞，如果掉进去，根本无法被救援。这个问题同样也会繁衍出成千上万的问题，这成千上万的问题还会演变成更多的或许、可能、会不会……它们最终会凝聚成一股巨大的向往。这向往或许就是残缺刘厦和完美刘厦之间的关系。

我想一定不止我有这样的疑问，不然人间就没有那么多叹息、失落、奋斗、梦想了。

这个问题是生命终极的困惑，是灵魂最直接的不安。

生命没有完整的，因为具体的个体就是局限的，是局限的就无法满足灵魂的需求，所以，每个意识到的人都会向往一种圆满，那另一个自己便出现了。上帝通过残疾让我看到了这一点，而每一个平凡的人又何尝不是如此呢。

那个刘厦是存在的。她就在不远处活着。正是有了和那个刘厦的一次次擦肩，有了那个刘厦一直的吸引，才让我看清了真实的自己，才让我获得了力量和方向，才能够完成我在人间的这番旅行。

我相信，在街头、书店或医院，那个刘厦一定看见了我，并一眼就知道这个人是另一个她。当她看见父母推着这个残缺刘厦的背影远去的时候，她一定也在这个残缺刘厦这获得了她所向往的另一种生命的圆满。

选自《中国作家》2020 年下半年专刊

木头的表情

石红许

第一次接触“傀儡”一词，显然谈不上什么好感，诸如“活得像个傀儡”“傀儡政权”等。

词典里这样解释“傀儡”：木偶戏里的木头人。比喻受人操纵的人或组织。

多年后，才在赣东北横峰乡下一个叫作司铺莞草池的地方看过一段木偶戏，恍然间明白“谁是木偶谁是人”。

莞草池是一古村落，南宋年间周姓迁徙至此，历经近千年，村里还保存有“爱莲旧第”老宅封火屋、旗杆墩等古迹，与神秘的木偶戏交相辉映着古老的村庄缓缓走在岁月的甬道上，芃芃莞草的馨香从历史的深处幽幽传来。

那天，春风更比路人忙，却是一派笑意盈盈，张开山一样的手臂，欢迎每一个前来寻找春天的人。在细雨纷纷里，乘着桃花点点，我硬是心甘情愿地被提线木偶给七牵八扯了进去。木偶戏表演的是《西游记》中《高老庄招亲》片段，孙悟空戏弄猪八戒的情节令人捧腹大笑，滑稽、精彩、难忘。惟妙惟肖的表演，惹得近在咫尺的台前观众欢笑声、掌声不断。

相比傀儡戏，感觉木偶戏的叫法更文雅一些，更有温度，有人情味。后来再接触“傀儡”一词，不但不那么嫌弃了，反而觉得是蛮可爱的。

木偶戏，就是用一个个木偶替代了舞台上的生旦净末丑，幕后则有人在左右开弓提线，那木偶的一举一动、一招一式关键就在这千变万化的提线上。音乐响起，一个个木偶活灵活现，你方唱罢我登场，一颦一笑，像模像样，人们在古老与现实的碰撞下感受着戏曲艺术的魅力和民族深厚的文化传承。

我想，制作木偶的工序应该没那么简单。从木料的挑选开始，到脸谱设计、雕刻、面具上色，以及木偶肢体的协调灵动、服饰的穿戴，还有舞台的布置等，都要通盘考虑、实施。

我悄悄比画了摆在柜子里的一排排木偶，造型各异，高高矮矮，三五十公分不一。省级非遗传承人周就峰师傅年近不惑，他介绍，木偶的制作过程的确是繁复的，要根据人物特征来安排、定制。还有一沓沓发黄的手抄剧本，连台戏有《目连传》《西游记》《奶娘传》等，整本戏有《飞龙带》《宝莲灯》《梨花斩子》等六十多本，另有花杂戏，都是莞草池木偶戏“老七班”一代一代传下来的宝贵资料。我的目光不由自主地流露出深深的敬意。

颇具神秘色彩的是，莞草池木偶戏班敬奉着两个刻于明代的“孩童喜神”，内藏文字和传承之物，秘不示人，这是他们的班规。闻听此话，我小心地收起了猎奇的念头，尊重木偶戏班的戒律，尊重风俗民情。

莞草池木偶戏保留着丰富的演出剧目和各种声腔，一路走来，兼容并蓄，深受当地百姓喜爱。木偶戏流传范围就在周边县市的乡村，三五人表演足矣，前台表演、后台司鼓等，平常上演的节目主要是《鲍氏变犬》《观音送子》《高老庄招亲》等，短小精悍，道具少，排场也不大。他们表演的戏剧以赣剧（又称信河调、饶河戏）为主，或民间小调，也或古老的弋阳腔，还吸收了秦腔、老拨子、乱弹腔等唱腔，已自成一体。

诚然，木偶戏的技术活在于提线手法。木偶的表情、动作尽在这一根根提线上，少则五根，多的有三十余根。

几根吊线，吊起了戏里戏外的整个人生；几根吊线，吊起了多少人的好奇。

表演者除了要有拿手的提线绝活，还得有娴熟的演唱功夫，甚至还要掌握几个不同角色的唱词。没有台下唱念做打的日积月累刻苦练功，哪有台上的潇洒自如。

不过，现在好多了，进入电光时代，唱词、配乐都已录制好，表演者只需根据乐声操纵。

由于时代的变迁，提线木偶前景堪忧，会表演者已是越来越少，年轻人看不上不愿学，望着屋外青山悠悠、丹霞流韵，再回望屋内祖传下来的木偶，周师傅陷入了沉思，木偶、技艺、唱本，谁来继承、弘扬？

木偶戏已渐行渐远，我还想再正正经经地当一回木偶戏观众，在提线的上上下下里体会人生的起起伏伏。

选自《山西晚报》2021 年 4 月 15 日

排　队

张艳茜

怕排队，这可能是我小时候落下的毛病。

在商品紧俏的年代里，我们十冶上万人的家属区，只有一家门面很小的粮店，还有一家肉店、一家菜店，而且这些小粮店、小肉店、小菜店好像还不是每天都营业。所以只要开门营业，小小的店面前，便是拥挤不堪的长长购粮、买肉、买菜队伍。其实，要是好好排队，人人都不会那么辛苦，偏偏十冶人就喜欢拥来挤去的，从不规规矩矩地排队。要说冬天确实是挤着热乎，冲锋陷阵时脱了棉衣都是一身大汗，摘掉帽子，更是头顶直蹿热气儿。到夏天里拥挤那就是遭罪了，大太阳下，人肉贴着人肉，汗水混着汗水。衣服挤破了，鞋子挤丢了，是经常发生的事。倘若挤到了柜台跟前，手中紧攥的钱和粮本或是肉票不知何时挤丢了，那真是欲哭无泪惊恐万分。所以，在十冶，排队购物绝对是个力气活，十冶人一般都会让家中身强力壮的儿子去做的。我父亲不缺儿子，我的父亲因为儿子吃不进去玉米面窝窝头，经常心情焦虑不安，满十冶去寻找白面馒头。但是，排队买粮、买油、买菜、买肉的事，父亲却总是把女儿们放在前面。

面对这样的“排队”场面，姐姐们无能为力，姐姐们只有在拥挤的队伍中寻找可靠的朋友，让人家拿着我家粮本、肉票和钱开出票来。但这样的情况可遇不可求，因为能够挤到前面的那几个壮小伙子，哪一个人手中都有三四家人的重托，不是一般的关系，谁都不愿再增加一份负担。

随着姐姐们出外工作、下乡，她们纷纷离开了家，这种力气活便历史性地落在我的肩上。我虽然上高中了，但我没有社会关系可以依托，我只有依靠自己。

有一个星期六的晚上，父亲与其说是对我充满信任，不如说是命令式地将钱和肉票交到我的手中，我知道我又将在劫难逃。

第二天，我起了大早。春末夏初季节，早晨的风还很凉，但我没有敢穿外套，一身夏装，就奔赴了肉店“战场”。还好，我的前面只有几个老人，我们的物理老师随后排在我的身后，我心中充满希望地等待着肉店开门。

终于，店面开门营业了，但是随着那门的开启，起初整齐的队伍突然乱作一团没有了队形。排在前面的那几个老人转眼被一帮小伙子取代，我也被瞬间挤到了后面。由于身后有我的物理老师鼎力支撑着，我才暂时没被甩到队伍之外。我不得不紧紧地贴着前面一个人的后背，像“肉夹馍”一样被夹在前后两人中间。

在我身后的我的物理老师，前胸贴着自己女学生的后背，是不是感觉很不自然呢？本来，遇上老师我已经很难为情了：因为高一阶段，课程加重，到了高二我就将毕业面临高考，此时我不在家安心温习功课，却来这里为讨一口肉吃挤来挤去的。现在，又被自己的老师紧紧贴着后背，我真是羞愧难当，唯有深埋着头装鸵鸟，以为自己不看别人，别人就看不见自己。物理老师把手高高举过头顶，他这个动作像是避嫌，又像是随时准备出击，护佑当时矮小瘦弱尚未完全发育开来的我。老师的气息在我的后脑勺吹来拂去，他说，我要是有你这么大的闺女，我就让她在家好好读书学习，决不让她来肉店受这份罪。他的话还没有说完，我的眼泪就流下来了，可是我依然不敢回头。

那天一直挤到中午，突然，前面没有几个人了，物理老师也不知何时不见了。排在前面的人，这时还纷纷向四周撤退。我不懂这其中的究竟，也没有多想怎么就能幸运地轮到我买肉了，我兴奋地将钱和肉票递到比我还高的柜台上方，随后，一块肉就扔到我的手上了。我又累又饿，拎着肉往家赶。一到家，妈妈看着那块肉对我说，怎么一上午时间买回来的是一块囊囊膪（即滚刀肉）啊！

噢，难怪啊！原来前面的人纷纷散去，是等着我这个傻瓜去切走这块滚刀肉啊！

如今，经济繁荣，社会分工也很明确，想吃什么，想买什么，只要有钱，打个电话就可以满足愿望，很少要为买什么而排队了。即使排队，人们的文明程度也在逐步提高，几乎不会再挤作一团了。

但是不要以为凡事你规矩了，老老实实地排队就能实现愿望。当一个职位，一份美差，一项荣誉，好几个、几十个，甚至上百个人盯着的时候，你书呆子一样，以为靠平时踏实工作，众口一词的美誉，而不必上前去拥挤，那份阳光就能照耀到你的头上，这是不现实的。有一个很好理解的词可以概括这个过程——竞争。但是，如果你以为所有的竞争完全都是公平的、在阳光下进行的，那你肯定又书呆子了一把，不然“暗箱操作”这个词是怎样产生的呢？

选自《文化艺术报》2021年9月8日

雀鼻集

王　晖

序

我是一个兴味寡淡的人，若数业余爱好，散步算一项，读书也算一项。

人至中年，倍觉光阴堪惜，却乏“十个指头弹钢琴”之才，镇日无事忙，散步之好日渐弃置，唯剩下读书一嗜了。如此，尚在于此嗜好既易于随时随地满足，亦便于即地即刻终止，应验了那句豪言俗语：“拿得起，放得下。”

翻过几页书，不免对书里的人、事、理，自然也延及书外的世态人情，生发些微感悟、评价或慨叹。用笔墨记下这点滴心语，便形成眼前摊放的一篇篇随笔。

《契诃夫手记》是一本有趣的书，作为文学创作备忘录，它集存了契氏记写的大量生活观察和读书心得，以及从别的作家著作里摘录的精粹。译者贾植芳向中国读者推介这本书时，说：“（他的手记）是所谓‘比麻雀鼻子还短的东西’，但正如高尔基所形容的，它们是些美丽的精致的花边，是经过深刻地提炼后的产物。”

仅从篇幅看，我的下列单篇小文，比契氏手记里的大多数单篇文字确乎略长些，或许，和麻雀鼻子的长度正相仿佛吧。现将它们结集呈献读者，需起个名字统领，想到贾植芳引用的俗语中这个新颖、生动、精准的譬喻，一时手痒，遂攘来以名本组小文。至于它们究竟能否算作“美丽的精致的花边”，反倒顾不得了。

既是攘取，自不该匿隐，特明言于此，以示“盗亦有道”。

怒江美人

在程十发那色彩斑斓、兼工代写的云南风情画系列中，鲜衣红裙、婀娜多姿的傣族少女形象，是最令人难忘的抢眼妙造。犹记十余年前与一位美术评论家在茶社闲谈，听其述及程氏画中这傣族少女形象，云灵感得益于“怒江美人”。初闻，以为“怒江美人”是指生活在怒江畔的一位漂亮女性。日前读程十发传记，方知“怒江美人”原来竟是生长在当地野外一种小花的名字。

据说，程十发艺术发展重要一步，是一九五七年的云南之行，在孔雀之乡的傣族聚居地，他意外寻觅到了创作新天地。有一天，他刚过怒江，便在群山中见到一种不知名小花，万绿丛中一片红，蓬蓬勃勃地绽放树间，生意充盈。他向同车一位当地人请教花名，得到回答是：“怒江美人。”“哦！”程十发惊叹于花名与红花竟是如此贴切。云南之行后不久，程十发来到广州，在街头重见曾引发他惊叹的“怒江美人”，顿时灵感迸发，换位移情，盛开树间的蓬勃红花化作了婆娑凤尾竹下的傣族美女，从此屡屡出现在程十发笔下，成为风格独特的“程家样”。替程十发作口述传记的郑重回忆，年已八十三岁的程十发在“三釜书屋”接待他时，曾深情描述当年结缘“怒江美人”的情景，尽管时光逝去已近半个世纪，老画师依然陶醉在温馨旧梦里，慨叹不已地喃喃道：“去的时间太短了，时间能长一些就更好了。”可见，老人对此花萦记之深，真堪谓蚀骨难忘。

带着好奇，连翻了几部植物大辞典，希冀一睹“怒江美人”芳容，遗憾的是，未发见任何相关资料。或许，“怒江美人”仅是当地百姓对这种花的俗称吧？而收入辞典的植物，只著录其中文、英文、拉丁文学名，凭俗称或别名检索，自是难以寻觅。在这生活、工作节奏越来越快的今天，一种从未谋面且几乎完全与己无关的小花，竟能让人产生不惮翻阅辞典去探视其貌的兴趣，想来完全是因为这花名的别致吧。“怒江美人”的起名手法直白而大胆，仅是将两个名词简单复合，但由于“美”“怒”同嵌，便极易让读者或听者产生一种视觉上或听觉上的冲击力，因而也便于记取。

云南是一片神秘土地，生长很多名字怪异而姿形别致的植物，如：“鸽子花”“豹子花”“驴蹄草”“独一味”。我与怒江缘吝一面，却有幸去过丽江。行走当地，常见路边河面上葳蕤生长着朵朵白瓣黄蕊的小花，密密匝匝，煞有气势，套用郭沫若《卜算子·咏梅》句略作改易，真是“万白千黄结队来，遍地吹军号”啊！伊的茎特长，竟一直从湖面延至湖底，唯留花朵妩媚探出水面，欢快地向着太阳。当地人给伊起了个怪而俗的名字——“水性阳花”。像称赞某热水器的广告词——“随心所浴”；称赞某加湿器的广告词——“湿出有名”；称赞某摩托车的广告词——“骑乐无穷”；称赞某电熨斗的广告词——“百衣百顺”……一般，“水性阳花”也是个据成语点化而来的新词，写实得很，不存半点暧昧想象空间。

“怒江美人”作为一种野花，因程十发撷之作为画中傣族美女的代称而声名远播，至于其有何实际效用，则不得而知。但“水性阳花”在生活中的作用，凡到过丽江者，却必有真切感受，那就是作为一种野菜，它正被凉拌、做汤、清炒，以供天南地北的游客食用。在和当地乡民闲聊中，我甚至知悉了这种植物过去的用途，人们将其从水里连花带茎湿漉漉捞起，喂猪。

唉！只听说“红颜薄命”，孰料“白颜”命运竟也同样不堪。

“我总不能叫梦猪吧”

据文化学者赵珩回忆，“新月派”诗人、古文字学家、考古学家陈梦家有次来家里，在开得很茂盛的凌霄花下与作者父亲聊天。其间，作者父亲有事暂时离开，喜欢热闹的陈梦家便和年仅十来岁的赵珩闲谈起来，并问他：“你知道我为什么叫梦家吗？”赵珩猜测道：“你是不是做梦见家了？”陈梦家回答说：“不是。是我母亲生我之前梦见一头猪，但是我总不能叫梦猪吧，所以就在猪（豕）

上面加了一个宝盖。”

平心而论，少年赵珩的忖度实在不高明。给儿女起名，原是包括父母在内的长辈的分内之事。母亲依据孕中所梦之物来给新生儿命名，自然亦是替子女取名的灵感路径之一。可赵珩却反问陈梦家：“你是不是做梦见家了？”胎儿或刚出生的婴儿，不可能依己之梦，来给自己起名，此为常识。那么，若按赵珩所言推测，则陈梦家先前应有长辈所起之名。成年后，他根据自己所梦，才将前名改易成如今的名字了。

陈梦家的解释，则凝练而聪慧地表明了三层意思：一、申述得名是来自母亲生育自己前的所梦；二、点明母亲所梦之物，被世俗概念认为不雅，因此需要回避；三、阐释了从文字学方面的回避方法。即：猪，古称“豕”；在上面加宝盖，便成为甲骨文中的“家”字。

至于赵珩说自己不能断定这个故事的真假，我亦有同感。陈梦家之弟叫陈梦熊，难道也是得名于陈母之梦？果真如此，陈母则是逢孕必梦，早早为将出生的孩子起名预备素材，诚为难得之有心人哉。其实，凭陈梦家的诗人才能和幽默个性，加之深厚的古文字学学养，以及对中国民间避讳文化的通透了解，将自己的名字简单拆解，即兴创作一则如上佳话，实是易如反掌。所以，这通生动、有趣且贴切的解释，在我看来，不过就是冰雪聪明的陈梦家与小孩子逗乐的一次玩笑罢了。

世界各民族都有自己的忌讳内容与避讳方式。国人寒暄，间或询及对方属相，因猪在人们意识中久已形成脏懒蠢笨的固定印象，故亥年生者多讳言“猪”，而常以“胖胖”回应。谈及戌年出生者的属相，为避狗的凶狠或奴性，也不直言“狗”，而改称“旺旺”。

曾听在政府某局办公室工作的朋友讲过一则故事，有天早晨，她去单位上班，按惯例正做室内清洁，见一位乡下大娘匆匆进入办公室，大声问：“小好还没来呀？”此朋友依据对姓氏的理解，答曰：“我们办公室没有姓郝的，整个单位也没有姓郝的。”大娘便核问这里是不是某局，你们办公室是不是局办，朋友答是。大娘信心满满地说："小好就在这里上班，我再等一会。"很快，同事小朱走进了办公室，见到大娘，两人热情相拥。朋友见状，诧异地询问同事为何复有一姓。小朱笑着解释："'朱'姓，因为读音与'猪'相同，在我们家乡，被视为不雅。逢到姓'朱'者，人们为表示尊重，一般都口称'好'，乡间礼俗。"

呵，受"猪"之读音牵累，有些地方，连带"朱"姓，竟也须避讳。如此看来，陈梦家不叫陈梦猪，确实是人人能够理解的明智选择。

当代《惜奴娇》

大型人物纪录片《这个时代的审美》，邀请收藏家、作家、导演、歌手、戏曲演员、设计师、漫画家、摄影家、科学家、企业家……，围绕"时代审美"这个主题进行漫谈，评述丰富而糅杂的文化潮流、社风民俗，剖析正在发生和变化的斑斓社会审美现象，揭橥这个时代的美和审美。腾讯纪录片频道首播这档节目后，我连着点看了数集，觉得个别嘉宾漫谈虽说不上议论明达，言中款要，但几集纪录片拍得却堪称繁华多彩，生动感性，够得上"好看"二字。果然，网上文化新闻也特别指出，本档纪录片的点击率不俗。

近日，从此档节目《大上海十三姨有多好玩？》中，剪辑编制的一条花絮小视频，名叫《全场笑翻！女中音歌唱家王维倩方言演唱十三姨会歌》，在许多微信圈热传。小视频谈论的是二十世纪七八十年代，有位颇具"文艺范"的皖籍小伙，爱上一个姑娘，创作了一支歌，唱给姑娘示爱。整首歌词采用合肥方言词汇及读音，以男唱及女问男答形式展开。视频中，参与座谈的女嘉宾且唱且言，十分活泼；节目主持人与其他嘉宾则插科打诨，全力凑趣。现将此视频中的歌词及对白录附于后，纸上阅读，虽不及视频中观看、闻听来得直观生动，但谈话现场的逗乐、滑稽氛围，依然可窥一斑。

男唱：

你要是爱上我额，额额，

我就给你买东西额，额额。

手表、脚踏车还不算额，

还有一台缝纫机额。

缝纫机是蝴蝶牌的额，

脚踏车是凤凰的额，

罗马的手表手上戴额，

还有一台炒米机额。

女白：

哥哥啊，炒米机是什么东西啊？

男白：

爆米花机！

女白：

哥哥啊，炒米机有什么用啊？

男唱：

你不要小看炒米机额，额额，

每天早上推出去额，额额。

左手一摇，右手一推，

砰咚一声赚了一角钱额，额额。

女白：

哥哥啊，一角钱有什么用啊？

男唱：

你不要小看一角钱额，

存起来就给你买东西额。

你要是还是看不上我啊，

就滚你妈的一边去。

用男女对话形式呈现谈情说爱场面的文艺作品，早在《诗经》中便已出现，《郑风》里的《女曰鸡鸣》、《齐风》里的《鸡鸣》，均以男女问答，来揭示情侣幽会时各自的心理状态；《郑风》里的《缁衣》，则采用女子对男子的叮嘱，来演绎情侣相会情景……推论后世承袭此形式之佳构，宋孝宗年间进士石孝友填写的那首《惜奴娇》，是可资言谈的妙词。口说无凭，还是将这阕词抄附于后，供读者诸君自阅。需要说明的是，词中的“（男）”“（女）”，是我标注的，意在助读者更明晰地感受那鲜活的男女对话场面——

（**男**）我已多情，更撞着、多情底你。把一心、十分向你。（**女**）尽他们，劣心肠、偏有你。共你。风了人，只为个你。　（**男**）宿世冤家，百忙里、方知你。（**女**）没前程、阿谁似你。（**男**）坏却才名，到如今、都因你。（**女**）是你。（**男**）我也没星儿恨你。

在这阕词中，男女蜜语的成分，还是纯粹的精神元素，绝不似《王维倩方言演唱十三姨会歌》小视频谑笑的那阕当代《惜奴娇》中，谈婚论嫁竟成了彻头彻尾的炫财秀富、赠物索情。

以上一词一曲，俱是借普罗大众的俚言俗语，来勾勒市井阶层谈情说爱，甚至打情骂俏的世相。也有高手沿袭此对话框架，用典雅词语来状摹才男艺女欢聚场面的，则别呈魅惑。比如，被多种宋词选本争相录入的周邦彦那阕《少年游》就是凿证：

并刀如水，吴盐胜雪，纤指破新橙。锦幄初温，兽香不断，相对坐调笙。　低声问向谁行宿？城上已三更。马滑霜浓，不如休去，直是少人行！

周邦彦负“词家之冠”美誉，被尊为婉约派集大成者。此词上片叙述女子在温暖房间里，为情人剥橙；于袅袅香烟前，与情人吹笙。下片录记了女子以嘤咛之语，婉劝情人留宿……用晶莹的词汇，细腻的笔触，精工摹绘出一幕暖昧与香艳的场面。在《贵耳录》中，宋人张端义言之凿凿地述说，周邦彦在李师师家狎玩，适逢徽宗赵佶前来，周仓皇匿身榻下，听得徽宗与李师师戏谑调情，后据见闻填成此《少年游》——竟将一首也许含有些微纪实成分的高艺术浓度婉约词，生生指认成了一则充溢滑稽意味的桃色新闻。

水猴子

“文革”中期，随家母下放，去了皖南广德县。当地沟汊湖泊众多，农家惧孩童戏水淹溺，常以“水猴子”“水鬼”恐吓以诫。

那时，我尚在稚年，已多番听闻村民讲述这些水怪将在塘中游泳或在泽畔戏水的孩童攫入深潭的恐怖故事。有次，几位村民聚在一起，吃着烟锅，喝着野茶，又绘声绘色地向我和小伙伴们讲这类故事。我忍不住好奇，询问那些村民是否真的看过“水猴子”“水鬼”。一干瘦的老汉述说了一段亲身经历：“有天，在外村亲戚家饮酒。夜里回家，走在塘埂上，两边俱是河塘，忽发见塘埂正中踞坐一怪物，瞪着一双绿光闪闪的眼睛，盯着我。我想往回走，又惧怕它从身后袭击我，便立定脚，借酒劲壮胆，大声问道：‘是水猴子吧？’这怪物见身份被人识破，就一翻身滑下水塘里去了。”问“水猴子”是何等模样，那老汉只泛言长得凶狠、丑陋。再问为何它被人识破身份，就马上逸入水里，老汉默而未答。

在乡村，母亲带我住在生产队的仓库里，屋后有大小数口水塘。夏日午饭后，母亲照例小憩片时，我便趁此间隙，溜出家门，到塘边捕捉栖息在水草端的“红辣椒”，这是一种喜欢在水边生活的蜻蜓，浑身鲜红，故名；或寻岸边洞穴掏螃蟹，缘河畔抓捉小鱼小虾；遇到平日一起游戏的农家孩子，也会同在浅水处戏水；或去村民在塘边种植茭瓜的水池内，选白嫩、微黄而肥大的茭瓜，拔取一根，拿到塘水中洗净，放入口中嚼食，满口都是含带水腥的甜味。自从听过干瘦老汉讲述的故事后，往日戏水时那般平和、踏实的心态失去了，一种全新的矛盾情绪总在我幼小的心间徘徊，我既畏惧水中突然冲出一个“水猴子”或“水鬼”，将我生生拖入塘底，却又隐隐期盼这怪物能在水面远远地现身露相，让我知晓它的峥嵘形状。只是，及至一年后回城上学，离开那美丽的江南水乡，我也没能见识这大名鼎鼎怪物的尊容。

大学毕业后，进入媒体工作，曾应《中国教育报》周末刊编辑之约，去宣城市夏渡林场扬子鳄保护区采写新闻。接待我的是复旦大学毕业的扬子鳄养殖专家张正东，他说，据史料记载和科学考察，地跨宣城、芜湖两市的皖南山区与长江下游平原的结合部，历史上，是扬子鳄的理想栖息地，当地群众称这种古老的爬行动物为“土龙”“猪婆龙”“水猴子”或“水鬼”。犹记听其言及扬子鳄的后两个俗称，我饶有兴致地特别予以了核问。张正东肯定地答复，自己去野外科考时，村民确实这样称呼扬子鳄。方才明白，这在脑海里潜藏十多年而不知面目的峥嵘怪物，原来，早已见识过。

选自《清明》2021 年第 4 期

时光里流淌苏东坡

秦湄毳

采风团一行文友，驱车前往郏县三苏园。

路旁高大广告牌上写着“郏县三苏园，东坡魂归处”，空气里弥漫着“三苏”气息，三苏盖世才华如水，居庙堂，在乡间，山林里，清风里，谁不曾遇见“三苏”，他们的诗词文赋，他们的旷世才华。路两边山野里林梢上，该是落满了才子的炯炯目光。

清俊朗朗的苏东坡塑像前，馆长介绍道，1986 年为迎接全国第四次苏轼学术研讨会在郏县召开，河南大学美术系的师生集体创作，塑像有书生的儒雅、文士的高洁，自与一般的雕像不同。我想，心灵相通，灵犀点点，还有一份深深的懂得。曾经多地为东坡墓葬地相持不下，直到 1969 年，郏县挖掘出土了苏辙次子苏仲南、苏轼长子苏迈之妻梁氏等人的坟墓，证据确凿、充分，尘埃落定，1972 年各方认可郏县为三苏墓园所在。如今的三苏园开阔、静谧，其中东坡湖的湖面和近滩占地 66 亩，正好是苏东坡先生的阳寿 66 岁。湖内小岛总面积约 1102 平方米，小岛到堤岸距离为 6.25 米，这与苏东坡先生葬郏的时间（1102 年 6 月 25 日）相吻合，以示纪念。争也为东坡，和也为东坡，建园为东坡，修缮为三苏，无一不说明后人热爱三苏。

“三苏坟”实为“二苏坟”，苏洵墓只是衣冠冢。三苏的埋葬共分为三个阶段，1101 年苏轼卒于江苏常州，第二年闰六月，由常州移至河南郏县，苏轼葬此十年后的 1112 年，其弟苏辙卒于颍昌（今许昌），并葬于此处，称“二苏坟”。一直到元至正十年［公元 1350 年（庚寅）］冬，郏县尹杨允拜谒苏坟，见只有

“二苏”便说：“两公之学实出其父老泉先生教也，虽眉汝之茔相望数千里，而其精灵之往来，必陟降左右，盖未始相远。”遂将苏洵衣冠葬于两公冢之间，始称“三苏坟”。最终父子三人在这里“团圆”。

早已烂熟于心的东坡故事，三苏逸事，他们的诗词，他们的传闻，书上读了多少遍，心上念了多少遍，走在园内统一朝着西南眉山方向倾斜的相思柏林里，紧跟导游雅静前行，仔细聆听，曾经的诵读和默念，刹那间有了理解与感悟。雅静还说：村上的老人们讲起来更生动，他们知道得更多！我明白她的意思，也相信三苏的深入人心，更懂得苏东坡的力量。

走在路上随处的当地人，都会给你讲得出一串三苏故事，印象最深的是一位民办教师保护三苏碑林的故事——特殊时期，这位民办教师深夜砌墙将三苏石碑林围起来，同时在新砌墙体粘贴上毛主席画像。民办教师永远留在了后人心上，没有谁记得他的名字，但他的身影那么清晰。一位白发老婆婆给我们说，她不识几个字，从小就听老人们给讲苏东坡的事，背苏东坡写的诗，苏东坡就像是俺们村上的人一样，谁都熟识。

阳光明媚时，有人来三苏园，细雨绵绵时，有人访三苏园，跋山涉水而来，不远万里而来。远的，近的，近的远的，也常有四川家乡人来此拜谒。东坡百味人生，东坡书画艺术，东坡哲学思想，东坡养生理论，东坡随性自适，东坡诗词论赋，三苏的文学成就，不一而足。

“博学如苏东坡，多才如苏东坡，谦虚如苏东坡，勤奋如苏东坡，坎坷如苏东坡，清廉如苏东坡，爱民如苏东坡，豁达如苏东坡，宽容如苏东坡，淡泊如苏东坡……”南京大学莫砺锋教授一辈子研究唐宋诗词，有一次，当我问及他最爱的诗人时，他坚定地说是苏东坡，他的讲述里苏东坡故事更加多姿多彩。因了苏东坡，我和莫教授成了朋友。

选自《安徽文学》2021 年增刊

在和顺

苏二花

在和顺，终于见到了心仪已久的女作家蒋韵。那一天，蒋韵穿一件白色毛衣裙，果如想象中的一样，翩翩然具有仙姿。这一次蒋韵来和顺做了两件事，一是召开山西省女作家协会年会，二是参加她的长篇小说《你好，安娜》写作分享会。

我第一次看蒋韵老师的作品，是她发表在2004年《十月》杂志的一个短篇小说《想象一个歌手》。小说写的是柳林一个“伞头”的歌者世界，那是一个真正的血液里有风，超越一切俗世，脱离社会功利标准，进入精神境界的自由人。蒋韵老师下笔如有神，用短篇小说的体量，用一个流浪民间歌手的形体与一生，写出属于每一人的精神向往。《想象一个歌手》隐藏着陶渊明的“既自以心为形役，奚惆怅而独悲”，和苏轼的“长恨此生非我有，何时忘却营营”，但想不到的是陶渊明与苏轼终其一生的追求，在一个流浪人间的歌者身上实现。前者耽于想象和向往的，被后者真正携带行走大地，那是理想和梦境变为现实之后的镜像。在《想象一个歌手》里，伟大文学家和乞讨者之间，晋朝宋朝和当代之间，空间和时间，意识与形态，被蒋韵老师用想象打通和贯穿，自此气流无阻、纵横天地。

想象力是一个标杆，衡量人类的创造力。回溯人类创造，最早的那一动念，其实就是想象力，想象力是把人类推进到如今这个时代的最大动力。

和顺这个地方最适合想象，“牛郎织女”这样极具想象力的民间故事源于此处就是最好的证明。

想象力，名词解释是人在已有形象的基础上，在头脑中创造出新形象的能力。

行走在和顺大地，触目皆山，东有阳曲山，西有人头山，北有万山，平均海拔 1300 米以上。以山障目，内省和自观的力度自然会加大，力道大了，就会产生断层，那是物体所承受的与表面垂直的作用力。和顺年平均气温 6.3℃，无霜期仅为 124 天，主要产小米和莜麦。用通俗易懂的话来翻译，这句话的意思是和顺这鬼地方又苦又寒，人还吃不饱。受地理局限的人，以及一切由苦寒造就的人世艰辛，把人往最低处踩，但人的想象力却因此得到培育，那是一日千里的长势，直通上天。这样长期承受生存压力的人，到太行山断裂层一看，层峦叠嶂，壁立千仞，悬崖百丈，与人的内省与自观高度吻合，恰可放飞疯长的想象力。

太行山和人，都在这里断裂，你可以说是巧合，也可以说是造就，但不可否认的是，想象力成了太行山与外界、人与理想彼岸的唯一桥梁，也是唯一能弥合天堑的黏合剂。

我站在和顺的天池边，因为刚刚领略了太行山断裂层，悬崖百丈和壁立千仞带给我的眩晕和震撼还没有完全停歇，就要想象一个仙女在这里洗澡的境况。太行山在晨雾里亦真亦幻，近的山罩在罡岚里，远的山隐在雾气里，眼珠一错，山体都是活的，都在兽一样奔跑。这让我怀疑自己是行走在画中，也怀疑是画轴自己在滚动。真神仙之地，我由此怀疑织女根本就不是下凡，而是一直住在和顺。

清晨，一碗撒面粥端上餐桌，这是最具和顺特色的吃食。撒面粥的做法简单，接近粗暴，就是在熬小米粥快要熟了的时候，撒一把越粗糙越好的玉米面进去，然后使劲搅拌。为什么要使劲搅拌呢？因为如果不使劲，米和面就会煳锅。加入粗糙和暴力做出来的撒面粥，吃起来超乎想象，好吃到上天。如果再往里加点酸菜，那就是鹊桥会般的口感。如此美好的东西，原来只含在简单和粗暴里，并且越是简单粗暴，越是美好无边，就看你能不能接受和体味，就像牛郎和织女的故事，只能发源在和顺这片苦寒的大地一样，就看你能不能融会和贯通。

说到现当代写爱最好的女作家，我要说首推蒋韵，大概不至于遭到反对。事实上这不是我一个人的观点，而是许多写作者的共同观点。在那次年会上，怀有人间大爱的蒋韵做了题为“我们的时代需要什么样的文学，作为写作者又该如何回应时代”的讲话。在讲话里蒋韵主席提出“我们的文学，就该贴近现实、反映时代、反映当前人民的生活”，“现实主义天生具有探究时代与现实的精神力量”。我想，有关牛郎和织女的故事，就是现实主义文学，是真正做到贴近生活而又仰望星空的创作，垂范百世。

祖先已经在他们的时代背景下，用想象力创作出属于他们的文学作品，这作品光耀千秋，烛照百代。接下来，就要看我们的了，吃一样的撒面粥，我们的想象力和创造力也照样直通天上，人类实现太空行走就是证明。有相同的地方，那就是生活在同一片土地上，以及对任何形式的捆绑和束缚的脱离和反抗。有不同的地方，那就是把想象力转换成现实的手段。蒋韵说：“让我们继续点燃时代的灵感、创作的激情，挽起袖子，扑下身子，在熟悉的地方、发现新的风景，找到自己的声音、自己的故事。”

我想，下一个在太空行走和定居的人，就是我们。

选自《文化艺术报》2021 年 9 月 15 日

心中宛有当时在

心中宛有当时在

潘耀明

时代已进入网络化，文人写稿不用再像以往一样，一笔一画地爬格子，而是清一色用计算机写稿；通信也不用书写了，用伊妹儿（Email）或微信，既简便又快捷。

书写的年代已逐渐远去。文人的信札、手迹已成为历史陈迹。

二十世纪七八十年代，我做过现代中国作家研究，编过文学书和文化杂志，与文化人接触和交往特别多，也收集了一些文人墨宝、手迹。

香港两家大学——香港城市大学及香港浸会大学先后举办了我的“现代文人书画手札特展”和“现当代名作家手稿书画展”。过去对这些墨宝、手迹都没有好好整理过，因这两次展览，我花了死工夫，翻箱倒箧，竟然捡出逾百件的作品，只是藏品三分之一，大都是有代表性的作品。

巴金的信札有十三封之多，他都是用钢笔书写的。他晚年身体不大好，字体很小，却很清晰。内容大都是谈他的创作经验和近况，其中内容不少涉及他写《随想录》的点点滴滴。他的繁体字版《随想录》是在二十世纪八十年代初由香港三联书店出版，我当时负责三联书店编辑部，所以就出版繁体版的《随想录》事宜与他有过较多的书信来往。

我手上还有巴金《随想录·总序》及《随想录》繁体版的序言原稿。

巴金一再彰显“说真话”的精神，在假话满天飞的时代，重温这些信札，令人对他崇高的人格，肃然起敬。

艾青是我最早认识的内地诗人，那已是四十年前的一九七八年了。他刚摘了右派帽子，从新疆石河子回到北京，也可以说他是我最早的忘年交，最早有书信往来。

信大都是他亲自写和复的，后来，他身体欠安，才由夫人高瑛代笔。他的许多诗篇都是我早年所熟读的。他那一首《我爱这土地》很感人，我每次朗读，都不禁热泪盈眶。我从没读到一首同样的诗篇可以对祖国爱得那么深沉！所以我特地请他誊抄一遍给我。

在作家的信札中，我收有萧乾信件共有七八十封。信札牵涉的内容十分广泛，包括他的书稿、生活、近况等等。他是一个热心人，他还向我推介不少海外文化界朋友。他的字比较潦草，但仔细辨认，还是可以明了的。

俞平伯先生的信札特别珍贵，都是在八十岁以后亲笔写的信，共有二十七封，也是十分珍贵。

钱钟书的信札都是用毛笔写的，如他的文章，挥斥方遒，龙飞凤舞，苍劲而逸致，很有收藏价值。

关于墨宝方面，沈从文、俞平伯、茅盾、叶圣陶、萧军、端本蕻良、汪曾祺、赵清阁、张充和等都是文人、作家兼书法家。

萧红的三个男人——萧军、端木蕻良、骆宾基，我与他们都有较多交往，也有他们三个人的墨宝，并略窥他们之间复杂的关系。

俞平伯的书法十分清秀，别有风骨。某次，他知道我要搬新居，特别写了一对联来志贺：

既醉情拈杯酒绿

迟归喜遇碗灯红

我搬了几次家，这对联一直悬挂在我的客厅中。每次归家读到这对联，都会令我感到难言的温煦和亲切感。

作家中，擅画画的，就我所交往的，端木蕻良和汪曾祺是特别出众的。前者是芸芸东北作家中最是才气横溢不过的；后者的小说、散文都很空灵而慧黠，他的书法、画也很讲意境，备受称许。

金庸曾说过，他没有真正学过书法，但他的书法自成一体，别饶兴味。他为我二〇〇〇年两部在上海文艺出版社出版的随笔《鱼化石的印记》《永恒流动的情感》题的字，言简意赅，很有情味。值得一录——

鱼非当年鱼，石非当年石，

鱼化石中，宛有当年在。

你非当时你，我非当时我，

我心中有支歌："记得当时年纪小。"

心中宛有当时在——有你，有我，有当时。

为耀明兄《鱼化石的印记》作

——金庸

许多天、许多年之前，情感曾在你心中流过，

今天、明天，明年、后年，这情感仍会在你心中流动，

逝者如斯夫，不舍昼夜，却永远流不尽，

因为有些情感——是永恒的，那是深情。

为耀明兄《永恒流动的情感》书

——金庸

此外，我还拥有金庸一帧较罕有条幅。是我请金庸为我题郑燮的《竹石》诗："咬定青山不放松，立根原在破岩中。千磨万击还坚韧，任尔东西南北风。"结果金庸根据后两句诗的意思改写题赠给我：

千磨万击强身术

东西南北过耳风

耀明兄有励志联谨为书之

——金庸

写这对联的时候，我刚给金庸挡了一位文人的暗箭（以后有机会我当专文解释），从这对联用意可想而知。后来我一直把金庸的墨宝悬挂在厅中，以为自勉。

以上这些手迹以及书写的文字，都是深情的，曾在文化人心间流过，以笔记下，也将是恒久的。

知名学者、文学评论家严家炎教授百忙中慨然赐序，不胜荣宠，深受鼓舞，铭然于怀！

此书能够成功出版，特别要感谢吴义勤兄。在一次文友饭局中，谈起我与作家的交往和作家手迹收藏，他主动表示作家出版社乐意出版此书。本书大量后勤繁杂的编辑工作，得力于丁文梅女士及彭洁明女士辛勤的付出，谨此一并致谢。

二〇二〇年十一月十三日

选自作家出版社《这情感仍会在你心中流动》

乡村电视

朱山坡

我家在粤桂边的一个偏僻闭塞的小山村里，去一趟镇上都不容易。村里的广播时断时续，有时候干脆一个月一声不响。露天电影一个月看不上一次。我很难了解外面的世界。听说世界上有一种东西叫电视机，能看到遥远的城市，也能看到古人的生活。学校里有人曾经见识过这种玩意儿，活灵活现地给我们描绘它的神奇。

读小学四年级的时候，邻村有了一台 12 寸的黑白电视机，这在方圆几十里是一件轰动性的大事。我终于见识了电视机，比我想象中的还要神奇。它让我第一次见识了如此多的东西，知道美国人长得怎么样，地理课本上的冰山和海洋原来是这等模样。广告上所“吹”的东西每一件我都想拥有。关键是，从此以后，我希望每天从早到晚一直坐在电视机旁，不用上课，不用干活，不用翻山越岭看露天电影。我和电视机结婚，形影不离。但偌大的大队，只有一台电视机，而且主人跟我连亲戚也不是。

此村离我村有十几里地的样子，离学校也有七八里地。自从有了第一台电视机，学校的晚自修就变成了闹剧。过去晚上七点到九点的自修课，现在到了七点五十分便人去楼空。因为我们都飞奔着到邻村去，去看晚上八点珠江台播放的电视连续剧《雪山飞狐》。这是我们的最低享受了。如果连这点权利都被剥夺，估计我们宁愿一起投水而死。

电视机放在高处，地坪上挤满了人，到晚的连站的位置也没有。酷热的天气使得每个人都汗流浃背，但没有谁提前退场，中间插播广告时，尿胀的人也不愿意上厕所，轻易把位置让给别人。有人在人群中看不到电视机，站立着听到剧终，片尾曲完后才依依不舍地离开。其间，风把屋顶上的天线吹动了，影响了信号接收，影像模糊或跳跃，或满屏水星，四十分钟的电视剧，主人常常三番五次乐此不疲又轻车熟路地爬到屋顶上去将天线校正，他自己从没安心看过电视剧。有时候观众还骂娘，责怪主人老是在关键时刻让天线出现问题。主人很委屈，因为他也不知道风往哪吹，天线问题不能一劳永逸地解决。即使没有风，有人放一个响屁也会影响天线和信号。因此，主人警告那些无法控制放屁的人："如果要放屁，请离此三里地。"最讨厌的是，乡村经常停电。停电的原因有二：一是用电超负荷，先保证镇上居民用电，供电所把乡村的电停了；二是进村的高压电线又被人剪盗了。被盗后，供电所没有三五天甚至半个月是不会重新拉线的，最长时间的一次是半年后才重新接上线通电。我最恨偷盗高压电线的人，为什么不被电死呢？主人真是仗义，为了摆脱停电带来的困扰，他从镇上偷回来了一台发电机，《雪山飞狐》时间一到，他就开启发电机。但好景不长，还没等到电视剧播完，主人便被派出所抓走了，电视机也没收了。村里曾经有人联名写信给派出所，请求宽大处理，把电视机主人放了，物归原主。他们还准备了锦旗，如果电视机主人抱着电视机回来，他们准备给派出所送过去。但锦旗的颜色从鲜艳无比到暗淡无光，电视机主人也没有回来。此后一年，我们再也没看到电视。

直到小学五年级暑假，我村里突然有了一台电视机。而且是巨大的 21 寸，虽然不算是彩色电视机，但也不是纯黑白，主人在电视机屏幕前加了一块变色玻璃，便有点像彩色电视机了。我们对这台电视机十分满意。每天下午 2 点，两集连播《射雕英雄传》。那是我们村孩子盛大的节日。每到这个时间，散落在村头村尾或正在田里山上干活的孩子们，包括部分大人，都赶在主题歌《铁血丹心》响起时云集在电视机前，等待电视剧的开始。这首歌简直是我们的集结号，激动人心，热血沸腾。看电视剧时，没有人发出声音，即便是激动或伤心得哭了，自己也得捂住嘴巴，别让人看到丢人现眼。插播广告的时间和频率让人无可奈何，但没有人抱怨，而是利用这段时间讨论剧情，谈论感受，抨击剧中的坏人。那时候，我们默默地爱上黄蓉、华筝，幻想成为郭靖。豪气万丈，家国情怀，英雄情结，这些东西统统在一夜之间便获得。如果说那时候心里便有了诗和远方，一定是因为看了《射雕英雄传》。

因为有了电视机，从此村里人的生活与过去不同。晚上，每到电视剧的黄金时间，男女老少总要围着电视机。主人总是不厌其烦，乐呵呵地给观众搬椅子。椅子不够，优先年长的，不断地向那些没有椅子坐的大人赔礼道歉。大多数人对主人的热情和无私感恩戴德，说尽恭维之言。但也总是有人对主人厚此薄彼颇有微词，或对主人家的女人脸色难看上纲上线。更让主人难堪的是，因为电视，他家变成了是非的集散地，一些谣言和鸡毛蒜皮的矛盾在这里得以放大、传播，甚至传出了与奸情有关的传闻。主人的胸怀也不是无限大的，听多了冷语风言，也会觉得委屈。有一天，终于把电视机束之高阁，对外宣称说：电视机坏了，修不好了！

我们以为是，电视机主人关起门自己一家人偷偷地观看。曾经翻越围墙，摸到他的房间窗外，仔细倾听，但除了房事发出的低吟和如雷的鼾声，什么也没有。

如果没曾见识过电视，就不会体会到寂静的夜晚没有电视机的乡村是如此无聊。比我们小孩更无聊的是大人。他们拼死拼活地养猪、种瓜果，就为了能买回一台电视机。村里娶嫁，电视机成了最重要的物件。没过多久，电视机开始陆续多了起来。

我家里的第一台电视机是黑白电视机。是从超生户那里买过来的二手货，只能收到珠江电视台，说粤语，每天晚上十点前几乎只放两集电视剧，看完电视剧刚好困了，各自散去睡觉。也很好，总算能在自家里心安理得地看上了电视。彼时我已经到镇上读书，它成了我父母最好的陪伴。

后来，我给父母买过三四次电视机，越来越宽大，越来越漂亮。他们每次进城，都首先把电视机藏到最隐秘的角落，生怕被盗了。因为只有电视机才能帮他们度过漫漫长夜。我给父母买的最后一台电视机是 32 寸的液晶彩电，他们爱不释手，恨不得每天从早到晚看电视。哪怕是广告，是无聊的节目，他们也爱看。通过电视，他们看到了世界，看见了人生，仿佛世界上没有什么他们不知道的。

然而，这台电视机在我乡下老家束之高阁快两年了，布满了尘埃。因为父母已经不在人世。它显得如此孤单，又如此多余。

选自《文学港》2021 年第 6 期

无根之病

陈　仓

仅有一粒麦子是孤独的

刚刚整理家务的时候，发现了一粒麦子。我突然想，在这个城市，有两千万张嘴巴吃饭，恰恰没有一个人在种麦子，很多人甚至不认识麦子，只见过面粉。

这粒麦子应该是父亲进城小住时夹带而来的。这么大个城市，父亲一走就空空荡荡的，就放着一粒麦子，这是多么孤独和无力。我把这粒麦子送回乡下去，那里有成千上万的麦子，它一下子就不稀奇了；把它放在嘴里嚼掉，根本不能充饥；我拿它去喂麻雀，应该很有意思，但它不如一只虫子，喂完之后我也不知道它做了哪只麻雀的早餐。独自漂泊在外，我与这粒麦子的经历很相似，甚至它就是另一个自己，值得我把它当宝贝一样藏着，但是在别人眼里，根本不算什么，所以是很容易弄丢的，太容易失传了。怎么办呢？我只能在这个城市，就地找个干净的角落，把它作为一粒种子埋起来。

如果没有农村生活经历，我不一定如此敬重一粒麦子，关于一粒麦子的文章光靠想象，怕是断断写不出来的吧？《父亲进城》是我“进城”系列第一篇，刊出后有好几个读者给我留言，说是看哭了，问我是不是真的。刘震云最近在与崔永元对话时说：一介书生，手无缚鸡之力，编“瞎话”可能比写真话更接近真实。每个打动人心的作家，都有自己的独门武器，回看自己的小说，我恐怕做不到像刘震云那样，到自己的笔下去找知心朋友，在小说里与他们谈话。我的创作倒是比较切合高尔基的说法：我们的感觉，都是用皮肉熬出来的。

在《父亲进城》里，从人物塑造，到情感宣泄，到细枝末节，基本动用了我的整个皮肉，再大的磨难，都替读者事先经受过了。也就是说《父亲进城》所讲的故事，完全靠想象恐怕是写不出来的，它在我身上实实在在地发生过，之中的碰撞甚至还要激烈，经过艺术的再加工，用血肉的文字呈现了出来，这恐怕才是触动读者神经、引发读者共鸣的所在。

我们正在消失的故乡

推出《父亲的晚年生活》之后，与我同样漂在上海的一位江西老表姓虞，他提笔写信给我，满满三页，白纸黑字，不是电子的。恐怕他觉得，关于故乡，必须写在纸上才比较合适。然后他就约了一帮子人，有江西的，有江苏的，有安徽的，反正都来自天南海北。

小聚时是天黑后的灯火阑珊处，地方叫江西野味馆，喝四川酒，吃江西菜，讲自己的家乡话。菜馆里有一道菜是香熏大雁，可惜这道菜很热门，被点空了。我当时就想，难怪自己好久没看到过咿呀咿呀的“人”字，因为大雁被人们摆上了餐桌。后来再想，“云中谁寄锦书来”稀少了，或许是大雁们也彻底失去了故乡，无须再来回奔走了。小聚中另一个江西老表问，你们春节还回家吗？我是一定要回去的，不过前几年回家是探望父母，如今回家只有一件事，就是去上坟，对我来讲故乡就是一座坟。

前些日子，有位叫春暖花开的留言安慰我，你在哪里，母亲的心就陪着你在哪里，你的自在生活母亲都能分享。我的母亲去世几十年了，早就化为一股风了。对于风而言，是没有故乡的，树在哪里，叶在哪里，它们就在哪里。一草一木就是它们的故乡。我两年没回故乡了，但是过年过节少不了一个仪式，那就是给母亲上坟。我会带着纸钱与香火，找一个大一点的十字路口——大一点的路口一般风都比较大，给母亲烧纸，下跪，磕头。我回复春暖花开，我最大的不孝是，让生前没有来过上海的母亲，在死后却要跟着我，跑到这个陌生的地方来。

秋天时，我儿子落地了，我给他上户口，他身份证号前几位是“310107”，出生地是上海，而我身份证号还是“612523”，出生地永远都是陕西。我半截身子都埋在上海了，却还不能称自己为上海人，但是我把自己一点点埋在上海以后，如果别人问儿子，你的故乡在什么地方，他可以理直气壮地讲，他的故乡在上海。我陈氏的血脉仍在延续，香火仍然不灭，只是延续的地方变了。

《父亲的晚年生活》讲的就是一个村庄正在消失的故事。我天天在祈祷，让我的父亲长寿，他多活一天，我的故乡就多存在一天。但父亲不会长生不老，等他离开的那一天，不就如江西老表所言，我的故乡只剩下一座坟了吗？我每年回故乡一次都难，到儿子这辈人，他们多久才回去呢？到儿子的儿子，他们还会回去吗？

初冬时，从塔尔坪传来消息，要下大雪了。这一小片岌岌可危的土地，又开始在我的脑海里使劲地摇晃。如果把故乡比喻成村头的一棵大树，父亲就是挂在树梢上的最后一片叶子。他的摇晃让我十分担心，我担心有一天这片叶子被风吹落了。没有叶子的树还能不能叫树呢？小说结尾，大雪封住了塔尔坪。有人问，我的父亲到底有没有跟我进城呢？这里我不能告诉你，因为拥有不同故乡的人在心里都有自己的答案。

“无根”是一种病

我又做梦了，梦见自己在深山中采药时迷路，于是使劲地呼喊着“爹”向他求救。但是爹终究没有听见，与已经去世多年的哥哥一起隐没于山林。这时的梦里，看到了一座寺庙，我绝望地向寺庙扑去，希望在寺庙里住上一晚，然后等着天亮后继续回家。

年轻时梦多，如今进入不惑，梦就更多了。我的衣食住行喜怒哀乐，基本是在上海实现的，上海是最让我头痛脑热的地方，但是这么多年总有一件无法解释的奇事，那就是无论什么时候做梦，在哪里做梦，春梦或者噩梦，场景无一例外，都是那几间破屋子，都是那个群山包裹着的小山村，都有已经进入耄耋之年的父亲。

开始觉得，日有所思夜有所梦，恐怕自己太想家了，后来就不这么认为了，因为有时候我是不想家的，不想家的时候我仍然还做这样的梦。我仔细想了想，或许因为它是我的故乡，我是在那里出生的，而且母亲、哥哥都埋在那里。如一株麦子或者是苞谷，无论它们被运到哪一座城市，被人们加工成麦片还是面粉，它们基本的味道是一样的，营养成分是一样的。

这是一个大移民时代，陌生人见面了，如今问得最多的，就是“你家是哪里的”，大家基本都明白，这个“家”所指的，不是你如今住在哪里，而指你的故乡在哪里。我特意查了一下字典，“家”是“家庭或者住所”，“家庭”是指“以婚姻和血统关系为基础的社会单位”，故乡是指“出生或者长期居住的地方”。

我的感受是“故乡”一词的定义不准确，起码是有偏差的。“出生的地方”没有什么问题，问题出在“长期居住的地方”。如果这样定义的话，我起码有四个故乡，这么多年我在四个地方长期居住过，塔尔坪，西安，广州，然后就是上海。在我心里，除了塔尔坪之外，其他几个城市还不够格，即使我在上海有了房子，娶了个老婆，生了个儿子，但是它的分量仍然与故乡无法相比，充其量只能是我的“家”。《百年孤独》里有言，没有一个亲人埋在这里，就不能称之为故乡。

马尔克斯的这句话解释的是根的问题，我同样感觉它的不足。在《空麻雀》里，我企图对“根”进行一些修订，那就是“死与生”——不仅要生在这里，还要埋在这里。对于人，我们无法像春种苞谷秋种麦子那样，因为我们没有太多的种子，有的只是一次性消耗的生命，所以生命诞生与安放的地方，那才是故乡。

乡愁是一种病，“无根”更是一种病，《空麻雀》意在给“进城”的人们寻找一服良药。但是，月亮是这味药吗？繁衍是这味药吗？好像统统都不是，它只能治标，而不能治本。小说里有一句话："人生最幸福的就是，在哪个地方出生，在哪个地方做梦，然后再在这个地方死去，埋在这里。"这就是我给一群离乡别土者找到的一个出路，不是叶落归根式的回归，无论是麦子还是苞谷，从开始把种子播下去，就要在这里耕种，就要在这里收获，就要在这里被磨成粉，最终还要在这里被搬上餐桌。

选自《广西文学》2021 年第 2 期

豆酱粑

温新阶

我喜欢在融融春日里回到乡下，天空湛蓝，阳光暖和但不晒人，春风贴着人的皮肤吹拂，像鸡毛掸子滑过。山上密密匝匝参差错落的树枝，已经有了难以察觉的生命的萌动。在这个时段，金黄的山胡椒花，粉红的野樱花格外抢眼。茅草、大蓟、小蓟、薇菜秧子感受到春日的召唤，从青苔里探出头来左右观望，田埂上，山坡上就有了一层青绿的弥漫。

我总要去看看母亲的菜园，菜园里菠菜已经起薹，芫荽开着星星点点的白花。最多的还是白菜，嫩嫩的叶片像婴儿的粉脸，其实，白菜已经不嫩，因为肥上得足，母亲又喜欢一茬一茬地掐掉老叶子喂猪，留下来的就显得很嫩。仔细瞧，也已经起了菜薹，肥肥胖胖的菜薹像婴儿的手臂，不经意地举着，手掌上是一朵密密匝匝的菜花，一粒一粒的花蕊紧挨着，还是绿色，还没有变黄。

此时的白菜薹是上好的美味，开水焯过，加上葱蒜凉拌，或者洗净清炒，都是美味，而最惬意的莫过于下火锅。

提起白菜薹下火锅，几乎每个鄂西人立马就会想到豆酱粑。

豆酱粑是豆渣制作的，只有在寒冷的冬天才可以制作。

把豆渣拌上花椒粉、柑子皮等佐料，然后放在锅里翻炒。木柴哔哔剥剥地燃烧，锅铲跟铁锅的摩擦声竟有几分悦耳，风吹动着窗门啪啪作响。很多树都落叶了，风穿行的速度变快，房子成了风最大的阻力和障碍，门窗就遭了风的拍击，大门上去年贴的春联被风揭起大半，哗啦哗啦响过一阵，就被风卷走了，似乎在提示新的春联也要贴了。

母亲炒着豆渣，父亲找来篾筛，铺好枯桐麻叶。桐麻叶是白天我去田间捡回来的，水中洗过，太阳晒干，把叶柄扎成一把，挂在灶屋里，使用时可以随便抽取。

豆渣不能太湿也不能太干，母亲用手一握，可以捏成团，吩咐我连忙熄火，将炒好的豆渣舀到铺好桐麻叶的篾筛里，用力按紧，再铺上几片桐麻叶，就把篾筛端到火塘楼上放好。

农家的火塘每到冬天会整天生着大火，一为取暖，二为熏肉。火苗呼呼，浓烟滚滚，楼板上的豆渣开始发酵，慢慢地，表面已经生成一层白毛，父亲说，端下来吧，母亲说再熏一天。豆酱粑的火候很重要，早了，还没有充分发酵，豆酱粑没有香味，跟吃豆渣差不多；迟了，发酵过度，又会有一股苦味。

篾筛端下来，揭开枯桐麻叶，用干净毛巾擦拭掉那层白毛，然后把整块的豆酱粑划成一条一条的长条，再切成薄片，在簸箕里摊开，放到太阳下晾晒。豆酱粑是很容易晒干的，冬日的阳光下也只需两天就会干好。干好的豆酱粑多有卷曲，卷曲的形状似乎更为生动，更富有生活气息。往日，干好的豆酱粑会放进坛子里或是生漆漆过的泡桐树木桶里，可以防潮，防止香味溢漏，现在，则是用塑料袋装成一袋一袋的，食用时一次打开一小袋。

也有把炒好的豆渣捏成一个一个小圆饼，然后发酵的，这样的豆酱粑到要吃的时候才切开，当然不会是一片一片的，下到火锅里，散开为一颗一颗的，黏附在白菜上，味道也非常鲜美。

还有把豆渣炒得很干的，不压紧也不捏成圆饼，而是就让面状的豆渣直接发酵，去掉白毛，晒干，这样的豆酱粑称为“渣酱”，可以下火锅，也可以加辣椒面和食盐，用开水泡发后当凉菜吃，如果是煮了面条，再配一碟“渣酱”，那面条就会吃得格外香，格外惬意。

白菜薹已经洗好，鲜嫩鲜嫩地在筐箩里滴着水滴，那是一个季节的馈赠，是大自然向人类示好的见证。

五花腊肉洗好了，切成丁，烧热铁锅，腊肉丁倒进锅里翻炒，随着铁锅里发出的滋滋声，腊肉的香味开始弥漫，腊肉丁黄而不焦油脂已经沁出许多时，放入葱姜蒜快速翻炒，然后加水烹煮，水沸之后再加花椒、辣椒皮和自制的豆瓣酱，煮至滚开，倒入小锅，移至餐桌的炉子上，其他菜肴摆好，酒斟好，在滚开的汤锅里下入豆酱粑，一股特殊的香味立刻填满了整个餐厅。汤汁开过两开，把白菜薹倾进汤锅，菜薹煮熟还没有煮死时味道最为鲜美，一双双筷子伸进汤锅，夹起一段菜薹或是一朵菜花，一起夹起来的还有一片一片的豆酱粑，美味入口，才开始饮酒。豆酱粑没有了，再下，白菜薹没有了，再下，汤锅里已经没有多少油水了，肥肉炼出的化猪油再添两勺，辣椒皮再丢一把，豆瓣酱再舀一勺，豆酱粑再加一碗，只是忙了洗菜薹的人，一把菜薹在汤锅搅一圈就完了。酒自然也下得快，因为这可口的豆酱粑，一桌人多喝了一瓶酒。

每每春日，我几乎都要深入到鄂西的腹地，在那里寻找春天的足迹，寻找一个季节的灵感。鄂西的大街小巷，到处都飘溢着豆酱粑的芬芳，从大的农贸市场到小巷子的小菜摊，卖得最快的自然是白菜薹，一起售出的当然是各色各样的豆酱粑，虽然出自不同的农家，有切成片的，有做成圆饼的，也有面状的渣酱，因为作料的多寡和轻重，味道也略有差异，但那种豆渣发酵的香味却是出奇地一致，别的任何味道都无法将其覆盖。

豆酱粑的美味不但一直贿赂着我的味蕾，而且将其美味信息输入我的神经系统，形成一种力量强大的文化观照和系统编程，我已经无法逃离这份有些偏执的热爱。

每次回老家过完春节回城的时候，亲戚朋友都会有各种各样的馈赠，许多东西我都回绝了，唯有豆酱粑是来者不拒，大袋小袋大包小包，装满两纸箱，当然，为了配套，五花腊肉和辣椒皮也会收取一些。当我把这两个纸箱塞进尾箱，然后关上尾箱盖子，我觉得一个诗意的春天已经被我牢牢地锁住了，汽车启动，轮胎碾过雪野的声音格外动听，印在雪地上的轮胎花纹是那样新颖而亲切。

其实，我回到宜昌，隔三岔五就有朋友向我讨要豆酱粑，还有的人，提着两瓶好酒，往我沙发上一坐，说：吃完豆酱粑再走。直到春日和煦的阳光渐渐变得有几分炽烈，冰箱里装豆酱粑的那两格已经空空如也，我家里才安静了下来。

石榴花开了，长江对岸的那片麦地已经变得金黄，看得清刈麦的队伍穿得花花绿绿。

选自《长江丛刊》2021年第6期

车巴河笔记

王小忠

小二楼

算算时间，来到车巴沟已经半年了，我始终无法投入工作，像一个江湖艺人，更像一个武林侠客，徒有幻想，而又期盼异想天开。

我的每一个早晨都是由鸟雀们吵醒的。住在村委会朝西的小二楼上，和住在冷藏车里没啥区别。一个旧的生铁炉子，炉面烧得通红，依然难抵直入骨髓的寒冷。每天晚上，我将身子裹得严严实实，半夜里常常被冻醒，只能顾头不顾腚了。如此一来，每天早上起来的第一件事不是急于上厕所，而是整理乱如鸡窝的头发。在小二楼洗头需要极大的勇气，我只好将毛巾在热水中泡一下，再拧干捂在头上，等张牙舞爪的头发完全贴在头顶上时，才可以飞奔下楼，舒舒服服尿一泡长长的尿。

就那样，在向阴的小二楼上，我和即将到来的寒冬展开抗击与搏斗。没有人知道我的梦有多么宏大，一个艺人和侠客就这样成了失意的流浪者。这里青山绿水，房屋古朴，但我时刻感到失意和落寞，无法将自己从日复一日的寂寥中拯救。最初的喜悦沦为忧伤，激情沦为悲叹，权利和职责也成了腐朽的刀弓。我只好退隐在小二楼的角落里，守着永不言老的光阴。

怒吼的风像魔鬼迎娶新娘。我不敢出门，只好把塑料罐改成一把夜壶，坐等春和景明的某一天，时间给我一个光荣的身份。

小二楼对面有一家杂货铺，杂货铺能给人希望，不过所有一切也只能是想象，因为那间杂货铺大多时间都关着门。黄昏时分，牛从山林里出来，当它们路过杂货铺的时候，杂货铺偶尔会开一次，但很快又会关上门。巷道里的路灯彻夜未眠，但没有行人，安静得有点可怕。这时候，我会听见车巴河的流水声，还能听见山林里各种各样的鸟儿的叫声。一旦进入夜晚，就连流水声都听不见了。隔窗相望，只有黑乎乎一座大山的轮廓。有星星的夜晚，也似乎少得出奇。

村里的人们中午都不休息，我也习惯了。一到中午，我总是要走出院子，沿小二楼背后的巷道去河边散步。

阳光溢彩的早晨，我已经从对面山上的柏木林里回来了。河流解冻了，流水的声音变得悦耳起来，布袋里柏枝的清香不断外泄。我想，拥有了清新质朴的乡野日子，就可以静下心来。而事实上，我还是无法安下心来，一面想着山林的神秘，一面想着城市的热闹。寂寞无声地穿过巷道，那个向阴的小二楼一如既往地昏暗。拉开麻布窗帘，大多时候我会看见走在巷道里的老老少少、男男女女，他们背着柴火，满脸笑容，相互致意。他们的日子似乎充满了无尽的乐趣，也充满了幸福和阳光。而房间里的我却有点失落，桌子上布满灰尘，这些都是生活留下来的记忆，要经过无数春夏秋冬，才能淡忘。上午十点的时候，阳光会滑过窗台，转瞬即逝，但阳光的确向小二楼袒露了它的无能为力。另一张桌子摆放着厨具，厨具上每天都会有新的灰尘堆积，尽管如此，它们依然发出青稞的馥郁之气。

一群孩子会准时来小二楼叫我，我们要去密林，要去山冈，要去寻找带有经文的玛尼石，还要去那个神秘的洞顶，谈论神圣和虚无。比孩子们更准时的是挂在小二楼上的四个大喇叭，鸟雀刚醒来，广播就开始了。广播里的消息是诱人的，那声音穿透墙壁，像烈焰一样，让虫蚁息声遁逃。广播一响，我必须要起来，像一个昏沉的旅客，更像一位懒散的农夫，必须要找活干，必须要分散心思。我想，少年们穿着彩色的衣衫，花朵们暗暗使劲，可谁理解葵花在烈日下的遭遇。

巷道褊狭，右边是篮球场。孩子们沐浴着金色的阳光，但他们很少玩球，只注视着对面的山林，露出狂野的笑容。走出巷道，便是宽阔的天地，左边是青稞地，二月的风把田地扫得空空荡荡，只有一排柳树挤眉弄眼，发出沙沙的声响，炫耀头人镶在皮袄边上的白珊瑚一样的芽苞。

春天要来了，这是令人振奋的消息，然而风依旧很大。田地背后，便是我居住的小二楼——向阴，没有阳光，日夜被风雪扑打，即使晴朗的天空下，我的记忆依然布满冰凉。田地前面就是车巴河，初春二月，寂然无声。密密麻麻的青稞架站在岸边，它们在无穷尽的风雪中打盹、做梦。更远处的山林里是豹子的嚎叫，它们穿着水纹的新衣，呼吸急促，夜深人静的时候，就跑出来隔河望着小二楼上的灯光。堆砌在河道两边的是铁青色的酥油石，它们在阳光下享受河水的冲洗，而对身后小二楼里的担忧无动于衷。

小二楼对面就是杂货铺，它像冬眠中苏醒过来的黑熊，因为春天来了，它也该苏醒了。村里偶尔也会停电，停电的时候，杂货铺会准时开门。第一次走进杂货铺，因为要买蜡烛。苏奴东珠就是这个杂货铺的老板，他踩着拖鞋，也像刚醒过来一样，对任何人与事都显得十分厌烦。但他说，有了蜡烛，就会看见各种各样的春天。

那晚，我点燃蜡烛，果然看见了奇花异草。于是，我想要告诫像我一样的艺人和侠客，春天过后，还有轮回不尽的春天。如果没有蜡烛，就找不到春天，找不到春天，就永远被圈在车巴沟，就无法衣锦还乡了。那么我告诉你，千万不要去冒犯杂货铺老板。当然，我也是在等待着衣锦还乡的那一天。之后，我会将一切记录下来，作为活着的资本与骄傲，让它们永远住在心灵里。

春　耕

旺秀刀智一定是遇到啥问题了，他频繁来村委会小二楼，就是不肯开口。他不开口，我自然也不便打问。

住在小二楼，最麻烦的就是做饭，不做不行，一做就剩。做一碗面条，完了再炒两个小菜，这都是工作后惯出来的，可恶得很。旺秀刀智没有事情一般不来小二楼，最近来了几回，每次总是时机不对，要么洗锅，要么还没做饭。旺秀刀智又来了。早来一步，或晚来一步都有的吃。总是这样错过，我觉得怪不好意思。

旺秀刀智一进来就说，村里已经算好了日子，你知道吗？

不知道呀，算好了什么日子？我放下手中正在刷洗的锅碗，问他。

要开始耕种了。旺秀刀智说，你可能真不知道，我们这里种田是要算日子的，算好日子才可以开耕，割田也是一样的。

我是在农区长大的，自然不知道牧区的这些讲究。可惜旺秀刀智也只是知道有这样的讲究，却说不上其中的缘由。当我问他的时候，他也显得极不好意思。

小二楼不方便的太多了，除了上厕所，倒污水、倒炉灰也是很不方便的。还好，窗外是一大片空地，我只好自取方便了。

旺秀刀智见我打开窗户，要倒洗锅水，便慌忙阻拦，说从今天开始，不准将水倒在地里。我被他突然的叫喊吓了一跳。你来好几次，不是为了这事儿吧？我问他。

就是为你倒水的事情。大家都碍于面子，没来直接责怪你。旺秀刀智说。

有那么严重吗？我问他。

怎么不严重？严重得很。你倒过水的地方庄稼就不长。旺秀刀智就急躁起来了。

倒水不是滋润土地吗？我说。

滋润啥？你的洗脸水中有肥皂，洗锅水中有洗涤剂，庄稼能长吗？旺秀刀智的话有道理。他说，肥皂水和洗涤剂的水渗到地里，会破坏土地，杂草都不长。

剩饭剩菜倒出去，喂了猪和牛，你怎么不提？我觉得我的话也有几分道理。

你那是浪费，老人们都看在眼里，没有当面骂你，已经给足你面子了。旺秀刀智稍停了一下，又说，这里的猪和牛都没有下过馆子，吃不惯，吃了反而会得病。

我听着旺秀刀智的胡搅蛮缠，不由得笑出声来。谁家的猪和牛还下馆子呢?

城里馆子所剩的饭菜不就全喂牲口了吗？我就见过。旺秀刀智认真起来了，牛吃了馆子里的剩菜后，挤出来的奶都是酸的，你没听说过吗?

我蒙了。酸牛奶的事情早有耳闻，但不曾知道是因为吃了馆子里的剩菜所致。

旺秀刀智又说，一个人一生的粮食是注定好的，你那样浪费，迟早要挨饿的。

我无言以对，只是瞪了一眼旺秀刀智。

旺秀刀智又来了。他说，开始种田了，窗外那片地要种洋芋。还说我经常倒水的那片地方留给我，让我去种白菜。

中午时分，窗外那片地热闹起来了。旺秀刀智开着手扶拖拉机，拖拉机后面挂着犁铧，手扶拖拉机比脱缰的野马还野，我明显看到旺秀刀智有点驾驭不住。来回犁两沟，他就要熄火休息。也是在他休息的时候，放种子的人才忙乎起来。放好种子，再犁两沟，如此三番，一个多小时，那片地彻底耕完了。

旺秀刀智抹了一把汗，过来和我拉闲话。旺秀刀智说，播种机方便，但很费力，不像耕牛那么听话。

我说，那看你怎么操作了。

旺秀刀智说，就是操作难，深一犁，浅一犁，怕要亏种子了。又说，这铁家伙使不惯也得使呀，不会使唤，铁家伙就会欺负人呢，你看我都累了一身汗。

那是你欺负人家。我说，谁让你不好好学习呢。

旺秀刀智说，没办法，重新念书也来不及了。

我笑着说，抽空我们去河边那片沙滩，我买上草籽，你开上拖拉机，拿上说明书，我教你怎么操作。

旺秀刀智也笑了，他说，草籽难买。

我说，我会想办法。

放洋芋种子需要好几个人，放完之后还要将两犁沟之间分开，盖上地膜。这期间，旺秀刀智用铁锨将我经常倒水的那片地方翻了起来，最后也盖上了地膜。

旺秀刀智说，买上些菜籽，用筷子戳个洞，将菜籽放进去就可以了。又说，不知道菜籽会不会发芽。

我说，如果不发芽，就没有菜可吃，活该对吧？

旺秀刀智哈哈大笑，说，放心吧，我家园子里多得很，不会让你吃水加面。

我明白旺秀刀智的意思，只是心里嘀咕，以后倒污水、倒炉灰，的确是一件令人头疼的事儿。还好，天气会越来越热的，不用裹着被子跑厕所，已是最大的安慰了。

选自《飞天》2021 年第 1 期

凡间·凡人·凡事

刘 炜

桃花泪

晚上与友小聚，微醺。

扶着同样微醺的K，摇摇晃晃地走在公明的长春北路，去另一朋友处喝茶。K突然问我知不知道桃胶，我说，知道。我父亲在的时候，我家有十多亩桃园。每年春天，桃花开的时节，花团锦簇，莺莺燕燕，我家的四间瓦房，草垛，羊圈，竹园，榆树，苦楝树，池塘……一下子都变美了，像画一样。

我的父亲，总喜欢在桃园里背着手走来走去，好像首长检阅部队。有时手里还会捏着把桑剪，剪下几枝桃花，带回家给妹妹们玩，或者装在盛满水的空酒瓶里养着，那些桃花却也识宠，继续开着，鲜艳着，活着，好像并不知道自己就要死了。有时，我会用迷惘的眼神看着父亲，甚至有些敌意。你不是说一朵桃花，就是一只桃子吗？你这一剪子下去，结束了多少桃子的命啊！父亲并不言语，但又好像从我的眼神中看出了我的疑问。

从朋友家喝完茶回家，夜晚的小凉风一吹，我与K的酒都醒了，醉意全无。K告诉我，他正在筹划一个项目。就是把桃胶做成像燕窝一样的速食罐头。对于桃胶项目，我并不感兴趣，更何况拿桃胶与燕窝比，我觉得也不合适。再说，商场如战场，如果桃胶项目真是个好项目，K是不该泄密的。但K却对我说了，一是说明K信任我，二是K觉得我只是一个穷写诗的，并没有实力去争他的这个项目。而就我个人对桃胶的理解，K这个项目会永远停在立项这个阶段，是做不成的。

我不会对 K 的项目泼冷水。一个人有梦想，总比没梦想好，更何况有大师说，一个人有什么样的想法就会过什么样的生活。我从小就只有写诗的想法，所以年已半百，还一直在写诗。自然，也曾做过一夜暴富的梦，结果这个梦却落在了买彩票上，也并不曾坚持太久，却也花了不少钱，中的最大的奖也就十元二十元。K 却不一样，他总是在筹划自己的发财之路，我相信即便桃胶的项目不成，K 还会去干别的项目，我相信 K 会如愿以偿，过上有钱人的日子的。

K 说，他曾辉煌过。有过许多钱，许多女人。

我说，你将来一定还会有许多钱，许多女人的。我说出这句话的时候，连自己都觉得有点儿假。但我还是说了，像泼出去的水，想收也收不回了。

转眼间，桃花就谢了，桃树上结满了桃子。父亲蹲在桃树旁，一边抽着烟，一边伸手摸了摸毛未褪的桃子，暗自一笑。我是不敢这样摸桃子的，桃毛弄在身上，浑身痒痒。比有人挠痒痒还难受。人挠你痒痒，手一停就不痒了，桃毛挠你痒痒，可就不一样了，至少痒你个大半天，洗澡也没用。

父亲抽完烟，起身回屋拿了一捆绳子和一些木棍，给被桃子压弯的树枝扎了个支架。嘴里还嘀咕着，应该多疏些花的，但愿不要有大风大雨。疏花，原来父亲剪桃花给妹妹玩，叫疏花，是怕桃子结太多，把树枝压断、桃树压垮啊！

我突然觉得疏花是个特别美好的词。怪不得那些剪下的桃花并无怨言，插在空酒瓶里也一样开得鲜艳，也许它们明白，自己的牺牲，更是一种成全。

桃园是佛系的，桃树也是。

桃胶又名桃花泪，是蔷薇科植物桃、山桃等树皮中自然分泌，或在外力作用下产生伤口而分泌的树脂，有利于桃木伤口自愈。

比较黏稠的液体通过太阳晾晒蒸发，产生固体颗粒桃胶。桃胶闪烁着琥珀色的光泽，呈半透明状，泡发有弹性像果冻一样，让人看了就很有食欲。

桃花泪，这个词太生动，太美了。

而燕窝只是燕子的口水。

对于桃胶我的父亲是恨之入骨的。因为只要桃树流了桃胶，就代表桃树老了，不爱挂果了。父亲便会弄些自己嫁接好的桃树苗种在老树旁边，待小树开花结果了，再把老树挖了或锯了。

父亲说，桃胶是桃树老了流的泪。当然，父亲那时并不知道桃胶是个好东西，吃了可以美容养颜的好东西，可以卖钱的好东西。当然，这也不算什么新鲜事，我小时候挖过的猪草，不也大多成了金贵的野菜了吗！

一棵树的桃胶并不多，就像一个人的眼泪。

我的父亲就不止一次地为桃树流过泪。记得那年桃子结得特别好，个大色鲜，特甜。有商贩来收，价压得太低，父亲没舍得卖。结果一夜风雨，桃园里满地的桃子，损失惨重。母亲责怪父亲昨天没把桃子卖给商贩。

父亲不吱声，只是蹲在门槛上一个劲儿地抽烟，眼里含着泪。父亲的泪很少，就像桃胶，没有人知道他的委屈与忧郁。

父亲老了，风一吹就爱流泪。但父亲不服老，说只是沙眼而已，滴滴眼药水就会好的。可流了桃胶，桃树就老了，是父亲亲口对我说的。

父亲走了，他带走了十多亩桃园，带走了草垛，池塘，竹园，榆树上的鹊窝……他至死也不知道桃胶是个好东西，滋补美味，一斤桃胶可抵十棵桃树桃子的钱。

父亲走了，家里的地征了，房拆了……我漂泊在深圳，对故乡的情愫，已化在了记忆里。

K 说，他已与云南的桃胶供应商联系过了，只要 K 的项目开始运转，他们可以提供足够的桃胶。

我说，那就好。

我还一直以为只有我们家的桃树会老，有桃胶，原来云南的桃树也会老，也产桃胶。

我对 K 的桃胶生意并不关心。我与我父亲一样，从没觉得桃胶是个好东西，就像从没觉得燕窝是个好东西一样。

这并不影响我喜欢桃花泪这个词，不管怎样至少读起来是唯美的。就像泪也可代表喜悦。即使真是忧伤的泪，一加上桃花，也可算得上美好的忧伤吧。

我喜欢桃花泪，也就代表喜欢了桃胶。它们只是一件事物的两个名字——乳名与学名。

K 喜欢称之为桃胶，我喜欢称之为桃花泪，其实都可以的。名称，终究改变不了一件事物的属性，更改变不了它的命运。

我失去的一切，都是注定要失去的。

我拥有的一切，也是注定要拥有的。

不管是桃胶，还是桃花泪，都是桃树老了，结不了桃子而流的泪。

草木如此，人亦如此。

露天电影

对于童年，每个人都会有难忘的记忆。虽说这些记忆有时就像是雪地上的脚印，雪一融就消失了。但只要掀开记忆的扉页，偶尔一想，脑子里霎时就会呈现曾经留在雪地上的脚印，甚至，还有童年冻红的小手，雪人用楝树果做的眼睛、胡萝卜做的鼻子、炮仗炸飞的红纸做的樱桃小口，打雪仗时蒸笼似的冒着热气的丸子头，农场学校的操场上雪白雪白的电影幕布……童年的记忆里有画家笔下的水柳树与小木舟，那柳丝绵长而又深情，像一种爱情，对故土对故人的爱情，看似君子之交淡如水，却又让人魂牵梦萦的爱情。童年与故乡其实是除了母乳之外的另一股乳汁，它让我们的思想、情感，以及人生最初的萌芽有了生根的地方。

一只翠鸟，站在残冬枯萎的芦苇上，更像一小块绿色的翡翠。风吹着翠鸟，那风动的羽毛，闪烁着翡翠的波光。铺着芦叶的河水，多么清澈，收藏着这残冬的翠绿……然而，我对故乡河流的记忆，其实更多的是与露天电影联系在一起的。记得小时候，晚上放学的第一件事就是站在小河的南头，朝北望，因为小河的北头就是农场学校的操场。尤其是冬季，芦苇枯萎的季节，整条河流就像是一条宽敞的走廊。只要有电影，那雪白的幕布就会早早地扯起，一眼就能看见，包括那些在操场上支幕布的毛竹。只有在芦苇繁密的季节，我才会对自己的眼睛有些怀疑，哪怕明知会扑空，也会去操场转上一圈。有时放映员接片子接晚了，为了能让看电影的人们先睹为快，会在学校石灰水粉刷过的墙壁上放，而学校的石灰墙站在河边是看不到的。只有站在寂静的黄昏听，学校的操场上是否有放电影的声音，只要有，哪怕看个大半拉，也是绝不会错过的。每逢放电影的日子，孩子们都会像过节一样兴奋，不折不扣地完成母亲交代的割猪菜羊草的任务和老师布置的作业，为的就是让母亲爽快地答应去看电影，或者说找不出理由不让去看电影。

农场的人大多是从大城市来的场员与知青，比农村人更怕寂寞。于是与农场一河之隔的七一大队的社员，没少沾农场的光，光露天电影就比其他大队多看了很多，还捎带着学了不少东西。队里的大人们去看电影总是不厌其烦地扛着长凳，只是为了一边看电影，一边能坐着歇歇。但遇到好看的新片子就不一样了，人多看不到，就只好站到凳子上看，不是你挡了他的视线，就是他挡了你的视线。这样就免不了要吵架。只不过吵架也只限于换片的瞬间，只要电影一放，人们宁可转着脖子换着角度看，也不会再吵。那时，我甚至会觉得，那是对换片时焦急心情的一种调节。但孩子们却从不担心人多看不见，他们很轻易地就蹿上树，坐着看，躺着看，神仙似的快乐着。直到有孩子从树上摔下，摔断了腿，小树林的外面才被圈上了铁丝网，那些树才恢复了以往的安静。草垛上看电影是最惬意的事了，电影跑片或者换片时，我们便站在草垛上看树梢上的月亮，总感觉只要再站高一点就能够着了。不过，躲在草垛上看电影的，还有谈恋爱的农场知青，他们来自大都市，他们的行为举止对于农村的人们来说，有一定的前卫性。童年的我就是在草垛上见识了男女之间的初吻，只不过它的纯粹与灼热那时是无力感知的。调皮的孩子时常会因窥视了恋人们的秘密，而被恋人们驱逐。那时幕布的正面已没了位置，孩子们便只好站到幕布的反面看，这让孩子们很不服气，总是趁恋人们亲热时，偷偷地朝他们扔一把土，然后一哄而散，消失在看电影的人群中。

孩子们看电影，不仅是看，更喜欢模仿，电影散场后，小伙伴们便会自动分成两组，一路打打杀杀地回家。我最喜欢春天的夜晚，天气不冷不热的，空气里到处是麦苗与油菜花的味道，刚松过土的田地里，尽是松软的泥块，一打在人身上就碎了，一点儿都不疼。一回到家，脱下衣服倒头便睡，幸福得像一只花朵中的小蜜蜂。早晨起来，看见母亲在搓衣板上洗脱下的衣裤，一边抹着肥皂，一边唠唠叨叨的。我知道肯定是衣服上又沾上了难洗的草汁，所以，时常会一声不吭偷偷地从母亲身后一闪而过……一路上与同学谈着电影里精彩的情节，模仿着电影里人物的动作和台词上学去了。麦子拔节的日子，看完电影，便不会在麦子棵里乱跑了，因为我们知道这时候的麦子像孕妇一样需要保护，否则便会影响收成。即使忍不住要吹几声麦笛，也会挑黑色的莠麦。农村的孩子对粮食的热爱是天生的，与生俱来的。就像一群蚂蚁对一粒米的热爱。

露天电影，在我童年的记忆里不仅是个美好的名词，还是具有无限想象力与诱惑力的乐园。在那充满了诗情画意的场景里，我们与星星，与月亮，与树木，与河流，与庄稼，与小鸟，与风，与雪一起观看——对童年的我来说似懂非懂的故事。露天电影最怕的就是下雨，比停电还要让人咬牙切齿，因为停电了可以发电，而一下雨电影就放不成了。当然，也有等雨停了，继续放的，让那些经不住风雨提前回家的人禁不住叹息声声。现在的电影院高档了，电影的品种也多了，不要说下雨，就是下冰雹都不怕。只不过电影院看电影是要钱买票的，只有露天电影才是记忆中唯一免费的，才是最原始、最纯朴、最富有诱惑力的。记得上中学时，镇上的电影院就在学校旁边，5 分钱一张票，也会觉得挺贵。那时住宿，5 分钱可以在学校食堂买一碗青菜豆腐汤了，自然会越想越舍不得。幸运的是我的同宿舍的同学会画画，虽说现在他已是很有名的画家了，但对于我来说，他最著名的作品，便是 5 分钱一张的电影票。那时，只要有新片子，我和他就会逃过晚自修，两人买一张票，画一张票，整个中学时代竟从不曾被电影院检票的识破。画家自己也说，那是他中学时代最有成就感的一件事。但拿着画的票看电影心里还是会担心查票时被查到，没有看露天电影的那份轻松与愉快。

露天电影，童年时我看了不少。记忆最深的是《地道战》，因为这部电影，我的人生差点儿永远停留在童年。今年春节，在北京工作的同学谈起看露天电影的事，说起看了电影《地道战》后在河磡上挖的地道还心有余悸。那可是我们用割猪菜的小锹一锹锹挖的，一条 5 米长的通道爬进去，便是两个小房间，一间可以供四个人打牌，一间可以供两个人做作业。点着墨水瓶做的煤油灯，每进去一趟，鼻子里总有挖不完的黑灰。当然，为了挖地道，用芦苇把猪菜篮子撑空充数，还歪着腰，像猪菜篮子有多沉似的，然后匆匆地把篮子里的猪菜倒在昨天的猪菜堆上，但妈妈总好像有着火眼金睛似的，把我的造假伎俩一一识破。后来我才发现陈猪菜与新猪菜是绝对不一样的，为此挨妈妈的打自然是理所当然的事了。那个地道有一阵子几乎成了我们童年温暖的家和避难所。考试考差了，和别的孩子打架了，挨老师批评了，我们都能在地道里躲过爸妈的追打。但时间久了，还是被妈妈发现了，这个地道也就不再是我们的秘密。记得有一日，夏季的暴雨说来就来，我们在地道里避雨打牌，快乐得像一群小鸟，一点儿也没有感觉到灾难即将来临。好在妈妈及时找到了我们，否则，那塌了的地道就成了我们童年的坟墓。

一只翠鸟，站在残冬枯萎的芦苇上，更像是童年记忆里一抹岁月的青苔……我站在小河的南端向北望，农场的学校早已搬迁，一眼望见的除了高楼还是高楼。那白色的幕布，或许再也没有人扯起，但对于我来说，美好的童年就像是一场露天电影，现在只是在换片。有时候，我便会情不自禁地站到村头最高的土圩上，看黄昏的白云，就像在童年的星空下痴痴地等待一场露天电影……

选自《芒种》2021 年第 1 期

寂静中等待呼唤的器物

巴音博罗

想着过去的事物仿佛它们刚刚开始存在。

——卡内蒂

碗

我站在碗沿上茫然四顾，这是我对碗的最初认识和心灵写照。那时我家随父亲的水文站在辽东的大山里转悠，全家五口人靠在粮站领的那点粮食是填不饱肚皮的，好在村里给水文站的家属也分了一点地，我们全家总动员，肩扛手刨，好歹能把地种上。那是最艰难的日子！父亲是城里人，自然不懂如何种地。母亲来自乡村，所以家里家外的活计就全凭母亲一双巧手了。种地是个力气活，最累的是往地里运粪，还是少年的我肩膀还没长成，就挑了两只大土筐，每日摇摇晃晃地趔趄于那高低起伏的田埂上，偏偏那地又往往在一个山岗上，好多时候会连人带筐滚下沟里。而汗珠子浸到伤口就会蜇得很疼。我咬咬牙，顽强地爬起来，继续往山岗上挑粪。其次呢，就是拉犁。村里农民都有牛和马，而水文站的家属就只有用肩膀拉了。我们跟相邻的农人借来犁杖，我和父亲在前面拉，母亲在后面扶着犁杖，我和父亲的腰弓成驴背，土坷垃被犁铧分开，地垄弯弯曲曲地向前延伸着，日子向前延伸着，我渐渐地长大了，对粮食也有了更深刻的认识。而碗的另一头，一直紧紧联系着饥饿和温饱。我在碗沿上茫然四顾，这后面是藏着担忧的。而碗沿上伫立着的无数先祖们，就是几千年农耕文明的最真实的写照了。碗是人们吃饭的家什，碗里盛着土地，盛着山川河流日月星光。我曾画过一幅油画。画面中央就只蹲着一只硕大的碗，碗沿上就是荷锄扶犁的乡亲——天地蓦然小了，而碗大了。碗里的天地是我少年时代全部的土地河山。

在我最初的记忆里，我家的碗是那种白釉粗瓷的二号碗，碗沿上还有一道淡蓝色的线。碗的大小刚好能填饱我们的胃。不过儿时的生活异常艰辛清苦，肚子里是缺少荤油星星的，正在长身体的我们往往一碗粗粮是填不饱的，尤其是苞米粥，总要喝个两三碗，但很快又饿了。胃像个无底洞，而碗总是空空的。

我们渐渐长大了，父母也渐渐老了。而饭碗却慢慢变小了。如今，少儿时代的那种大号土碗早已不知去向了。碗越来越精致，由粗瓷换成了骨瓷。而故乡却远了，乡情淡了，乡亲成为遥远的一座座坟。碗飘浮在空中，仿佛一轮清凉的月亮，月光喂养着我的诗歌。

父亲早已亡故，母亲的发上满是白霜。而碗依然空着，像母亲哀怨的眼神。

我在古玩市场上淘了一只民国时代的蓝花大碗，碗壁上满是锔钉，碗口还豁了牙。我把它放在案头，每日痴痴望着，像望着故乡。我不知这只碗被多少双手捧过，碗里的粮食喂饱过多少胃肠，那些被喂饱过的人，或许早已成为尘土，而碗依然在这世间流浪。那儿时母亲呼唤吃饭的声音，依然在耳边回荡。我常常无缘无故地泪流满面。碗像一座小庙，静静伫立在人烟稀少的小路尽头。碗供养着我们的精神，使我们感念土地之恩，家园之恩。因为有了这碗，才使我们活着有底气。

锅

“我背了一辈子大饭锅。”这是母亲时常挂在嘴边的一句话，儿时我并不理解，因为母亲每次说这话时，脸上似乎满是怨气，那怨气既对着父亲，又对着儿女们。

是啊，煮饭的锅怎么能背在背上呢？

母亲没有工作。年轻时母亲一定是个美人胚子，因为现在即便年过八旬，母亲也依然肤色瓷白，弯眉慈目的。母亲出身乡村，用出生于城里大户人家的祖母的话来说，母亲是属于庄家院儿的身份，这话母亲记恨了一辈子，现在还总拿出发泄一番，尽管祖母早已仙逝多年。

因为当村干部的大舅的安排，十七岁的母亲去了水库工地当播音员，与同在水库当技术员的父亲相识并恋爱，他们的第一次相遇自然是在篮球场上。父亲是个出色的中锋，母亲立刻被那个高大、帅气的省城里的小伙吸引住了，他们同居并结婚，很快就生下了我、二弟和三弟，从此母亲背饭锅的生涯开始了。

我一直觉得母亲嘴里的这个“背”字特别形象，它不仅让我想起“背井离乡”，也想起了数千年来中国妇女所受的苦和难。“背”从某种层面上讲，有压迫的意思。母亲做了一辈子饭，皆源于父亲是一个懒汉。

母亲大半生一直把操持家务当作主业，那时父亲挣的工资少得可怜，又加上父亲好喝上几口酒，工资的三分之一自然用在了这项口头福上来，每月扣除领粮的钱，一家五口人吃菜上学买油盐酱醋的重担基本上由母亲一人承担了。所以，平日里上山采山菜、种地养猪、做饭烧柴，母亲无所不能，虽然后来我们逐渐长大，可以搭把手协助母亲，但几十年来做饭的劳务，一直还是母亲一人操持。

我家的锅是两口大号铸铁黑锅，锅灶的旁边还装有一只木制风匣，母亲系着灰布围裙在锅边忙碌时，我时常蹲坐在小板凳上负责拉风匣。灶膛里的火苗随着风匣推送的节奏一闪一烁跳跃着，映红了我脏兮兮的小脸儿，也映红了母亲汗津津的俊脸。所以从儿时起，热气腾腾的锅在我心里就成了生命中最能蕴藏能量的所在了。锅不仅能熬出香喷喷的苞米粥，锅壁上也能贴出一圈金灿灿的牛舌饼和地瓜土豆酸菜饺子，在那个贫寒的年代，锅是所有欲望的总和，是梦的集散地，也是一个乡村女人幸福和希望的寄托。

锅的一端始终通向胃口，锅是家的象征物，也是一个家庭主妇爱恨情仇的倾诉之地。泪水和汗水在锅沿上滚动，劳动通过土地长成的谷物现在重新回到锅底，成为清水、蒸汽和热量的冉升。像一首歌谣从扩张的喉咙里回荡在原野，锅盖把锅的每一次秘密保留到烈火舔食锅壁后的倾情一现。锅在母亲的背上，而母亲是家的土地和园田。

如今，我家的锅早已改朝换代全部现代化了，电饭煲是日本进口的，高压锅、铝蒸锅也是国内的名牌。锅是越来越精致了，生活也越来越奢华了，而故土远了，母亲背上的锅成为遥远年代伤感的谣曲。

瓶

束腰的美女子，我总是这样称呼。我对瓶的认识来源于两种：一是父亲的酒瓶子，二是水文站测流取水样用的大号玻璃瓶子（我父亲那时经常用来装酒）。记得我妻子第一次来我家串门时，曾无比惊讶于院子里整齐码放的啤酒瓶墙，那是我父亲的赫赫战绩。他是酒的儿子，但他也是我爹——满族称为玛玛，我把我父亲用空酒瓶垒的墙当成了我的乐园，我看见蚂蚁在那儿攀爬，老鼠在那儿做窝，阳光和蜻蜓因为痴迷于玻璃的闪烁，会经常在某一凸起处停驻一小会儿，还有雨水、秋霜和冬雪。我和邻居的小伙伴们用酒瓶子当武器相互投掷，我还用一只厚厚的酒瓶底儿当单筒望远镜的镜片。在那微蓝且绿的圆形厚玻璃片儿的透视下，整个世界都有了玄妙神奇的改变，像是童话世界的忽然呈现。我经常痴迷其中流连忘返甚至想入非非，我觉得自己就像一个国王，可以拥有这世间的一切，而现实仍然是我瘦骨嶙峋的屁股因此经常会挨一顿父亲的胖揍。

当然，关于瓶的记忆也并不都是美好的。我开始痛恨我家那堆成墙的酒瓶子了。这源于每次发工资后父母激烈的吵架。“喝——喝，喝死才好呢！”每次吵架后，母亲都会疯狂地砸那些酒瓶子，而父亲则红着眼睛怒视着我们。有一天晚上母亲和父亲在炕上打起来，父亲显然也狂怒了，他下死手要打母亲。母亲披头散发，用一床棉被来阻挡父亲的拳头，我和弟弟被吓傻了。“还不快去叫人来……”母亲哭着喊我，我这才麻溜下炕，光脚跑了出去。

母亲要离婚，又泪眼婆娑地望着缩成一团的我们。不久心又软了，父亲在水文站做检讨，保证不再提前预支工资买酒喝，事情总算平息下来。但这情形总持续不了多久。不久，父亲又故技重演，而酒瓶里蓄满母亲的絮叨和我们痛苦的眼泪。

邻居毛驴奶奶（乡下人给放驴的老女人的绰号）的儿子树魁当了海军，放假探亲时回到故乡。那年代河里的鱼儿非常多，村人们除了用丝网捕捞，还喜欢自制炸药炸鱼。有一天，树魁子用玻璃酒瓶做了一枚新型炸弹，据说其杀伤力惊人，但毛驴奶奶一直限制儿子去河边，是村里算命的张大仙给算了一卦，说树魁子今年有难，毛驴奶奶深信不疑，一直看着这宝贝儿子不让出屋。可是一天中午，晌晴晌晴的夏日中午，树魁子还是翻墙去了空旷无人的河边。不久，村里人听到一声惊天动地的炮响，之后就看见通往河畔的沙土路上，摇摇晃晃走回来一个血人，近了，才认出是树魁子，海军衫上一片殷红，一只袖管空了，眼珠子也飞了。

从此我对那美丽的玻璃瓶竟有了一层恐惧感。

瓶，束腰的美女子。如果春天到了，北方乡村的黄泥窗台上，会不经意间看到有人用旧酒瓶续上清水，插一束开得正盛的映山红或野樱桃花，这情景总会勾起我的乡情，总有淡淡的忧伤弥散其间。最质朴的，我该称呼你什么呢？

而梅瓶当然是最美的瓶了，它尊贵、富丽，是出身大户深宅的器物，像大家闺秀，因气质高贵而傲然屹立，已不属我钟情的范畴了。

有一次，我在河滩上捡到一片绿宝石般闪烁的灵异奇物，在阳光普照下像冬日里的一块冰晶莹剔透。我把这宝贝捧在手里反复摩挲把玩，我确信那是一块宝石，就把它送给了邻居家的小青。小青是个大眼睛的小女孩，我喜欢小青已经好久了，可是我父亲与她父亲关系并不好，我们俩只有偷偷来往，好像地下情人。小青在水里游泳时像条鱼，而我像只稳稳的大木船。小青把那片绿色的东西藏在花布衫的口袋里，时不时地会拿出来，眯起眼睛在阳光下照一照，那是一块玻璃瓶的碎碴子，被水的手缓慢地磨圆了，时光成为它最珍贵的亮色——童年的时光！

选自《星火》2021年第3期

我娘这辈子

张　凯

我爹我娘，相识在朋友的婚礼上。那时结婚都简单化，新郎新娘的行李搬到一起，再把各自的朋友请来，发发喜糖、抽抽香烟，就是一家子人了。

我娘漂亮，有风韵，有内涵，追她的小伙子一拨接一拨，我娘就没看上一个。

我爹是乡下人，木讷，老实，言语金贵。老大不小了，媒人说了几个姑娘，见面时，我爹头一低只搓手，硬是说不出话来，结果都一样，人家姑娘看不上。

朋友的婚礼刚结束，我爹壮了壮胆，走到我娘跟前说：“明天中午，我请你到淮滨饭店吃饭，好吗？”

我娘看着木讷且红着脸的我爹，很是吃惊。出于礼貌，我娘还是答应了我爹。

第二天中午，我娘如约来到淮滨饭店，这时我爹已找好位置坐下等我娘。我娘我爹对面坐着，没啥话说。我爹头微低，眼皮上翻，木讷讷地瞅我娘。我娘被他瞅得心里发毛。我爹我娘间的气氛十分尴尬。我娘一心只想尽快结束，马上回家。

就在我娘要开口说回家的当口，女服务员端来两碗白开水：“请二位喝碗茶。”我爹突然说：“服务员同志，我喝白开水习惯和辣椒面，麻烦你把辣椒面拿来。”

喝白开水和辣椒面，我娘愣了。服务员啊的一声也愣在那。我娘和服务员的目光都集中到我爹身上。我爹不知所措，把头尽量往怀里藏。

服务员把辣椒面拿来，我爹把辣椒面放到碗里，用筷子搅和搅和，就大口大口地喝。

我娘特别好奇，问我爹："你喝白开水，和辣椒面干啥？"我爹沉默了很久，一字一顿地说："农村人，家里很穷，喝凉水和辣椒面好喝。现在我都几年没回家了，喝白开水和辣椒面，就当是我想家的方式吧。"

我娘听了，浑身起鸡皮疙瘩，头发直往上竖，两眼发酸，但心被实实在在地打动了。我娘暗想，打记事起，她第一次听到一个大男人说想家。我娘就认定，知道想家的男人是顾家的男人，顾家的男人就是好男人，好男人都是可靠的男人，可靠的男人就能跟他一辈子。我娘忽然就想和我爹多说几句话。最后，我娘没有拒绝我爹送她回家。

后来，我爹我娘频繁地约会。他们再到饭店吃饭，每次我娘都对服务员说："请拿些辣椒面来好吗？我的朋友喝茶喜欢加辣椒面。"我娘渐渐感到我爹实际上真是好男人。我爹的大度，细心，体贴，是我娘认为好男人的标准。我娘暗自庆幸，幸亏当时的礼貌，才没有和我爹擦肩而过。再后来，我娘我爹结婚了，从此过着四十多年没有硝烟的幸福生活。我爹也喝了四十多年和辣椒面的白开水，直到我爹得了那场病。

一天，我娘在箱底发现了一封信，信封上写着：爱妻芸亲启。我娘流着泪拆开信，信的内容，让她吃惊，让她痛不欲生。

我的爱妻芸：

芸，我就要走了，但你要原谅我欺骗了你四十八年。

芸，还记得我第一次请你吃饭吗？当时尴尬透了，也不知道是怎么想的，我竟对服务员说拿辣椒面来。说都说了，只好将错就错，硬着头皮喝。没想到竟然引起了你的好奇心，你这一好奇，我竟喝了四十八年和辣椒面的白开水。知道吗？喝和辣椒面的白开水，咽的时候辣得嗓子疼，喝到肚子辣得胃难受，屙屎辣得屁眼疼，好在习惯了。

芸，你知道不？每次你把和辣椒面白开水端给我的时候，我都想告诉你，我再也不喝了。可还是忍住了，我那是怕你生气呀，更怕你会离开我啊！现在我什么都不怕了，我知道活不多长时间就会死喽。

芸，人死后，生前所做的错事，哪怕是欺骗，总会被活着的人原谅的，对不对?

芸，我这辈子能和你做夫妻，是我祖上修的德好，是我一生最大的幸福，如果有来生，我还要娶你做我的老婆，只是我再也不喝和辣椒面的白开水了。

芸，等我走后，你自己多保重，但别忘了，每天还给我弄一碗和辣椒面的白开水。

永远爱你的巍

信让我娘感到非常吃惊，也让我娘感到被欺骗四十八年的滋味。其实，我娘多么高兴，我爹为她竟能做出一生一世善意的欺骗……

选自《红豆》2021年第9期

老想回家

张洪腾

哥哥成家迁走，姐姐们相继出闺，父亲就跟我住在城里。山里的老家就剩下了两座青石瓦房，和瓦房里一些留之无用、弃之可惜的坛坛罐罐。还有啥可留恋的？可我却老想回家。

每次回家，父亲总是熟练地从他的裤腰上解下那串系着红布条的钥匙，一枚一枚展开，不厌其烦地给我认着。可我只拿那些钥匙开过一次门。蛛网、尘埃、鼠洞……屋里散发着一股潮湿的霉味，让我刚刚迈进的脚又退了出来。后来，我回老家，就再没进过那个柴门虚掩的小院。一进村，就迈着匆匆的脚步，直奔南坡，一坐到娘的坟头，心窝里便热乎乎的。我知道，我所谓的回家，便是这里了。

我是娘的小儿子，娘捧在手心儿把我养大。从童年的摇篮，到歪歪扭扭的脚窝，都盛满了娘的万千嘱咐。

因为一场大病，童年的我像是一棵枯萎的小树，黄蜡蜡蔫巴巴的。在娘的心里，就多了几分疼爱，兄弟姐妹中，我一直享受着捧在手心含在嘴里的待遇。

我瘦弱的身体连一般的风寒都扛不住，动不动就吃药，一闻到那苦涩的药味儿就反胃。每次吃药，我都闭着嘴，头摇得像拨浪鼓。娘不急，娘总是先煮好几个鸡蛋，然后哼着小曲儿，轻拍着我的后背，看着我一口一口咽下。

天还没有转凉，娘就给我穿上了棉袄儿，棉布鞋也纳得厚厚实实，把我瘦弱的身子裹得像个棉花团子。

在娘的眼里，我永远长不大。不怕你笑话，我读初中前还跟娘睡一个炕头儿。我常蜷缩在她的怀里，像一只怕冷的小鸡娃儿。十五岁以前，我这个出身农家的嘎小子，没下地干过一次农活儿。为此，没少遭整日在地里劳碌的姐姐们的白眼。每当娘不在跟前，她们就拿我寻碴儿出气。娘一回来，我就向她哭诉，娘把我搂在怀里，抚摸着我的瓦片头说：“青儿莫哭，看娘咋收拾她们。”

记得一个星期天，我和两个要好的伙伴约好去拾柴火。那天娘恰好去走亲戚，耳边少了嘱咐和叮咛。吃过饭，我们就背着荆篮儿，哼着歌儿，直奔柿树林。

两个伙伴虽然也是山里娃，但都不会爬树，他俩只好在柿树下，昂着头，咽着口水，眼巴巴地看着我吃够了，再求我摘一些。“快，快，树梢有一嘟噜红灯笼。”我顺着他俩的手指往上攀，越攀越高。“快了，还差一点儿，一点儿，再往前伸伸，再往前……”咔嚓，我手里抓着的枝条断了，一下子摔下来。

像是一场梦，醒后已是第三天。我发现自己躺在床上，头上缠着绷带，手腕上扎着吊针，炕沿上坐满了人。两个伙伴儿也没去上学，靠墙角站着，低头搓着衣角。娘不知啥时候回来了，正忙着给大夫和面做饭。听我醒来，娘一下扑到炕头，两只面手捧着我的脸，哽咽着：“青儿，还疼吗？”我看着娘眼里打转的泪水，咧了咧嘴，想让她放心，却怎么也笑不出来。

读中学了，学校在离家三十多里的乡里。每逢周末，上完最后一节课，我和同学们一起撒着欢儿，颠儿颠儿地往家跑。每次回家，娘就用家里的杂粮变着花样给我做好吃的，补我在校一周的缺食。家里太穷，没有钟表，回校的早上，娘后半夜就不睡了，怕醒迟了，我赶不上回校。她早早做好饭，又不忍心叫醒我，只好一遍又一遍地给我热着，等鸡叫了两遍才唤我起床。一次，我破天荒起得很早，发现娘竟然靠着炉灶睡着了，她布满皱褶的额头上，散着几缕零乱的银丝。我盯着锅底一跳一跳的火苗，鼻子一酸，泪水不争气地流下来。

娘把从鸡屁眼儿里抠出来的零钱，偷偷塞进我的书兜，叮咛我正是长个儿的时候，千万不要省嘴。我们家那点金贵的细粮，差不多都让我一小袋儿一小袋儿，背到了学校的大灶上。

有一次，娘去山下大姐家串亲戚，回来的时候，她竟然不坐车，徒步走了五十多里路，就为了把姐给她的盘缠省下给我。夕阳下，望着娘因脚疼一瘸一拐远去的背影，我的心一阵颤抖，喉头发紧，两行热泪洒落在空旷的操场上。

参加工作后，第一次发工资，我跑到全市最大的商场给娘买了身儿衣裳。此后，每月的工资，除留下自己的生活费，我都一点儿不剩地寄给娘。我愧疚的心总算有了一丝欣慰，可以小雏反哺，一点一滴地回报那如海的母恩了。

可娘还是省吃俭用，说要把钱给我攒着娶媳妇。娘真是命苦，操劳了一辈子，把我们都拉扯大了，该享清福了，她却无声无息地走了。

记得那天，我下班后赶回老家，娘已气若游丝，没力气说话了。我握着娘骨瘦如柴的手，想再把那双手暖热。娘看着我，嘴角努力挤出一丝笑容。那一丝笑容永远定格在我的记忆里。娘早有大病，忍受着巨大痛苦，却瞒着我们，怕我们费心花钱。

娘去世后很长一段日子，我常常一个人呆坐在她的坟头，从日出到日落，默默陪伴在她的身边。就为了跟她说一声，我想回家。

娘，您听见了吗？

选自《牡丹》2021年第2期

没有你们的春节

万　宁

清明将近，编辑部在策划版面，有人说，给那边的人，写封信吧。见字如面。心里一动，也给爹妈写封信吧，把近来的日子汇报一下。真正下笔，又犯难了，写什么呢，一切如常。日子平平静静，上班下班，看书码字，偶尔种花种草，种两株瓜果，写这些，爹妈生前就看到了，想想也兴趣不大，那就说说你们意想不到事吧，譬如今年的春节。

今年的春节是爹妈都不在了的第一个春节。兄弟姐妹内心荒凉，去哪儿过年，这个从前不是个问题的问题，一时间竟不敢直面。爹妈在，家就在。天上的爹妈，你们说说，如今那个家还在吗？爹妈没有回答，大哥发话了，我们还像从前，回老屋来。腊月二十八，大姐、二哥带着各自的家属回家了，搞卫生、备年货，厨房里热气腾腾，客厅里热火朝天。一个干净、热闹的家又回来了，房间的四壁忽然有了生气，一个回眸，仿佛能遇到爹妈若隐若现的脸。

年三十的上午，我们去了仁孝陵园，爹妈肯定看见了。拜地年的人络绎不绝，往日的静寂一扫而光，年味在墓地上空游荡，各种人的喧哗混杂着爆竹、香烛、冥钱味，隐隐约约的饭菜味也在其中。那是一些人家提来了年饭，我们也提了，有肉有鱼，还有茶酒水果，爹爹妈妈你们尝到了吗？各自的近况一一絮叨，你们听到了吗？不满意，也这样子了，没有特别好，也没有特别不好。其实，你们该高兴，这一年有人独自做饭了，有人去了远方工作。独独小女不孝，墓前不能跪拜，运动时半月板受伤，瘸了半年，爹妈赶紧心疼心疼，保佑我又能迈起大腿带着小腿走漂亮猫步。

年三十的晚上，老屋灯火亮堂，兄弟姐妹带着自己的小家，如同从前，围坐桌前，大姐二哥整出的十九碗菜，道道美味，不同的是，你们的座位上，坐着大姐与大姐夫。举杯推盏中，我看见你们在墙上的照片里使劲地笑着。你们也看到了，家里稍稍有点不一样，搞卫生时，丢了好些妈妈从前舍不得丢的东西，吃的用的都有。一辈人过日子有一辈人过日子的习惯，我们都得认。初一，我们在那个吃团鱼的餐馆吃新年的头餐饭，还是那个包厢。妈妈说的，初一吃团鱼，团团圆圆。初二上午九点，家里大大小小十几口人在家门口新开张的苏宁电影院看《哪吒重生》，倘若你们在，肯定也会去看。因为这部电影，有你们的孙女参与。她是分镜师。分镜师是干什么的，我们不知道，但这不妨碍我们兴致勃勃地观赏，最奇怪的是，感觉你们也在，冥冥之中，似乎闻到了你们的气息。看完电影，二姐一家请我们在徐记海鲜开怀畅饮、互祝新年的场面，是你们在时的情形。

正月的天气好得出奇，阳光明媚，风里全是春天的味儿，兄弟姐妹一直住在家里，做饭散步聊天，日子如常。唯一遗憾的是，屋里没有你们的声音，没有你们的脚步声。记忆里，除了那几年，爹妈在干校，兄弟姐妹分散在亲戚家各过各的年，之后，团聚了，一家人从来都是一起过年的。即便是家里不开伙的年月，妈妈也会在食堂包上半桌席，让几张小嘴在桌上欢实。我们穿着新衣衫，围坐桌边，听爹爹讲他小时候过年的故事。爹爹的小时候在岳阳月田的田埂村，故事里有爷爷奶奶与三位姑妈，其实应该还有伯父，爹爹却从来不讲，也难怪，那个时候伯父生死未卜，更不知当时他正在台湾。

过年的光景，就是大家在一起吃吃喝喝，好远的事、没见过的人在大人嘴里念叨，而我记得的是爹爹的神情，闪亮的言语在他唇间流淌，时不时夹杂着朗朗的笑声。一件旧得发白的布褛披在爹爹肩上，布褛很垂，灰色布里子内是一张动物的皮毛，毛是黄色的，上边有黑色斑点，我从来不知道这张皮是狐狸的还是狼的。那个时候，哥哥姐姐把手伸在背面，做出各种诡异的动作，我先是惊疑，然后是惊恐，我想故作镇静，可眼前的狰狞加上自己的想象吓得我魂飞魄散，不自觉地往爹爹怀里躲。这件衣服披在爹爹身上好多年，几乎成了他的一种独特气质，我老是疑惑，这衣服披在肩上，为啥不会掉下来，服服帖帖地，跟着他风生水起。现在想来，爹爹一米八的个，自然匹配这件布褛。人长得帅，衣服再旧，穿在身上，神采自带。那些故事从爹爹的嘴里源源不断地冒出来，听得我小脸发红，心怀荡漾。以至多年以后，我怎么都记不住我家过年餐桌上吃过什么，能记住的是爹爹那个时候的样子，屋里的背景应是在浏阳或是茶陵，一些红砖墙与木格窗，还有一盆旺旺的木炭火。

而后我家的春节在湘潭在株洲，房子比从前大了许多，却觉得拥挤了，爹爹说孩子们都占地方了。男孩长得跟他一般高，女孩高过妈妈大半个头，几张嘴儿，随便说个话，不是噼里啪啦，就是轰轰隆隆，整个屋子挤满了声音。那个时候的爹妈五十几岁，面对孩子们的长大，他们有些措手不及，但不管怎样，我们的春节是在一起的，爹妈开始在饭菜上动心思了。印象最深的是家庭结构有了微妙变化，家里有姐姐的男友哥哥的女友，爹妈脸上的笑容，多了不同以往的内容。那是一个家族枝繁叶茂的开始，以我的理解，是这个家结束了饭桌上摆七双筷子的时代。

七双筷子的时代，是爹妈带着我们兄弟姐妹，辗转浏阳、茶陵、湘潭、株洲的小家生活。这个过程中，你们偶尔会想象这些孩子的未来。想我们将来从事的职业，会找个什么样的人过日子，会生个什么样的小东西。除了想象，你们一个一个地期待，等到所有的都落听坐实了，面前的时光，倏忽而过，不经意间你们垂垂老矣，病痛也来了。世间轮回，就此登场，谁也躲不掉。我们终将慢慢适应没有你们的春节，但可以预想那些春节，我们聚在一起肯定会念叨你们，我们会说起你们讲过的某句话做过的某件事，甚至会回味你们为我们做过的某样食物某件物品，说到你们的时候，我们又都成了孩子。一些奇怪的想法又会跑进大脑，惊讶、不可思议之后，自己竟能坦然接受。譬如那个没有星光的夜晚，十点多了，神农湖边的路灯地灯全熄了，我独自一人还在那儿晃，树木、丛林、草地在夜空下发出植物特有的气味，各类鸟、蛙、虫栖在湖里的水草上，装神弄鬼般怪叫，我毫无怕意，尽管眼睛触到的暗影，纷乱、漆黑与诡异。不害怕是得到某种启示，那刻，天地之间并非只有我一人。我身体的骨肉是爹妈给的，流动的血液也来自爹妈，爹妈与我是一体的，至少是驻留在我身边的。有爹妈在，夜不管有多深，我只管昂首阔步。大姐说，爹妈把我们带到世上，如今，我们带着爹妈活在这世上。活出爹妈喜欢的样子，是我们兄弟姐妹今生要做的事。

囫囵一下，啰唆了这么多。最后，我还要报告一声，这个春节，大家聚在老屋，直到初七，才各回各的家。

选自《湖南文学》2021 年第 8 期

故　园

刘庆祥

再一次睡在老宅里，已经是十五年后。一觉醒来，宽大的玻璃窗透进清晨的微光，这是在老宅新建的房子里。新房里，全新家具，外面很静，心里也很静，屋外开阔的院落，是一片自小看惯的黄土地。

我习惯性地用力摇晃几下颈椎病造成的不适，不由得怀念起母亲做的长条枕头。那枕头，是一条长约八十厘米的黑色粗布布袋，装填谷糠，两头用正方形布片封堵而成。两头方正，中间趋圆，粗若碗口，分量不重，丰实又有弹性。长条枕头，要比扁平枕头舒适，它的高度与单肩宽度相当，睡觉时身体保持侧卧，枕头填充肩颈之间，颈项保持平直，头部得以依托，睡姿自然。

这所宅子，承载着刘氏家族八十余年历史。八十年前的一个春天，16 岁的父亲，推着一辆独轮车，一边是农具家什，一边是铺盖，铺盖上坐着腿有残疾的奶奶，爷爷身背细软之物徒步跟随。与刘氏二口同行的李姓、高姓、邵姓，几家人都是单门独户，不同姓氏结伴而行，是生计需要。他们之间，有的结为干亲，年龄相仿的年轻晚辈，则拜作把子兄弟；新一代年轻人结婚成家，有的新婚夫妇，不等孩子出生便指腹为婚，还有的夫妇，孩子刚辨出男女就订立“娃娃亲”，以此作为纽带，相互接济。

他们顺黄河而下，目的地是二十公里外一块黄河新淤土地，那里已经有了一个地名，叫张怀荣屋子。张姓是最早流落此地的人家，此后，有人投亲而来，聚居成一族大户，所谓大户也不过三五户人家。

向着黄河口奔波的人群里，还有人用一条扁担、两个紫穗槐编制的圆筐，担着儿女和全部家当，身后小脚女人奋力追随，她们面无表情，不时捋捋额前乱发，擦擦脸上汗水，头都不回，执着地奔走着。那些身影里，就有后来成为我岳母的女人。她出生在盐窝街市井之家，家境殷实，身为长女，自小操持家务，照料弟妹，打理生意，是一把持家好手。她18岁嫁入张氏家门，婚后分家，只带一双儿女，净身出户，毅然随丈夫来到黄河口，为了养活孩子，在盐碱滩上苦熬八年，一次也没回过娘家。女人啊！只要有孩子，她们就有明天。

我父亲和祖父一直过着“走耕”的日子。农忙时节，到黄河口耕种、除草、保苗管理；农闲时，回到利津老家，做点小本生意维持生计。人种天收，秋季一副担子或一辆手推车，将一年收获运回。遇黄河泛滥年份，大河漫流，黄河口一片泽国，汛期过后，一年艰辛化为乌有，荒原上满目凄凉。前来秋收的人们，变成了拾荒者。

母亲过门时，正值冬季农闲。一番热闹过后，安静下来，发现一家人寄居在别人家的偏房里，家徒四壁，看热闹的人离去，家里只剩两个男人和自己。那时候，象征一家烟火气息的奶奶，已经埋在黄河口荒野。结婚倾尽了一家所有，接下来的春节，正面临“吃不上饺子”的窘境。母亲是姥爷唯一的女儿，遗传了姥爷刚强秉性，三日回门，来到娘家，只字不提一个“难”字。她出嫁后，一直不愿认这门穷亲的姥爷，终没忍住对女儿的牵挂，悄悄来到刘家，只在门口看了一眼，没等一家人做出反应，遂转身离去。第二天，家门口来了一辆马车，送来半车年货，赶车人母亲熟悉，是家里的长工大换。大概是因姥爷交代，卸完车，大换连口水都没喝就离开了。

原本两个男人的家庭，因多出一个女人，有了延续香火的希望，也平添了几分烟火气和温度。

老宅上第一代低矮的土屋里，陆陆续续，共同生活着一家十口人，每到吃饭，八个孩子在锅台前排成一队，等待父亲盛上黏粥。前邻多子家没有男孩儿，多子爹来家串门，进屋第一句话至今记得真切：“还有十年，再有十年就行了！”

十年在恍然之间。不知不觉，兄弟姊妹像一颗颗漂泊的种子，离开故土，各上旅途，故园变成回望中的风景。正如多子爹所言，十年间，家境有了起色。

我当兵第二年，老宅上建起了第二座房子，在村里形如“蓜盖子”的低矮土屋中鹤立鸡群。

老宅前，是村里唯一一条主街，小时候称为“大道”，大道与村子的历史一样长。门前，是西部村庄通往公社的必经之路，村西六里左家庄，也从利津老家左家庄迁徙而来，就故乡而言，与我家属一支所出，本是同村。每逢集市，总有相熟的村民从门前经过，父亲总是站在门前主动招呼：“吃了吗？”“来家坐坐喝碗水吧？”

近年，村里新建房屋，都是高大宽敞的红色砖瓦房。父母离世之后，老屋无人居住和管理，在风吹雨淋中，像一个老人，孤独地立在路旁。渐渐地，它成为兄弟姊妹的一桩心事。终于随着一场大雨，偏房开始坍塌，正房也变得岌岌可危。大哥召唤兄弟姊妹齐聚老宅，我看到它的第一眼，首先想起的是一位老者评价我们家族的话，只是话语里已经不是对一个家庭兴旺的赞叹，而是“兴也勃焉，衰也忽焉”的感慨，不由心生莫名的落寞与悲凉。大哥提议，老宅上重建一所新房，这个意见成为我们的共识，建房款由兄弟七人共同分担，姐姐为姊弟八人各做一套被褥，于是老宅上又伫立起第三代房子。

是年中秋逢国庆长假，姊弟八人携同后辈二十个小家庭从各地赶来，五十八口人齐聚老宅，庆祝新房安居。舅舅作为唯一近亲长辈，与妗子和表哥、表弟应邀参加。三哥与七弟请来厨师，支起土锅灶，以“大锅炖”加配菜迎接远道回来的家人。

半年后，我和妻子再次回到老宅，在新建房住了七天，这是我当兵离家后住得最长的一次。

选自《散文百家》2021 年第 9 期

南湾植物

刘汉斌

荨　麻

老院子不住人，草反了。门庭外一摊草，门庭里还是一摊草。进院门要从草丛里钻进去再钻出来。一簇荨麻藏在大青蒿的背后，我没看见，伸手去抚摸青蒿，指尖碰上了荨麻，那种感觉像是遭遇了电击，尖利的疼痛感迅速钻进人的心脏。低头才见荨麻，阔枝大叶，毫无表情地立在那里。荨麻寻幽而生，周身密布的螫毛，这是天生的敌意，本能地拒绝着一切要靠近它的事物。常在杂草丛生的野地里出入，冷不丁会遭到荨麻的攻击，只有被荨麻咬过了，才会记住它的存在。荨麻留在身体上的感觉是尖利的，无论是疼痛还是刺痒，似乎是一枚尖利的针，带着穿刺神经的线，将人的过往和现在通过瞬间的记忆串联在一起。

此前，我也被荨麻咬过，只是隔的时间久了，就淡忘了。疼痛过后是麻酥酥的痒，似有蠹虫在不住地咬我的手，多少年不曾有过这样的感受了，擎着手看风团在皮肤上隐现，原发于皮肤上的疼痛、刺挠之感，将我断了多年的记忆瞬间续接起来了。

有一年，土豆丰收了，原来的地窖盛不下，贩子出的价低着卖不成，高垒山尖地堆在场地里，厚厚的霜每天夜里都要落一场，白天的北风一场接一场地吹，裸露在外的土豆皮被风吹绿了，煮熟了麻得连猪吃了都忍不住在墙上蹭嘴。再挖一口地窖显然是不可能了。迫不得已，我才去查看老三留下的地窖。

老三搬走之后，老院子和地窖都空下来了，他走的时候把场上的草垛转进了老屋子里，塞得满满当当，门上挂着锁。先前贮藏过洋芋的地窖却一直空着，窖门洞开，白天装着光亮，夜间又将夜色装进去，寻食的老鼠经不住窖底几颗干瘪土豆的诱惑，跳下去，结果活活饿死在窖底了，也干瘪着粘在窖地上了。我着急查看土豆窖里的情况，忽略了窖门外的一簇荨麻，它似乎被我的轻视激怒了，伸出带着毒针的叶片就朝我的脖子咬了美美一口。人在遭到突然袭击时，本能的反击就是抄起铁锹将它铲倒。荨麻应声而倒，却依然于我脖子上火烧火燎的疼痛无济于事。

老三的地窖是我帮他挖的，我熟悉地窖周边的环境，正是我过于熟悉了，才遭到了荨麻的突袭。这片土地在老三挖地窖之前，村里所有因不明缘由死去的家畜家禽全都埋在这里，一度，这片土地寸草不生，我怀疑埋进土里的动物尸体一定有问题，即是腐烂了也是有毒的，土壤中了毒，也就抑制了植物的萌发和生长。自从老三搬走后，地里的草渐渐地冒出来，越长越盛，成了荒草滩。

老三吃过荨麻叶，他向我描述其味时，因过于细致，令我忍不住也口舌生津。再看他全副武装、小心翼翼地去采摘荨麻叶的样子，我决定，不吃也罢。既然那么害怕被荨麻咬，不如把自己的嘴撕扯给两把，就疼着顾不上馋了。荨麻叶子上的刺毛、叶子中的蚁酸就是为了保全自己，我们理应心存敬畏。

遭遇荨麻的袭击后，毒素在我的体内发生了急剧的反应，浑身的刺挠感令我怒气难消，我尽力压制自己的怒气，蹲下身在草地里仔细思量，埋在这里的鸡鸭鹅或驴猪羊，生前大都性情温驯，即是从土里替换出一种植物来，也是如蒿草、冰草、灰条一般，不应该像荨麻这般生来带着敌意，这一簇荨麻应该是前些年被我埋进土里的老灰狗替换出来的，依然不改见人龇牙咧嘴的秉性。我惧怕那只大灰狗，它也是趁我不注意咬过我，它埋进土里不见了，而牙印却落在了我的手腕上，伴随我越长越大，每逢阴雨天，那伤口依然会隐隐作痛，狗和荨麻在我的生命里都落下了不可磨灭的阴影，以至于写下荨麻这个词的时候，我的浑身就忍不住有一种麻酥酥的痒。

老三的脚也有毒，他在这片土地上不住地走，土豆下窖、出窖，他来来回回不停地走，草在土里听到他的脚步就悄悄地待在土里，他就把这些草全都死死地压在了土里。我倒有些羡慕他了，被生活降得几乎走投无路的老三，竟能把一摊草降住了。

我只是在土豆偶获丰收的年月里借用过老三的地窖，那口地窖也时常是空闲的，地窖在空闲时，荨麻长在窖门外似乎合情合理，它的生长对我构不成任何威胁，我也没有理由去搅扰它的成长。此后，窖口外的其他植物依然丰茂，而荨麻被我断了根之后，再没长起来。我像埋掉那只老灰狗一样砍倒了那一簇荨麻，这两件事都曾在我心里产生过瞬时的快意。

当我再次离开村庄的时候，远远就看见了洞开的窖门，它张大了嘴，似乎对我说着什么。

艾 草

艾叶治过我的病，我视艾草是生命中不可或缺的一味药。母亲说，我出生以后的“四六风”，让我缩作一团，无法张嘴接受母亲的喂养，随后又是久久不退的黄疸，皮肤黄得像裱纸，身体单薄得像个纸人儿，成长中的肠胃不和，肚子经常胀气，身体原本瘦弱，挺着个圆鼓鼓的肚子，就像是在麻秆秆上绑了个圆球，不成人样。与人见面，冷不丁会被人敲一下肚子，听起来像在敲鼓。母亲就不厌其烦地为我艾灸，她一心想通过一支支燃烧的艾炷，将她对我的爱源源不断地输入我的身体，把藏匿在我身体里的病邪全都赶出去。于是，母爱就成了治愈我身上疾病的一剂良药。

母亲为了我才刻意走近艾草。于是在母亲的一心牵引之下，让艾草走进了我的生命。在我的生命语境里，“爱”与“艾”同音同义，难分彼此。小时候每次生了病，我就仰着头问母亲，什么药能治我的病。她的回答一定是艾。她不说艾叶，也不说艾草，只说艾。“艾”是我和母亲对待繁杂的病患时最简单可行的方式。

成长中的滋味，是萦绕鼻端的一抹淡淡的艾香。母亲对艾草的钟爱近乎痴迷，自我记事起就一直枕着母亲缝制的艾叶枕，并未觉出艾叶枕对我的身体有多大的影响，而母亲用这样一具别致的枕头，只是让艾草的味道如影随形，她把艾草的味道当成了我的护身符，闻不到艾草的味道她的心里就不踏实。我就像是从药罐子里钻出来的一样，人们都说，我的身上总有一股中草药的味道。我就借机炫耀，那是艾的味道。每次把“艾”的字音故意加重，使声音变调。

我陪着母亲采摘过艾叶，端午前后的艾叶是一年中最好的时候，从山上把艾叶采回来，在粮房的空地上阴干，收拢之后，是一团团蓬松的青叶，被母亲掬在手中，香味从母亲的指缝里溢出来，在空气中弥散，屋里的空气能香上一整年。

粮房里有一面墙是专门留给母亲的，墙面上挂满了大大小小的布袋，像挂了一墙的白色的葫芦。每一只葫芦里都装着药草，究竟是哪只葫芦里装着哪种药，只有母亲知道。很多时候，那些葫芦只是静静地挂在那里，成了墙面不可或缺的一部分。母亲不识字，记性却格外好，这些东西挂在墙上无论多久，母亲一伸手就能从中取出想要的东西来。

被母亲收集起来的车前子、蒲公英、艾叶、透骨草、秦艽、茴香、莱菔子、青蒿、玉米须、茵陈等等，全都产自山野，都算不上奇珍异草，很多时候，这些植物混居一起，是山野里自生自灭的杂草。母亲勤快，总能在每一种植物最好的时候收集到。然后把陈旧了的从布袋里取出来，把新的又装进去。有些东西总也用不着，它们只是被母亲收集起来。一年中，让这些布袋静静地挂在墙上，全都落满了灰尘，母亲会显得格外高兴。她在日子里不断地采撷的艾叶和一些植物的茎叶、果实，心里却一点也不想用到它们。若是左邻右舍有人非要找某一种东西配药，恰巧墙上的布袋里有，她从不吝惜。母亲并不懂医术，她只是从赤脚医生或者有经验的长者那里粗略知道山野里哪种植物可以入药治病，她就花工费时地从山野里采集来，挂在粮房里。

艾草丰茂时，阳光如禅。艾草长过了作为医草之用的最佳时节，而它恰恰是长到了生命的最后的时节，低处的草被艾草遮蔽着，同时它也被高处的草遮掩，却不影响它开花结果，艾草会在秋风中落下许多草籽，用生命的另一种形态安伏于土地之上。母亲只从艾草漫长的一生中，采撷了一掬带露的艾叶，把对我的全部疼惜和怜爱放进艾叶里阴干、捣碎、糅合，挂在日子里，在我需要的时候，她会全部递给我。

选自《朔方》2021 年第 4 期

日常生活

周东坡

柴

三爷还在生闷气，这股闷气聚在他心头已经整整一晚，到现在都没有消散。

我怕触霉头，躲他远远的。

三爷背着手，在林子里东看看、西望望。我知道他在找什么，昨天下晌，村长寻到他，黑着脸说林站扣了一车木材，发现是从我们村这片林地盗伐的。三爷一听，脸立时变得惨白，一屁股坐在地上，整个人有种说不出的委顿。

那一刻，我很为三爷难过，当了四十年老护林，还是没有“善终”啊。

三爷对这片山林有着很深的情感，许是四十年如一日，平淡了，让人轻易看不出来，但我知道，每年春风浩荡的时候，三爷脸上的皱纹也随之舒展廾来。

唉声叹气一夜，三爷终于想定心思，他不能这么不明不白地背黑锅。

三爷的预感得到了验证，我们在一条山沟的上下左右找到十几处已经发黑的树桩，它们隐在一人来高的灌木丛中，不仔细搜寻根本发现不了。看来盗伐者很有经验，既避开了护林员的视线，又间隔着只挑成材的树木砍伐，因此任谁也不会注意到。此外，丛生的灌木还便于就地隐藏，而且顺山沟就能方便地把树木拖走。

被铁锯锯断的树桩无奈地显露出道道岁月纹理，像无声的控诉，挤开层层叠叠的枯萎与三爷胸腔里发出的呼呼粗气相互应和着。

这不是我想象的树木的结局。

每年春天，我都要陪三爷到山上去植树。在我眼中，树木是属于生长的，或高大，或纤弱，年复一年承接着阳光雨露，尽情展现出生命的枝繁叶茂。

这片林地，三爷最早种植的树苗已经长成参天大树，庇护着我这些年陆陆续续种植的小树。风起鼓噪，风落窸窣，无论岁月如何往回推演，一路上都有着绵延不止的参照。

我所看到的一切都被简化了。

而与春天对应的是秋天，苍翠的依旧苍翠，如松树、柏树；凋零的已然凋零，如杨树、槐树。我奇怪的是，那终年华盖覆顶的松树、柏树，它们的躯干为什么总是包着一层春风也吹不绿的坚硬老皮呢？

有一段时间，三爷总要腰后掖着砍刀，叫我带上绳子跟他上山。他在林子里仔细打量每一棵树，像对一个人的审视，然后用砍刀把树干一丈以下的枝枝杈杈砍去。他这样解答我的疑问："树木如果不经常修剪，是会长荒的。"

我把他砍掉的枝杈聚拢起来，用绳子松松地捆扎好，这将是我们过冬的柴，随之而来的漫漫冬日就要靠它来取暖了。

"人也一样，不修剪不成材。"不管我听得懂听不懂，他接着说，"十年树木，百年树人，栋梁和柴是不一样的。"

他把栋梁留在林地继续生长，我把柴拖回家填充饥肠辘辘的灶膛。

杂草丛中不知什么东西绊了我一跤，不是石头、土块的感觉，我爬起身胡乱扒拉草丛，想看看到底是什么玩意儿让我吃了苦头，不想眼前竟出现了一截树干。我心里一动，手脚并用顺着树干走向把杂草统统拨开。

一段完整的树干暴露在光天化日之下。

我认了出来，这应该是一株白桦的躯体，只有海碗粗细，整个外皮已经发黑，显而易见它被伐倒有一段时间了，只是没有人知道它为什么被遗弃在了这里。

白桦是速生树木，海碗粗细只能说明它还年轻，还不到做栋梁之材的时候。然而，死亡却骤然而至，像一段路走到尽头，不管你是否愿意，都不得不接受一次再无上诉机会的宣判——这多么让人灰心。

我的担心还不止于此，这株白桦的命运是否是其他树木命运的影射？

三爷不知什么时候走到了我身边，他抚着我肩头，轻声说："你回村叫人来把树抬回去吧。"

回到家已是傍晚时分，家家户户都升起了袅袅炊烟，整个山村笼罩在一派融融的人间烟火中。

三爷显得很疲惫，但他还是踅进灶房开始做晚饭，过了一会儿他在里面喊道："东子，拿些干柴进来。"

我跑到院子里的时候，正看见跛子周老栓一瘸一拐推开栅栏门进来，他手里提着一只布口袋，看样子又来借米了。

我一点儿也不喜欢这个干瘪瘪的糟老头，总觉得他不怀好意似的，因此懒得跟他搭话，从柴堆上抱了一捆干柴就进了灶房。

三爷收拾停当，洗了手出来，和周老栓在堂屋里说闲话。

我坐在灶台后面，不停地添柴、烧火，他们的说话声有一搭没一搭地钻进我耳朵。

"那些天杀的，真的把树伐啦？"这是周老栓的声音。

"嗯。"三爷的回答闷声闷气的。

"这件事你也别太往心里去，"周老栓劝慰三爷，"左不过是村里那些坏小子，跑不了他们。"

三爷叹息一声："那些树还得再长些年头，就这么被糟践了。这人啊，可怎么说？"

在乡人眼里，树木不同于一般，和人的关系与亲人相仿佛。它们有很多种用途，那最好的归宿自然是做栋梁——人们盖房最隆重的那一天不是新房落成，而是上梁，那天必定要给大梁披红挂彩，要燃放鞭炮，要待客。那仿佛是一棵树的盛大节日，从此它涅槃了，以另一种形态为我们提供庇佑。

很多年后，我知道树木是大地上沉默的神灵，虽然在沧桑岁月中一声不吭，但人世间所有的一切它都看在眼里，刻进了年轮中。而柴只是一个个现实的小日子，需要你掰着手指头一天一天地度过。

此刻，灶膛被我烧得红彤彤的，火苗上下飞舞，舔食着刚刚放进去的干柴，不时发出噼里啪啦的声响，很快，那些干柴就化为了白色的灰烬。

柴给予的温暖是琐碎的，与树木不同。

醋

新麦下来以后，磨面坊就热闹开了，白天夜里那台老掉牙的机器不停地响着，咣里咣当，仿佛要散架的样子，却是一种快慰的噪音——一头新麦倒进去，另一头掺杂着麦壳的面粉哗哗淌出来，似乎要溢出接下来的日子了。

那些天里，家家户户都做起了面食。面食实在，人们见面的时候一个个腆胸叠肚的，连饱嗝都泛出新鲜的麦香味。

这是乡民们最为满足的一段柔软日子。

“你嘴怎么了？”三爷问我。

我捂着腮帮子，直抽冷气：“我牙疼。”

“该不是要换牙了？”三爷把一袋麦子往板车上拖，对我说：“过来搭把手，跟我去一趟磨面坊。”

三爷掌车把，我在旁边推，一老一少，不长的路，我们走一程歇一程。

到了磨面坊，三爷把板车停稳，然后拽着袋口想把麦子卸下来，但拽了几下都没有拽动，不禁有些气馁。“真是老了，不中用了。”又对我说：“你上车去推，我在下面拽。”

“一、二、三”声后，百十斤重的麦子终于卸下了车，我也被一股惯性牵引吃着劲跳下地，却不承想上下牙一磕，嘴里立刻冒出一股浓浓的血腥味。

“怎么啦？咬着舌头啦？”三爷看到我嘴角渗出了血，神色大变。

我含糊几声，舌头在嘴里一搅，触到一个硬硬的小东西，和着一口血水吐在手上，丝丝拉拉的，我不禁大声对三爷说："我的牙掉了，你看！"

三爷听了松下一口气，脸色渐渐和缓下来。

虽然还有些疼，但已经不再发酸，我看看手心里被蛀掉的牙齿，作势要扔到地上，三爷急忙拦住："牙齿掉了要往高处扔，不然以后再也长不出来了。"

这是什么讲究？我不理解，但我不理解的实在太多，听三爷的总没有错，于是，我把牙齿在手里掂了掂，用力扔到磨面坊屋顶。

牙齿与屋顶上的瓦片相碰，发出好一阵叮叮当当的声响。

新鲜核桃下来的时候，我才知道人为什么要长牙齿。

核桃青涩的外皮沤烂后，露出坚硬的外壳，以此对抗人们的食欲，此时需要用砖头、榔头一类的物件把它砸碎。不过依然很麻烦，白胖的核桃仁躲在角角落落，与内核交错在一起，这个时候就要借助牙齿了，嘎嘣，嘎嘣，上下牙一咬合，再坚硬的核桃也逃脱不了破碎的命运。

当然，牙齿不仅可以咬碎核桃，还可以咬碎其他硬物。那么，有没有比牙齿质地更坚硬的呢？

三爷不告诉我，他一多半的牙齿都已经掉了。

我给六婶娘背去一小袋面的时候，正赶上她准备做晚饭。她很高兴，对我说晚上做手擀面，让我吃了再走。我说三爷一个人在家，还等我回去烧火呢。六婶娘听了拍拍我后脑勺。"你这孩子，小小年纪就知道帮着大人做事了。别急，在我这里吃过，你再给三爷端一碗回去。"

六婶娘和面、擀面，我在灶房里帮她烧火。风箱被我拉得呼呼响，许是时间久了，中间夹杂着尖厉的吱吱声，像极了两只老鼠打架。

我曾经听到过关于三爷和六婶娘的传言，那应该是很久以前的事了，三爷正当年，在村里掀起了一场大风波，但是不知什么缘故并没有一个结果，最终三爷还是三爷，六婶娘还是六婶娘，直到老了，两两相望。

我听得最多的是老人们的叹息："谁都硬不过命呀。"

于是，我知道比核桃硬的，有一种叫命。

热腾腾的手擀面端上来，撒上葱花，滴上香油，顿时香气扑鼻，惹得我不停地流口水。

“吃吧，吃吧，不够再给你下。”六婶娘说。

可是，当我捧起碗，扒拉进第一口面，又急急吐了出来。不是因为烫，而是……酸，酸倒牙的酸！我咧着嘴问六婶娘：“六婶娘，这面怎么这么酸？”

六婶娘愣了一下，旋即舒展开层层皱纹，张着瘪塌塌的嘴说：“哟，想是醋倒多了。”

她把她那碗还没有放醋水的面跟我换过来，说：“真是个孩子，连这点子醋都经受不起。”她一边吃，一边絮叨：“老酱家的酱油不怎么样，就是醋做得好，十里八乡那可是这个。”她挑起了大拇指。

又说：“有一年你三爷把醋当成了酱油，倒了两大勺，酸得他也是你这副模样。”许是想起了往日的开心事，她笑得浑身发颤。

我已经酸倒了牙，连面也吃不成了。

看着六婶娘的胡噜相，我好奇地问她：“你放了那么多老醋，怎么就酸不倒牙？”

六婶娘神色闪了一下，放下碗筷。“我吃了一辈子老酱家的醋，牙齿在几十年前就酸掉了。”她张开那张空洞洞的，已经没有一颗牙齿的嘴。

我的震惊无法形容！我看到的是一个可怕的黑洞，不知道其中隐藏着什么，但它透出来的是一副将要把什么都吞噬进去的样子。

我下意识地摸摸自己的牙齿，它们上下紧紧地咬合在一起，除了走失的一枚，其他的都完好无损。

六婶娘淡淡地说：“年轻的时候，我也有一口好牙齿，哪像现在……”

于是我想，醋真不是个好东西，它会酸掉牙齿，会让人变老。那么，它是不是比牙齿还坚硬呢？

我一点儿也理解不了。

但从那以后，我开始有意识地拒绝醋的调味。人生有那么多滋味，缺这一种似乎并没有什么，我可不想像六婶娘那样早早把一口牙都酸掉，连咬碎一枚核桃的机会也不留给自己。

再后来，掉了牙的地方又长出了新牙，我知道，它是要帮我咬碎硬物，咬住一个叫“命”的东西。

选自《延河》2020 年第 12 期

晚风轻拂

刘学刚

从乡下调入小城教书的那一年，我就像一条在陌生水域里游来游去的鱼儿，对周遭的新鲜事物有着莫名的茫然和惶惑。夜深人静的时候，常常一个人穿梭于故乡和往事。“不错的，像母亲的手抚摸着你”，当我在课堂上读到这个好句子时，我的下巴微微上扬，脸侧向右前方，好像成了一个离家出走的孩子，满含着委屈和酸楚，乞求着这样一个抚摸。

我的父母是我结婚以后出现在我的新居的。那时，通信工具还不像现在这么发达，我的父母，他们来得是那样突然和沉重。

他们租了一辆农用车，拉着妹妹和妹夫，装上馒头、干面条、咸菜疙瘩，结婚待客没有吃完的猪肉（母亲把它煮熟了），还有三条几近胀裂的大蛇皮袋，一条塞满了萝卜白菜，另外两条里是生炭炉用的玉米芯。可以想见，这辆农用车在故乡发动时，多么像一匹满载收成的马，它高高扬起的蹄声，覆盖了四围的犬吠和乡亲的艳羡。进了城市，它变得笨拙迟钝，红灯绿灯的光都是鞭子，不停地抽在它的身上。

接到父母到来的消息时，我正在三十里以外的一所乡镇卫生院。那是我们新婚的延续：在妻子的单位大摆宴席。已是中午，我刚要把打好腹稿的感谢辞端出来，卫生院值班人员来了：两位老人在家门口等着，让你抓紧回去。我知道父亲用的是哪家公用电话，可是我却不知道号码，即使知道了，人家也未必肯跑过去给父亲送信。整个中午，我陷入了巨大的空洞之中，仿佛我的身体只是一个通道，酒肉穿肠而过，行色匆匆。强撑的笑颜和无法遮蔽的不安，成了我以后婚姻生活坚硬的表情。

回忆常常是虚无缥缈的，像风一样游移飘忽，它是一种虚构，只有和母亲连接起来，它才显得那么真实，仿佛浮雕，聚敛多年的风声凝固成了清晰的线条，伸手即可触摸。

现在想来，那竟是成年以后我和母亲挨得最近的一个夜晚。下午，我赶了回去，只看见母亲一个人被鼓鼓囊囊的包袱、方便兜、大蛇皮袋们围困着，她孤苦无助的样子，让我闪电般想起客运站门口台阶上那些坐着的老人，而车站阳光灿灿市声喧喧。晚上睡觉的时候，母亲执意要睡在床的外侧（里面是妻子的被窝），我知道母亲的心思，她担心自己一身的土味会弄脏新媳妇的被褥。拗不过，我只好像儿时睡在炕头一样，蜷缩成一个孩子。鼻翼吹拂着妻子淡淡的体香，耳边轻拂着母亲平稳的呼吸。那个夜晚，我睡得多么踏实。如此类似的场景被我复制了多次。每每和女同事一起骑车上班，我总是不自觉走在外面，惹得女同事大发感慨：难得男人如此心细。

母亲隐忍、沉默、不事张扬，父亲则性情外露、率性而为，颇有魏晋风度。譬如母亲病了，就一声不响地，竭力把自己隐藏起来；父亲不然，要么半夜围着石磨转圈（父亲大半生一直牙疼，及至老年牙齿脱落，只剩下了牙床），要么趴在炕上，运用一两个单调的叹词和丰富的语调陈述他对疼痛的理解。唯独有一次，父亲吃了变质的烧肉，肚子剧烈疼痛，他把自己隐藏到了我住处南面的玉米地里，像卸了磨的驴一样打滚，浑身是土。晚饭的时候，妻子说，从老家带来的烧肉不能吃了，扔掉吧。父亲觉得花钱买的，吃了不疼瞎了疼，他自己悄悄地吃了，谁知不多久，急剧的疼痛就像老猫的爪子在撕扯着他的肠胃。他以为是给儿子丢了面子，怕妻子瞧不起，便果断地决定：挨，挨过去就好了。

我对父亲的病痛毫无知觉。过了一些日子，听着母亲的叙述，我无法想象，一个儿子，还不如几棵青草、一些泥土，它们尚能缓解一位老人的痛苦。而青草泥土们腥甜的气息，依然一拨一拨地，像风，吹拂着我的内心。

选自《散文百家》2020年第10期

我的扁豆情结

陈荣力

“碧水迢迢漾浅沙，几丛修竹野人家。最怜秋满疏篱外，带雨斜开扁豆花。”秋日下乡，路过村口一农家，小楼庭院，乌瓦粉墙，一蓬茂密葳蕤的扁豆，半蓬开出围墙外。那蛮蛮的藤，团团的叶，攀舞的枝蔓和一嘟噜一嘟噜红红白白的花，将一个宁静的农家小院，喧闹得生机盎然，诗意荡漾。此状此景，使人情不自禁想起清人查学礼咏扁豆的诗，也让我忍不住有了写写扁豆的冲动。

其实，说“冲动”或许并不确切，细想起来，扁豆于我似乎一直都有一种特别的情愫和交集。

二十世纪八十年代初，我在浙东杭州湾畔的一个乡村供销站工作，从镇上的家往返供销站，途中须骑过一段古老的浙东海塘。那时还未分田到户，大田的土地依然是以粮为纲的高压线，宅旁河沿、田角堤边的零星杂地，是种植果蔬、杂粮的主战场。尤其是毗连那段浙东海塘的坡地，依堤临河，光照好，水分足，搭棚又方便，成为村民们种植扁豆的黄金地带。

夏深秋嫩，扁豆开花结果的季节，一骑上那段海塘，扑鼻而来的是一阵压过一阵的扁豆花香。那花香时而浓郁，芬芳中渗沁泥土的甜腥；时而恬淡，清悠里散逸阳光的暖烘。被这样的花香裹挟，在这样的花香中骑行，你的头发、眼睛和皮肤，你的衣服、身体和呼吸，都是花香的荷载和浸润，都是花香的生发和挥逸。好几次，我骑出那段海塘许久了，自行车后面分明还追着几只蝴蝶。

伴着扁豆花香的嗅觉大餐，同样让人惊视叹观的，自还有那叶堤花溪的视觉盛宴。扁豆本来就生命力特别旺盛，加上依堤临河的坡地，光照和水分的优势，那绵亘千米的扁豆，就如层叠堆积的绿云——藤茎茁壮遒劲，枝蔓纷繁跋扈，叶片嚣张浓密，触须张牙舞爪。当然更让人目不暇接、弹眼落睛的是无数奋力伸向天空的扁豆花，在天高云淡的秋空下，组成一条烂漫流淌的花溪。

新千年秋天的一个下午，一位陌生的农妇敲开我的办公室。面对我疑虑的目光，那农妇嗫嚅着说明来意。我这才想起，她原是我当年在乡村供销站时一位运输工同事的妻子。那时候，这位家在当地的大哥对不满二十岁的我多有照拂，扁豆上市的季节，隔三岔五送我和其他同事一些他家种的扁豆——在他看来也许是一种满足和欢喜吧。不料我离开供销站不久，这位运输工竟英年早逝。而在农妇造访前，我正好写了篇怀念他的文章，发在当地的报纸上。农妇感激地说，我们看到了报纸，这么多年过去了，谢谢你还记得他。接着她递过满满一马甲袋的扁豆："我们也没好东西，这扁豆是自己种的，你别嫌弃，尝个鲜。"望着那一马甲袋的扁豆，我一时间情不可禁。

当年那段古老浙东海塘上与扁豆的交集后，几十年来，我喜食扁豆。也因了这样的嗜好，搬入新居，我屋顶菜园每年必种且种植面积最大的果蔬，就是扁豆。

比起其他的果蔬来，这浙东地域常见的扁豆真的是十分"贱活"。清明时节栽下秧苗后，在抽藤吐蔓之际及时搭一个结实高大的棚架，此后的长长大半年，除了经常浇浇水，偶尔施点肥外，你几乎不用再做什么打理。扁豆的这种"贱活"，更体现在结果的丰硕和特长的产果周期上。夏去秋来，青瓜、蒲子、南瓜、葫芦等日渐从棚架上消瘦了、退隐了，此时正是扁豆浓墨重彩、大显身手之际。起先是壮蛮的藤茎上争先恐后的枝蔓、触须向着四面八方攀爬延伸，接着是浓团的绿叶中发丛一样的花茎、花串争分夺秒奋力伸向天空。也就一两夜的工夫，花茎、花串自下而上爆出簇簇圈圈或红或白或粉的花，蝴蝶和蜜蜂们不知从哪儿听到了集合令，嘤嘤嗡嗡地周旋和采撷，让花香化为颜色，让颜色成了花香。就在蝴蝶和蜜蜂们离开的片刻，如迷你粉拳样的花骨朵里，就已探出肉眼刚能看清的小镰刀、小月牙一般的豆荚。小镰刀、小月牙们见风就长，着雨便肥，差不多半月、二十来天的光景，第一批毛茸肥嫩、白润红艳、散发着甜滋清香的扁豆就可入锅上桌了。

这只是前哨、只是尖兵，大量的友邻部队、后续兵团，众多的骨干方阵、正规主力驮着秋阳、乘着秋风、沐着秋雨源源不断地赶来。那发丛一样奋力伸向天空的花茎、花串上，下面的豆荚刚可采摘，中间的镰刀和月牙已憨态可掬，上面乃至直到顶端的花骨朵里，又一梯队小镰刀、小月牙正出蕊亮相。如此的先后传递、接力赓续，往往一柱花茎、花串就可结出二十多个豆荚。而在花茎、花串的四周、上下，无数新的花茎、花串，又如彩色的焰火，向着天空争先恐后升钻、挺绽。这样的活力蓬勃，这样的生生不息，可绵延至霜降甚或立冬。

“庭下秋风草欲平，年饥种豆绿成荫。白花青蔓高于屋，夜夜寒虫金石声。”当年在杭州湾畔那段古老的浙东海塘上，我与绵亘千米、叶堤花溪的扁豆的交集，仿如观一轴写意的长卷，可用“心有猛虎”来形容；这些年来屋顶菜园的种植扁豆、与扁豆的零距离接触，则似品一幅工笔的丹青，“细嗅蔷薇”。然而无论是“心有猛虎”，还是“细嗅蔷薇”，扁豆在我的认知、记忆乃至情感、生命里的烙印，永远不会有“年饥种豆”的无奈和凄凉。时代不同，境遇、命运以及审美自然不同，人是如此，植物、果蔬同样如此。

选自《文汇报》2021 年 9 月 12 日

我身体的一部分

林　混

孩提时代，伏天的夜晚，我常睡在当院的架子车上。

一次，妈妈捏着我的指头给我指天河，说天河两边的星星有个牛郎星和织女星，给我讲了这两颗星星的故事。后来，我在电影里，看着牛郎挑着一双儿女不停地追赶织女，追啊追啊，眼看就要追上织女了，王母娘娘忽然把头上的一把钗子拔下来划了划，天空中出现了一条波涛滚滚的河流，隔开了他们。牛郎过不去，织女回不来，一个在此岸，一个在彼岸，一直就那么相望着，而且还要继续相望下去。

我那时不知道把一对相爱的男女强行分开是多么撕心裂肺，我只感到王母娘娘太多事，好多年我对她都没有好感，甚至到了现在，对她的看法也没有修正多少。

这是一个民间故事。我们这里把民间流传的故事称作"古今"。这个故事在我成长的道路上，给我上了一堂绝望的课。有时看着天河，看得久了，待我回头，已旷旷如野。我眺望的目光断了。断了，这就是生活的真相。

小时候，每到睡觉前，我都要缠着妈妈给我说"古今"。妈妈说的"古今"里，我印象最深的要数毛野人的故事。

很早很早的时候，有姊妹两个，姐姐叫顶针，妹妹叫线蛋。一天，毛野人把她们的母亲吃了，然后，毛野人摇身一变，变成了她们的母亲，准备在夜晚要吃顶针和线蛋。顶针和线蛋识破了母亲是毛野人变的，就爬上门前涝坝旁的一棵大树上去。毛野人对顶针和线蛋说：你下来不下来，不下来我就上来了。

顶针和线蛋说：我们下不来，你要上来，我们就用裤带把你吊上来。

毛野人同意了。顶针和线蛋解开裤带，把两根裤带绾到一起吊毛野人。顶针和线蛋两个一边吊一边说：裤带连裤带，把妈吊上来。

吊着吊着，眼看就要吊上来了，顶针线蛋把裤带猛一松，毛野人就重重地摔到了地上，疼得爬不起来了。顶针和线蛋一看，就说：妈，你把裤带抓紧，我们再往上吊。

毛野人就又抓住了裤带，叫顶针和线蛋往上吊。顶针线蛋一边吊一边说：裤带连裤带，把妈吊上来。

吊着吊着，眼看就要吊上来，顶针和线蛋又把裤带一松，毛野人又掉下去了。这一回比上一回摔得更厉害，毛野人根本爬不起来了。毛野人看见一轮满月漂在水上，顶针线蛋也钻进水里。毛野人被摔得脑筋短路了，说：你两个死鬼女子，糊弄我呢，原来你们藏在水里呢，等我把水都喝完，再吃你们两个的脑子。

毛野人爬到涝坝边上，头也不抬地喝水。喝呀喝呀，怎么也不能把涝坝里的水喝光。最后，毛野人脚下一滑，掉进水里淹死了。

这个故事，每听一次，我就笑一次。我对妈妈说：毛野人真是个大笨蛋，他的肚子有多大，一涝坝的水怎么能喝完？不过，我也隐约懂得，觉得干坏事没有好下场。这大概就是朴素的民间故事给人一种启示吧。

还听妈妈讲过一个故事。说在很早以前，飞禽都是生活在一起的，后来由于家族大了，它们就开始分家了。

凤凰是鸟中之王，它为了照顾好弟妹们，给大家讲分家后的生活方式。首先讲了怎样安家，讲到如何造窝时，喜鹊笑了笑说：我懂了，我懂了。就飞走了。麻雀根本就没听，也飞走了。地雀雀刚听罢怎样垒窝，还没听到垒在什么地方，也飞走了。只有燕子认真地听完了。所以到了冬季，燕子就飞到天气暖和的南方，一到春季燕子又飞到北方，并且把窝垒在人住的房子里或者房檐下，不受风吹日晒。喜鹊把窝垒在了大树上，长年在外。麻雀干脆就住在墙缝里了，出来进去很不方便。地雀雀不知道把窝垒在什么地方，最后就垒在了地里，终生受苦。

听了这种寓教于乐的故事，让我受益匪浅，觉得学习要认真，不能骄傲自满。

我念到初中的时候，恰逢遇到二十世纪八十年代全国普查整理民间故事，我是其中的一个积极分子。过去整理的笔记至今还保存着。一个人的心中如果一直揣有一种梦想，那会改变自己的。

我从没有想过整理民间故事会成为我的工作。

有一天，接到一位领导电话，让我编校一本民间故事。那时候，我在一个很偏远的乡镇工作。我一直想离开这个地方，但又没有办法，这真是让我瞌睡遇上了枕头。我非常高兴地从这里解脱出来，驰骋于这些文字大军中。我喜欢文字，和文字打交道，我感到自己是一个将军，而文字就是我的士兵，可以随意调遣它们。我忘形于文字给我带来的乐趣中，如花朵，如阳光，如雨露。我爱着被我创造出来的每一句话，每一个情节，它们在时间的浸润中，已经成为我身体的一部分。这些口耳相传下来的故事，是历史的回音，是神奇的财富，已经成为我认识过往生活最真实的一个载体。

当我把这些文字整理完成以后，已经是2008年的4月份了。这些文字全部被装进一个U盘后，我仿佛卸下了一副重担。我觉得需要放松一下自己，那就去一趟天府之国吧。

这天，我来到了青城山。这个时候，我是不知道灾难正在一步一步向我逼近。突然天地一声巨响，大地剧烈地摇晃起来。地震了！山体垮塌，巨石腾空，尘烟呼喊……我死里逃生之后，来到成都。呆坐在宾馆里，我在想我的包怎么没有拿回来。那个装有民间故事的U盘就在这个包里。从青城山往成都走的时候，不是我不想拿我的包，而是我的包在垮塌的宾馆里面。前来营救的解放军同志说衣物就不要拿了，活命要紧！

我走上这条临时修出的生命之路，两手轮换抓着上面的树枝，一步一个脚窝往出挪。我一直看着上面，不敢往下面看，下面是悬崖绝壁，绝壁下面是大雨过后滔滔奔涌的味江河，稍不注意，如果一脚踏空，就会小命休矣。走到中间的时候，一个女的抓着树枝大哭起来。在这么险要的地势，她的后面有几十个人，显然只能前进，是不能后退的。我看着上方，看着天空，余震带来的石子还在不断跌落。我心里说，你就坚强点，赶紧走吧，再不要拖延时间了，如果再地震咱们就都没命了，况且解放军在前面带路，他们已经来回几次了。这个女的这时已经魂飞天外，哭着哭着，她瘫软了，突然一声凄厉刺耳的叫声传开，她从悬崖上掉下去了。大地摇晃着树枝，浩荡不息的江水瞬间吞没了她的身影……

我从不愿意回想这一幕。

可我逃出来却后悔了。两年来我就干了这么一件事，这个 U 盘对我来说是重要的。

在宾馆煎熬几天后，从新闻中得知去青城山的路修通了，我决定再进青城山。尽管路已修通，但是不通公共汽车的。租了一辆摩托车，走走停停，大约一小时后来到了山上。地震前我住的两层楼的宾馆的楼梯已经垮塌，无法上去。主人不在，问隔壁邻居，说在下面的帐篷里。我借了他家的梯架，搭在塌掉的楼梯上面，从窗户爬了进去。我的包安静地放在桌子上，上面压了一些震落的石块。我把包从窗子里扔了下去，又迅速逃离。

站在地上，看着裂痕遍布的房子，我长长地出了一口气。摸了摸自己，我是活着的。

邻居问道：你的包里有什么贵重东西？这太危险了啊！

我这时真不知道怎么回答，说了，他也是无法理解的。我拉开包，把 U 盘取出，装进我的口袋。我扔掉了包，人生已经有着太多的累赘，不堪重负，轻一点，轻一点吧！

我下山了。我在路上问自己，值得冒着这么大的危险取回这个 U 盘吗？里面只不过装了一些文字，这些文字丢失了可以重新去书写的。而一个人丢失了，那是断然找不回来的。

我这么想着，兀自有些心惊不已。

回　家

回家。前面是一群羊，挡住了去路。看着放羊人在吆喝，让羊往边上走。觉得放羊人有点面熟，应该过去和他打个招呼。

果然是认识的。

多年前，他是大人，我是小孩。河滩里种瓜，我们在一起看护瓜果。

他认出了我。我俩的手握住了。他说：我都老了，你也这么大了。

我说：我也老了啊，这快得很。

走，到我家。他说。

尽管前面就是他的家，我迟疑着不想进去。我对他是有看法的。

他可能有所察觉，使劲地拉我。

我说：你这些羊有一百多吧？

他说：山羊绵羊，总共一百二十六只。

我说：那日子过得很好啊！

他忙不迭地说：走走走，我给你宰一只羊吃。

我心想，这一只羊少说也要一千元，我吃不了几嘴肉，倒落个膻气味。

他一个劲地拉我。我只好进了他的家。

那时，为了生计，他摆摊卖老鼠药。队里一老太婆和儿媳吵架，这老太婆想不开，找他买老鼠药。他看那老太婆神色不对，多了个心眼，给了老太婆一包假老鼠药。

老太婆回去后，穿上老衣，喝了老鼠药，躺在炕上静静等死。一觉醒来，老太婆发现自己还活着。这喝药没有喝死，有点丢人。怒从心头起，爬了起来，拄着拐杖，来到他家门前大骂不止：这个坏㞞是个卖假老鼠药的嗷，卖假老鼠药的嗷！

这一吵，引来了许多围观者。大家都知道了他是个卖假老鼠药的，这以后，来向他买药的门可罗雀，生意直线下降。

有天，我的同学管管找他买老鼠药。他是有愤懑，想也没想，就给了管管一包真老鼠药。

管管是个三年级的小学生。把老鼠药拿上后，倒进了玻璃瓶，灌了些水，咕里咕咚喝了下去，躺在我们常常玩耍的涝坝边上，其间有人看到他翻来滚去的，也没有在意，以为是小孩子在淘气。等到发觉时，经过一番挣扎的管管七窍流血，早已没气了。

放板吃利息是由来已久的。我念小学三年级，就有同学放板吃利息。管管向五年级的同学借了五块钱，每天两角钱利息，一月下来还不上，连本带息变成了十一块，两月下来，利滚利，驴打滚，变成了二十多块钱。在放板同学的恐吓、辱骂下，管管走上了不归路。

我念初三时，七块钱差点就把我压趴下了。往前数几年，这二十几块钱对于一个小学三年级学生来说，无疑是一个天文数字。那个时候有一句口号：人民教育人民办，办好教育为人民。要让每个学生交七块钱，好多家庭是交不起这七块钱的。我家也是交不起的，我差点为这七块钱辍学了。现在回想起来，如果那时我辍学了，我的人生肯定是另外一个面目，和如今相比，究竟有怎样的不同，那是无法假设的。不过这也可以顺便思索一下自己的人生，细微之处其实是惊心动魄的。

我和他说起这些往事，他的眼泪直往下淌。

他说：我没有想到管管会喝药啊，他给我说是大人让买的，如果知道，打死我也不会卖的。

我说那个时候人们法律意识淡薄，没有人追究，放到现在，肯定把你抓进去了。

他说：是的，是的，所以我不卖老鼠药了，放羊了，啥也不想了。

人生有着太多的意外。一包老鼠药，让管管还不晓人事就早早离去，管管家人的伤痛是无法言表的。而对于他来说，可能是一生的重负，他早已弯下了腰，脸上布满了纵横交错的皱纹。

这些年来，他一直在放羊，可能从没有去过县城，可能从没有吃过一顿大餐。我就知道，我们这里有些上了年纪的老人，一辈子都是在这里终老的。人生是各不相同的，这样的生活也是一个人的一生。

我和他闲谈着，唯有这傍晚的清寂、蛙鸣、风声，一波一波地涌进来。

选自《六盘山》2021年第2期

黑子回家

白忠德

对于黑子，我不再有一点担心了。

黑子是一条狗，周身漆黑，却在肚皮上点缀出一些黄来。这名字，是我后来取的，它之前叫啥，我就不晓得了。

第一次见它，是在听涛小镇南边的小广场上。那是采风到来的第二天早晨，我闲逛到这儿，便见它一弓一弓地走来。走路的模样太奇特，一下子勾住了我的眼球。它每走一步，总是背一耸，肚皮一缩，像个蹦跳的大青蛙。它并不怯生，毫不在意周围的人，甚至朝我走近了。担心它突袭一下，我扯开步子撤远了。

可它怪异的样子却揪住了我的心：它是得病留下的残疾，还是叫人打伤所致，它为啥会流浪？

早餐时，我趁人不留意，往兜里装了两个鸡蛋。自打白菜进了家门，我就养成了出差时往家里带鸡蛋的习惯，好比小时候总盼着父母走亲戚回来时带点啥好吃的。我先去邛海看了日出，返回时从南边到听涛小镇，又在小广场见到它。想都没想便从兜里拿出一个，敲碎鸡蛋壳，慢慢剥起来。它一见这样，立马卧倒在地，让脊背着地，肚子朝上，四脚张开。这是典型的讨人喜欢的举动，我家白菜就常常这样。白菜是女狗，这动作似乎不雅，免不了招来我的“训斥”：“白菜，都大女子了，还这般不稳重……”往往说着说着，就将手伸过去，给娃搔起痒痒来。

我没敢将手伸向它，继续剥着蛋壳，它知趣地站起来，走到跟前来。也没敢像喂白菜那样，将蛋举着，让它来叼，我把蛋放在地上。白菜见了鸡蛋是不要命的，三两口便消受了。谁知黑子竟用鼻子嗅了嗅，用舌头舔了一下，便抬起头来，不理识这颗蛋了。

我用手示意，又用声音呼唤，它却一幅漠然的样子，一点都不为所动，它可能不饿吧。如此三番，我失去了热情，又有事要干，就想离去。鸡蛋躺在广场中央，担心被人踩坏，脏了地面，便用脚往边上拨拉。等它饥时，再享用吧。哪知两脚过后，鸡蛋碎成两半，一半是蛋清，另一半是蛋清包着整个蛋黄。

它弓了过来，先用舌头舔了一下蛋清里面，然后将嘴巴对准那个蛋黄，小口小口吞起来，等吃完蛋黄，它又停了下来。

“连蛋清都不尝的狗狗，是个什么样的流浪狗？”返回酒店的路上，我的心里不住地犯着嘀咕。

当天中午，我特意多打了几块肉，连同啃剩的骨头，用餐巾纸包住。饭后来到小广场，左寻右觅，也不见影踪，就悬着心回到房间。

第三天早餐后，我带着纸包，又踱步到黑子的“领地”。还没把纸包掏出来，只见黑子从广场南边那家民宿大门里冲出来，依旧是一耸背一缩肚的模样，只是比昨天欢快些，竟然冲着我吠了一声，那是欢喜的声音，这我能感知出来。

我将纸包散开，把肉和骨头放在地上，它凑跟前，闻了闻，不再客气，一片一片含进嘴里，仅剩两块小骨头。它没有动，突然掉转头，进了房门，狺狺两声，就从门里蹿出两只狗狗。毛色泛黄，个头小些，显然与黑子不同宗，要归入宠物犬的。它俩见了骨头，很和平地分吃了。黑子在旁边望着，眼神一片平和欢喜——它竟然晓得分享，真是太懂事了！

这时，大门外厨房里走出一个中年女人，我便问起黑子，她说是只流浪狗，去年被她收留了。又询及身子，她回答去年见时肚子上没皮，给它抹了药，现在好多了……

“黑子回家了，多好啊。把它好好养着，你在积德行善呢……”我是双手抱拳，口里吐出话，眼泪不争气地涌满眼眶。

想到西安街头见惯了的流浪狗，受冻挨饿不说，没准还被抓去进了火锅店。黑子是幸福的，有了自己的家。黑子的幸福源自那个中年女人，那个西昌的中年女人。

选自《民族文学》2021年第4期

满窗明月

边地童话

周 涛

森林森林

一个人要是站在山巅上，登高远望，视野顿然开阔，肯定会有一种山高我为峰的感觉。虽然是山托举起这个人，但是这个人很容易忘了这一点，他理所当然地认为自己变得崇高伟大、君临天下。

森林就不同了，森林使人变小、变得谦恭。

这么多的树，看过去无边无际，层层叠叠，站满了崇山峻岭。这些云杉和松柏，每一棵都像是一个绿巨人，高耸入云，腰围十丈。它们同样是活物，同样在呼吸；它们的浑身上下到处长满了眼睛，在审视着你。

你是伐木者还是护林人？

你站在这些巨大的树木脚下，连它们的脚踝都达不到，你确确实实地感到了，你渺小得如同一只蚂蚁。而且你连一只蚂蚁都不如，蚂蚁可以一直爬到巨树的顶端，你不行。这时你看到一只松鼠，它在一棵树上移动起来，速度快得惊人，你不能眨眼儿，你一眨眼，它就不见了，然后在一个你根本想象不到的位置上出现了。何况，它头朝下移动的时候，速度更快，如履平地。

它们就像是这些巨树的孩子，在树的身上跑来跑去，飞来飞去，爬上爬下。它们还住在树的身上，在上面安了家。共生共荣，互相依存。它们不是伐木者，哈熊也不是，狼群和猞猁也不是，老鹰、马鹿和岩羊更不是。

那么你是伐木者吗？

你扪心自问，你对巨树说：“我不是伐木者。”因为你没有亲手伐倒过一棵树，没有，一棵也没有，连一棵小树也没有伐过。“我手里只有搬钩，没有斧头和电锯。”你心里这样对巨树说。

那你就是护林人了？

惭愧，也不是。你明白，人虽然有时候会骗人，但绝不可以骗树。树是山中的神灵，你骗也骗不了它，它不言不语，心里什么都明白——它的年轮里记录得清清楚楚。什么日月星辰，什么风雨雷电，什么凶年祸福，什么世上兴衰，它都未卜先知，它什么都知道，只是无法告诉你罢了。

你想告诉树说，我不是伐木者也不是护林人，我从草原和巩乃斯河边来到你们的这个高山营地，真实的目的是运送几卡车原木——树的尸体，我们把这称为“木材”。运回去干什么呢？盖一座大粮仓，今年的麦子丰收了，多得运不完，所以要盖一座粮仓。

请原谅我们吧，上命所遣，不得已而为之。但是你放心，我们会让它们光光亮亮、干干净净，换一副面貌堂堂正正地矗立在则克台草原上，成为一座真正的纪念碑。

请宽恕我们吧，以你神灵的智慧和仁慈，你肯定可以看到，我爱你们甚于爱自己和人类。不仅是爱，完全是无条件地崇拜——在这个星球上，没有比你们更无私、更伟大、更完美的存在。

你们护佑万物，却不求回报。

人类这群密集的蚂蚁，应该虚下心来，好好向你们学习，倘能如此，人类或可有救。

让那些大都市里密密麻麻的人蚁们，最好能在这些巨树下站一会儿，哪怕只有十分钟、二十分钟，就像对待宗教那样虔诚，那么即使最傲慢、最愚蠢的人，也会立马明白，自己是只蚂蚁。

一点儿都不错，非常渺小。

河边上的对话

傍晚时分，秋风轻手轻脚地从云缝边上抠出几滴细雨，指尖一挑，弹进巩乃斯河里。巩乃斯无动于衷，毫无反应，河面上连一点水花都溅不起来。它是一条像样儿的河，在夕阳落照下闪着灰缎子一样的光芒，含蓄、深沉，平稳地从草原上流过。

文君君和兰子杰坐在河岸上，成群成阵的河水从他俩的眼前匆匆而去，就像无数穿着灰军服的部队义无反顾地奔赴战场。没有大声喧哗，也没有一个倒退的，就这样不舍昼夜，无休无止地向前奔流。

文君君说，这么多的水就这么白白流走了……是不是太奢侈、太浪费了？它们都流到哪里去了？

兰子杰说，好像是流到巴尔喀什湖里去了。

“巴尔喀什湖在哪个国家？”

“好像是苏联的哈萨克加盟共和国。”

“它为什么不留在咱们中国？”

“我咋知道，你问它去吧。”

“哎，你知不知道伊犁一共有多少条河？”

“这个我正好知道，三条主要的河，喀什河、特克斯河，还有咱们这条巩乃斯河，最后都汇入伊犁河。啊，可爱的伊犁河，是全新疆水量最大的河呢，发源于天山西段的汗腾格里峰啊，注入巴尔喀什湖，全长1500多公里。”

“了不起，知道的还不少。对了，你看过《静静的顿河》吗？”

“没看过书，听一个哥们讲过，葛利高里呀，阿克西妮娅呀，绘声绘色还带动作，他是个顿河迷，能把全书讲下来。”

“那你记不记得那个卷首诗？”

“不记得。”

“我背给你听吧，这是一支哥萨克古歌——”

我们的光荣的土地不用犁铧耕耘……

我们的土地用马蹄来耕耘，

光荣的土地上播种的是哥萨克的头颅，

静静的顿河上装饰着守寡的青年妇人，

到处是孤儿，静静的顿河，我们的父亲，

父母的眼泪随着你的波浪翻滚。

哎呀，静静的顿河，你是我们的父亲！

哎呀，静静的顿河，你的水流为什么这样浑？

啊呀，我的水，怎么能不浑！

寒泉从我的河底向外奔流，

白色的鱼儿在我的中流乱滚。

“好不好？”

“好，真他妈的太棒啦！听得人直想哭。”

“你说咱们的巩乃斯河是不是有些像静静的顿河？”

“太像了。我就像葛利高里，你是阿克西妮亚。”

“才不是呢，我哪有人家阿克西妮亚那种对爱情的狂野呀！”

“你看巩乃斯河吧，它表面上不狂野，平平静静的，像个少妇。可是它水下面急流漩涡，纠缠交错，折腾得厉害呢。所以很少看到有人在河里游泳戏水。这是条淹死人的河呢，吃人不吐骨头！水深着呢，表面上看不见，下面鱼可多了，白白胖胖的，黑头大眼的，可惜哈萨克人不怎么吃鱼。”

“哈萨克人和哥萨克人不是一个民族吧？他们之间有没有血缘关系？会不会是历史上的同一民族后来因为在不同地域分开的？”

“这就不知道了，好像还没有见到过说他们是同一民族的说法。我只知道高尔基小说里写的‘卡尔梅克老婆子’，就是从俄国东归后安置在和硕草原上的土尔扈特人——蒙古人的一支。”

“一个哥萨克，一个哈萨克，我总觉得他们之间有关系。多像呀，一个在顿河，一个在伊犁河，都是游牧民族，都是马背上的骑手，兄弟俩一样。”

“也有很大的区别呀，咱们这边的哈萨克人信的是伊斯兰教，人那边的哥萨克人信的是东正教。哥萨克人是吃猪肉的，哈萨克人不吃。”

文君君和兰子杰这么聊着，觉得挺幸福也挺投机。兰子杰把文君君的一只手拉过来，捧在眼前，端详了一阵说：“你刚来的时候这双手多美呀，那么白皙漂亮，小葱白一样。现在粗糙多了。”

“没关系，”文君君说，“等离开了这个农场，要不了多久，我的手就又变回去了。告诉你一个秘密，我这个人，一辈子也晒不黑。”

“为什么？”兰子杰问。

“这就说来话长了……”文君君问他，“你看我像不像汉族？”

“像啊，怎么不像？”

“其实，我虽然填表填的是汉族，不光是我，我父亲、我爷爷也都填的是汉族。但是我的祖先不是汉族，也不是中国人……”

“啊？”兰子杰大吃一惊，“那是什么人？”

文君君笑了。“你别那么紧张好不好，我们家又不是从山洞里钻出来的猿人！我也是上了大学以后才知道的，我家的祖上温尔里，是撒马尔罕人。家谱上记载：‘洪武时，遣充贡使，朝明太祖于金陵。因识天文秘奥，钦留在朝，佑理钦天监监副，赐宅聚宝门外雨花台侧。’”

“明太祖就是朱元璋啊，你家先祖就是中央气象台副台长吧？够可以了，厉害厉害。”

“所以我为什么一辈子晒不黑了，祖先是乌孜别克还是塔吉克，据说是白种人。”

“没想到，没想到，找了个洋婆子，哈哈！”兰子杰脑袋转了一圈，环顾四下无人，把文君君的手抬近嘴巴，在手背上，亲了一下。

这时，天渐渐黑了。河里的湿气凉气弥散开来，芦苇丛里的蚊蚋也开始出动，偶尔，河面上响起几声“扑喇扑喇”的响动，不知道是哪条不安分的大鱼搅的。

青春的河

没有河流的地方不适合人类生存。千百年来人们总是沿河而居。河在哪里，哪里就一定有人，有生命和植物。河就是人类和一切生命的奶妈，她的乳汁养育了无数没有血缘关系的子孙。特别是当草色还没有完全憔悴，特别是起伏的低冈下、道路旁、屋舍外出人意料地长满了茂盛的树木——杏树、桃树和苹果树；而且当你绕过了一座矮矮的山冈，眼前出现一大片坦荡美丽的河谷；这片河里躺着一条无声蜿蜒着的河流——伊犁河。

这正是文君君十年后第一次见到的伊犁河，是第一次，从前见到的那条是巩乃斯河。四十年前去则克台的部队农场接受“再教育”的时候，汽车曾经路过伊犁河，从伊犁河大桥上一驰而过，那只能算和伊犁河打了个照面，就像两个陌生人互相看了一眼，什么话也没说。现在呢，文君君从很远很远的大海边专程跑来，重访旧地，站在这条河边，就像在察看、回顾自己的一生。

她推着兰子杰坐的轮椅，在河边的林荫小道上缓缓地走着，走一走，停一停。停下来的时候，她会走到离河更近的岸边，兰子杰就在他的轮椅上抽他的烟。她望着伊犁河，这个季节它正如万马奔腾，声威豪壮，动人心魄的响声震耳欲聋。这时的水流已经不是巩乃斯河的灰白色了，更不是上游的山涧里那种清澈透明的，而是夹杂了泥土的颜色，浑厚、复杂、面目难辨。但是文君君认得出来，那奔泻如马群一般的水流里，有一股明显是从巩乃斯河里来的，她认识它。

啊，就藏在中年的河里。

美好的生活梦想，过早地坐进了轮椅里。

这一切谁能想到呢？命运为什么会这样安排呢？毫无道理，不讲道理，突如其来，只能接受。三十年前已经有了一儿一女的兰子杰，还是像二十几岁的兰毛一样本性难移、野性不改，他又迷上了开车，开快车，还说什么“像骑了一匹野马那么过瘾”。结果……和一辆油罐车撞了，钻到人家油罐车肚子底下。兰子杰腰椎骨压断了，造成终生瘫痪。兰毛太任性了，勇敢是他的优点，莽撞却是他的软肋，医生说：“若不是他这个人身体素质好，有十个人也早死了。”

文君君从那时起推上了轮椅，这一推就推过去了三十年。当初，兰子杰说：“离婚！我不能耽误你一辈子！”

你就回答了四个字：“有难同当。”

兰子杰又说：“其实我心里也明白，我配不上你。还是李烛彰更合适，你们两个才是门当户对、品貌相当呢。听说他爱人不久前得癌症去世了，你去找他去吧。”文君君说：“这种话以后不要再说。”

文君君难道不知道李烛彰的情况吗？她比兰子杰清楚得多。李烛彰当了兵以后，给她写过好几封信，她都不回，后来听说她和兰子杰好了，他一气之下，随便找了一个通讯连的女兵结了婚。后来他在营长的职务上转业，在地方的民政厅又从头开始，以他的能力从副处长、处长，不长的时间已经干到了副厅长。文君君一点儿也不觉得奇怪，像李烛彰这么要强的人，多谋敢断，从小有那样的家教，天生就是当官的料。如果不是由于他的个性太强，别说一个副厅长，副省长也没什么问题。他妻子去世之后，有一次通过同学和文君君联系，准备去文君君那里去看看他们，文君君给人家的答案是：“别来，不见！”

正如文君君自己说的那样，她这辈子凡是自己做出的决定，都是错的。为什么会是这样呢？以后的漫长时日里她也曾不断地思考过，她发现了，原来她比兰子杰更任性。兰子杰的任性是表面的，她的任性是骨子里的。兰子杰是日常生活中的任性，她呢，是在命运面前的任性。凡是别人都认为合理的，她偏要去对抗；凡是她心里真正爱着的，她偏会去躲避。最后，命运就用这种方式惩罚了她。让她明白，天意不可违，顺天应命也是人生的大道理。

但是文君君毕竟还是文君君，她不管自己的决定怎么错，也不管命运用什么奇怪的方式惩罚，她都经受住了，没有垮掉，没有向那个看不见的神秘力量屈服。她一生都在和这个家伙捉迷藏，她找不见它，它却对她的一举一动了如指掌。现在这个狠心的家伙该放过她了，不向命运投降的人最终会感动上帝。

她这时候才突然领悟到，谁是上帝呢？在这块土地上，伊犁河就是上帝！你看它，它不仅仅是单独细长的一条河，这是它了不起的地方。它成了一个系统，一个影响着周围事物的活物，它把周围的都纳入了它，成了它的一部分。

天空是因为它才这么蓝的，要是没有它，天空马上就变成灰色的或者更糟。

河谷和草原是因为它才这么茂盛兴旺，隐藏养育了众多的禽鸟和野兽，不然，立即将成为沙漠。

还有那些村舍、房屋，房屋前的长廊、窗饰的雕刻，庭院里的夹竹桃、地毯和壁毯，铜壶和银餐具。它流着奶与蜜、果汁与麦香，还有肉。

还有那些沿岸生活的人，你来的时候他们那种平稳的表情，你走的时候他们那种平稳的态度；孩子的笑声，妇女们走路的姿态，以及所有的居民过日子的那种安详。这一切都因为有了它，都因为是它的组成部分。它给了他们韵调、口音、习性、容貌以及全部与众不同的东西，平稳而充沛的生活态度。

他们是它的风景，因它而贯穿流畅。

文君君想，人们世世代代都在到处寻找上帝，在云里找，在天上找，在发光的星球上找，结果谁也没找到，谁也没见过上帝。就是因为人们忘了脚下，忘了身边。上帝上帝，并不在上面，恰恰相反，它在下面，在身边。这条伊犁河正是这样，它专挑着低处走过，默默地帮助万物。

难道这不正是上帝的行为吗？

选自《南方周末》2019 年 10 月 17 日—2021 年 5 月 6 日

八月炸

李青松

头一次吃八月炸是在秦岭山区。

那是若干年前的事情了。当时，盘子里一颗外形粗鄙的野果张着嘴巴——不知是什么果子，但当地的朋友说这是好东西。好东西是什么东西？就剥开果壳，吃了一口果肉，立马就噤声了——因为舌尖上乾坤颠倒，天旋地转，甜得人差点从地球上跳下去。幸亏没跳，要不然跳了也是白跳，八月炸就是那么甜——那是一种惊心动魄的甜！

当地民谣——

三月开花八月瓜，
心有甘饴气自华。
平时害羞不见客，
今日开门笑哈哈。

民谣中的八月瓜就是八月炸。八月炸属藤本缠绕植物，主藤分出枝藤，藤绕着枝，枝勾着藤。枝枝蔓蔓，蔓蔓藤藤，数也数不清。然而，藤蔓繁茂，并不意味着果实结的就多。一般来说，一棵树结三两颗果子，多的也就七八颗。果子未成熟之前，颜色一般是绿的，随着成熟期的临近，果子会由绿渐渐变成紫红色，进而变成麻黄色，且在腹部中轴悄悄出现一条白线。——危险和意外就潜伏在白线上——这就是它将要炸裂的部位。

时令到了白露，来不及惆怅，夏天就过去了。也许，大自然中所有的野果都有自己的逻辑和节奏，多数野果慢慢数着天数渐渐成熟。熟了之后，倘若没人注意，也没昆虫和鸟雀理睬，便很无聊地落到地上，长叹一声，哀婉凄凉。八月炸，也是那么低调而安静。平日，就那么硬邦邦地挂在树上，藏在叶子里。然而，这是一种假象——看似平常的一切，正在积聚着一种极端的能量。

农历八月底九月初的某一时刻，啪——！一声爆响，它就炸开了，露出里面白白的果肉，香气弥漫。瞬间，阳光就照进来了，果壳里的阳光也有了香气。也不知道蚂蚁、蜜蜂、苍蝇等昆虫是怎么得到的消息，它们以最快的速度从四面八方赶来，争相享用这片山林里最鲜香的美味。

接着，鸟也来了。鸟倒是斯文，没有表现出贪吃的一面。它先是在树上唱歌，唱累了就歇一歇，然后环顾四周，再看看天空看看地面，见没有天敌出现，就霍的一下把脑袋塞进果壳里，尾巴一翘一翘，用不了一会儿，八月炸就成了空壳了。果壳里的蚂蚁、蜜蜂、苍蝇等昆虫也没了踪影，只剩下了阳光，孤独而落寞。最后，鸟连阳光也没有放过，狠狠啄了一口，便扑棱棱飞走了。

八月炸一旦炸开，一改以往的低调和安静，性情变得慷慨而激越。此时的它，需炸开即食，能吃它的时间，就是那么一两天。未炸开的果肉不能吃，淡而无味。若炸开的口子时间长了，也不能吃了——果肉已经氧化变黑，且干涩了。其实，后来在云贵、川北、赣南及闽西山区走动时，我亦多次遇到八月炸，但再也没有吃过，每每有些小小的遗憾。——或者季节不对，或者季节对却还没有炸开，或者炸开了果肉却不见了。

八月炸的籽，粒粒饱满。黑色，硬如铁粒，能把牙硌掉，人是不能吃的，要吐出来。果肉与籽紧紧抱在一起。或许，心急的人吃不了八月炸，因为八月炸不是果肉多于籽粒，而是籽粒多于果肉。一颗果子里有多少籽粒呢？没数过，应该是比多还多。——把籽粒上的果肉剔下来需要时间，需要耐性。

八月炸也叫拿子、八月拿、麻藤包、木通果、野香蕉、野木瓜、预知子、圣无忧、压惊子、三叶木通、牛腰子果、狗卵蛋子等等，别名可以列出一个长串。有雅名，有俗名，也有不雅不俗的名——就不一一列举了吧。八月炸最奇特的功能就是补肾。民间有“吃啥补啥”“以形补形”之说。不过，从外形看，八月炸确实像“牛腰子”，像“狗卵蛋子”，因此，八月炸又被唤作“肾果”。在秦岭及大巴山等一些山区，民间戏称常吃八月炸，“嫂嫂骚哥哥叫，新娘子不要不要”也许不无道理。

预知子是八月炸在中药里的名称。为何称作预知子呢？李时珍《本草纲目》里有注解，大意是其果有预警的功能——取果两颗缀之于衣领，遇有蛊毒，其果便发出嘎嘎的响声，故名预知子。此说是真是假，我没有验证过，但我宁愿相信李时珍。可是，何谓蛊毒呢？——有三解，一曰，谷久积，则变成会飞的毒虫，唤作蛊；一曰，以巫术致人毙命，令人不自知，谋害之法谓之蛊；一曰，取百虫置于皿中，经年开之，必有一虫尽食诸虫，此虫即蛊。

蛊是蛊，毒是毒。毒不一定都是蛊，但蛊一定带着毒。

蛊是悬疑的，毒是残忍的，蛊毒合谋往往就干出坏事了。然而，有蛊毒也一定有克蛊毒之物。《开宝本草》《医林纂要》皆有记述，预知子杀虫，治诸毒，辟蛇、虫毒。或许，八月炸果子里真的存在某种元素，遇毒便会产生激烈的反应，进而除邪解毒吧。然而，我好奇的是，缀于衣领上的果子是青果呢？是干果呢？还是炸裂后张着嘴巴的残果呢？李时珍却没有说清楚。

作为中药的八月炸，如何入药如何服用，《本草图经》倒是讲清楚了——“其根味苦，性极冷，其效愈于子（果实）。山民目为圣无忧。冬月采，阴干，石臼内捣，下筛，凡中蛊毒，则水煎三钱匕，温服，立已。”

瞧瞧，八月炸的根和果俱可入药。从药效来看，根比果的药效更强。果，可通乳，可起性。根，可杀蛊，可驱毒，可治病，也可治未病之病。常食八月炸能强身健体，能神清气爽是可以肯定的了。就道地性而言，蜀中的八月炸最好，滇地的亦难得了。

鸟是八月炸的挚友。八月炸的播种主要靠鸟，鸟把八月炸的籽粒吃到肚里，却不能消化，就连同粪便排出去，正好也就播种了。八月炸的生命力极强，它不择地势，善于攀缘，恣意生长。无论荒山野岭，还是废矿残垣；无论河边沟畔，还是裸岩崖壁，它都欢欢喜喜，繁衍成族，借势延伸。八月炸，由内而外的自我“炸裂”现象，也许正是此种野果生存与繁衍的智慧吧。

“八月瓜九月炸，九月不炸烂泥巴。”——又到了八月炸炸裂的季节，秦岭山区的朋友来电话说，要快递几颗果子过来，让我尝尝鲜，我却拒绝了。因为，我知道，食用八月炸需要一种机缘和运气，需要一种野性的激情和现场气氛。

那种惊心动魄的甜还是深藏在记忆中吧。

有些事物，空间和时间一变，味道就寡淡了。

味道寡淡了，心境也就不是当初的心境了。

选自《中国校园文学》2021 年第 3 期

什刹海边访蒹葭

胡　烟

淳熙九年（1182），词中豪士辛弃疾结束了短暂的戎马生涯，开始隐居。年富力强遭遇罢官，虽然并不情愿，但他也能随遇而安。

白露时节，他在自己的带湖庄园里悠闲踱步，看着田园里成片的碧绿菜蔬生长得旺盛饱满。近旁，碧绿透明的溪水，鱼儿欢畅。清晨，他伴着竹林清风忙碌土地里的栽种耕锄，忙到微微出汗，便休憩。沏一盏茶，斜倚在窗前榻上读书，由于精神太过放松的缘故，有些微醺的醉，像要进入梦乡。微凉的秋风将书页翻转起来，哗啦哗啦响，声音悦耳。时而有客来，比如好友洪迈、朱熹、陈亮、刘过，大家坐而论道，借着几杯酒，听风听雨。

没错，这真的是那个“沙场秋点兵”的辛弃疾，有词为证：

> 白露园蔬。碧水溪鱼。笑先生、网钓还锄。小窗高卧，风展残书。看北山移，盘谷序，辋川图。
>
> 白饭青刍。赤脚长须。客来时、酒尽重沽。听风听雨，吾爱吾庐。笑本无心，刚自瘦，此君疏。(《行香子·山居客至》)

白露，是汉语里意象最美的节气之一。天气渐凉，露凝草木。

清晨去草间寻找露水，但见邻居的篱笆上有节奏地攀爬了绛紫色牵牛花，个个吸饱了水分，振奋地仰着脸，仿佛在说：“天凉好个秋！”晚间，月亮也渐渐明朗了，游子们在夜里酝酿着思乡的情绪。

白露是从诗里走出来的节气。“蒹葭苍苍，白露为霜。所谓伊人，在水一方。”气氛是有些凄美的。所以，邓丽君的那首《在水一方》，将歌词改为：“绿草苍苍，白雾茫茫。有位佳人，在水一方。”可是，绿草怎能与蒹葭相比呢。

蒹葭即是芦苇。诗人说，芦苇是一种会思想的草。这种草，还常常入画。

你看，芦苇的叶子，多么像毛笔的笔肚、笔尖。那些一手捻着银须，一手握着毛笔的人，只需在宣纸上轻轻那么一抹，一片苇叶便成。清代扬州八怪之一的边寿民，人称“边芦雁”，芦苇画得极好。他笔下苇丛，像是有风来，飒飒地响，比兰花更挺劲，比梅花更野逸。叶子浓淡相间，加上枯笔的飞白，最能制造苍茫的意象。蒹葭苍苍，秋之况味，即在一片苇塘间。

边寿民才华满腹，但七次乡试全部落榜。他笔下的芦雁，是人，不是鸟。他以南来北往的候雁为同好，将自身际遇、人生咏叹和悲怀，赋予了芦雁。世态炎凉，俦侣紧密相依，避免孤单无援之苦。人情险恶，不能不时刻提防陷阱和罗网。他的《芦雁图》中曾有题诗：“江村稻熟水平沙，塞雁南归万里家。一夜西风吹不断，霜天月白卧芦花。”苇丛，只是芦雁暂时的栖息之地，而生命长久的归宿，又是哪里呢？

或许是对中国笔墨长久的沉浸，又或许是成长在农村，我也喜欢苇塘。故乡的苇塘，是童年的乐园。曾经，在苇丛附近摸鱼，又将深秋里枯黄的苇叶割了扎成捆，铺在奶奶家炕席底下。冬天一生火，满屋子的草香。

在京城，我常寻找芦苇塘。这一次，去西海。

西海，是什刹海的一部分。前海、后海、西海三块水面被称作“后三海”，为了与北海、中海、南海“前三海”区别。什刹海中以德胜门内大街为分界线，西边的水潭，就是西海，也叫积水潭。

拨开盛夏的垂帘，秋光初现，气象渐显，西海干净得像无垠的天空。

沿着积水潭地铁站往东，从山海楼的院落曲径通幽，婉转进入西海湿地公园。迎面便是水，睡莲花正密匝匝地开，细长的苇秆，一丛一丛，随性安逸。秋天的水，是很清澈的。野鸭随处飞来，在靠近岸边的地方接受着小朋友们的投食。一派人天和谐。

阳光温柔。沿着巷道踱步，苇丛最密的地方，有郭守敬铜像。郭守敬主持元大都治水数十载，兴建京城玉泉山、永定河和白浮瓮山河的引水，以及通惠河通航等工程，全线贯通了京杭大运河，世人敬仰。

一路芦苇丛生。面对这种平民气质的草，我总能生出很多想象。比如，这里面藏着什么东西，有多少鱼儿在里面安家呢，或许，有野鸭正在最深处孕育宝宝……正想着，“倏”地从里面飞出一只翠鸟。

苇塘的气质，确实与“藏”有关。边寿民的身份，像是半个隐士，隐居不仕，将才华藏匿在政途之外。又联想起当代作家孙犁的《白洋淀纪事》，老百姓在芦苇荡里打鬼子。乡亲们藏在苇丛里，捉迷藏一般将鬼子搞得晕头转向，一举取得胜利。白洋淀也因了孙犁的文字，令人心驰神往。

印象里，什刹海周边一直热闹着。这里早在元代起就是大都城繁华商业区，在当时是漕运的终点，被称为“北京古海港”。当时，沿岸酒楼歌台、商肆作坊遍布，又是一片有水而能观山，垂柳拂岸的闲散之地。沿岸，民居、王府和名人故居间杂，水里水外都是好光景，铺陈着京味和历史的无穷韵味。藏匿在胡同里的小吃，爆肚、卤煮、灌肠，那叫一个地道。

我每次去后海，必到鸦儿胡同的李记买一兜芝麻酱烧饼。这家芝麻酱烧饼很有名，我享受排长队的过程，闻着芝麻酱的香，听着旁边的京味儿聊天，浓浓烟火气。这次也不例外。

清晨出门，看花看芦苇，一路踱步到中午，回家。芝麻酱烧饼夹酱牛肉，就着一杯淡普洱，朴素清香。待到太阳正中，迎来午间小憩，一天过半。

若无闲事挂心头，便是人间好时节。秋回大地，时光又轮转到了最美的刻度。

选自《北京晚报》2021年9月10日

梅雨来时燕乳雏

沈书枝

端午过后，想回老家待几天。离开北京时天极蓝，窗外一片雪白的高积云铺展在天边。到济南东以后，就进入了雨的地界，窗外灰蒙一片。车到站前几分钟，发现外面山色之美，正是典型的江南梅雨时节的风景。远处层叠交错的远山排列之间，格子般水田铺陈着，大多刚刚撒了发芽不久的单晚稻种，看上去一片稀疏柔嫩的绿色。雨是停了的，但山间水汽萦绕，浓绿的山群四周浸满白色水雾。这场景是如此美丽而熟悉，使我一刹那便堕入其中，意识到自己确乎是从小在这样的风景中浸润长大的。

到家时爸爸妈妈在门口田里做双晚稻的秧田。一进堂屋便看到墙壁日光灯上的燕子窝，是今春重搭了起来的，有一些邋遢，但毕竟是一个好窝，里面恍惚几只小燕子。仔细看，确实是的，一个个正趴在泥窝沿边，黄色的嘴紧闭着，默不作声。前年家里的燕子在端午那天就学会飞了，今年的尚未出窝，个头看起来甚至还有点小。

这便是我清明回来时看见的那两只燕子所做的窝。那天晚饭前我望见两只燕子从外面飞进来，在日光灯管上它们惯常做窝的地方展了展翅，叽叽了几声，转瞬就又飞出屋外。那上面本来有一个已经好几年了的燕子窝——从我记事起，家里堂屋的墙壁上就有这样一个燕子窝，年年都会有燕子回来，在里面孵一窝小燕子。从一开始的土墙瓦屋到后来推倒重盖的水泥砖房，燕子们不曾忘记它们筑巢的所在，不辞辛苦地漂洋过海，年年回到这相同的地方。

门口一小块空地上，几棵南瓜藤爬满了，碧绿的、毛糙的掌状粗叶肥硕蓊郁，叶下结出了几个嫩绿的小南瓜。南瓜后两棵桃子树，是秋天晚熟的品种，此时结了零星的小拳头大的桃子。隔壁人家门口的栀子正开着花，一些花已经开过，结了焦枯的花在枝头，还有不少正开着。旁边丝瓜架上，最初的丝瓜已拖得有尺长了。池塘前种了早稻的田里，稻穗正扬着花。

雨又落了下来。我坐在堂屋门口，为小燕子的叫声吸引，看大燕子来回为它们衔虫喂食。这样的急雨，大燕子仍在雨中来去不停，使人既惊诧又感佩。乌云下燕子来回翻飞着，其身影矫捷，翅膀抖动着，如风飐水，有时忽然一个猛转，或是俯冲，比之麻雀轻缓的动作，不知要敏迅多少。有时在空中低昂翻飞，如起伏的水波，又或是在张开有着浑圆肩线的双翅飞翔了一段之后，暂时停止扇动，在空中滑翔一段。忽然又扇着翅膀飞进屋里——想是捉到虫子了——小燕子一齐叽叽喳喳细鸣起来，张开黄色的大嘴，露出嘴里的鹅黄色，大燕子两只脚勾在窝沿边，羽衣收起，轻轻斜贴着窝，把嘴塞到其中一只嘴里，即刻飞走了。真真是电光石火间，有时连停也不停，只在空中用力悬拍着翅膀，把虫一喂，即刻转身走了。前后只有一秒，使在底下的人只看得清那翻飞中露出的花白尾羽和翅膀的美丽形态。大燕子喂过虫后的一小会儿，小燕子还在窝里叫着，似乎爸爸妈妈衔虫而来的激动还未及时消退，要用叫声把它们排出去一样。过了一会，就又安静下来了。有时，它们也会相互吵一吵，把翅膀张开来，把身边的兄弟姐妹往旁边挤一挤，或是伸出嘴假装啄一啄对方，但都不见出凶的样子，只是很轻柔地吵着。偶尔有一两只似乎长得大一点的，伸开翅膀，露出一点花白的颜色，然后用嘴去啄一啄自己的羽毛。

小燕子是很有耐心的。在大燕子没有回来的时间里，它们绝大多数时候，都是那么安安静静地趴在窝里，小小的身子收缩着，没有长好羽毛的翅膀贴在两边，嘴安安静静地闭着，一动也不动。偶尔，一些其他的声音给它们造成爸爸妈妈回来了的错觉——比如人从外面回来放下铁锹的声音，或是其他什么响动，于是一齐大叫起来，等到发现不是大燕子回来了，才又怏怏地安静下来。

即使是雨天，晚上大燕子也要到七点多才会停止捉虫，回到屋里来。夜里它们就站在日光灯管上，在那里睡觉。傍晚我们等燕子回来，总是很晚才关门，没有关门的时候，怕灯光把蚊子全招来，屋里的灯也不开。等到去房间吃晚饭的时候，才把门关了，堂屋的灯也不开，因为灯开着，小燕子受到惊扰，不好睡觉，看到不远处的大燕子，又总是要叫，叽叽叽很是吵闹。

几天后天终于晴下来，从朦胧的半晴到明亮的晌晴。早晨天幕上仍垂着薄薄的乌云，天幕下碧绿的早稻田，偶尔一些露出泥土的秧田和发芽的单晚稻田。天一晴，燕子给人的感觉就舒展多了，只几天工夫，窝里的这几只就以肉眼可见的速度长大了，头上我回来那天还存在着的参差不齐的绒毛，现在已褪得差不多，羽毛变得整齐、丰满。白天，时不时地，有一两只会在窝里舒展羽毛，左边伸伸，右边伸伸，有时候站在窝沿上，为了保持平衡，甚至快速地扇起翅膀来，那样子让人相信，过不了两天，这窝燕子就会飞走了。在楼下坐着，感觉小燕子的确是很吵的，每一次大燕子回来，小燕子就要一齐叽叽叽叫，而晴天里燕子回来的次数尤其多，喂食之余，也有了更多次盘旋，在堂屋来回飞着，示范给小燕子飞翔的姿态，所以几乎每隔一小会，就能听见它们的一阵叫声。

一个星期之后，当我离开家回北京的那天上午，窝里的燕子已经越发大了，小小的窝显得有点盛不住它们，有的小燕子从窝里跳出来，跳到旁边的灯管上站着。大燕子从屋外飞来，有时轻轻用嘴去碰它们，似乎想让它们飞起来，但小燕子仍是不动，一如往常一样急切地叫着。满以为它们那天会飞的我，心里难免有些失落了。第二天和爸爸视频的时候，我问小燕子飞走了吗？他说，还没有飞走呢，我给你看。一面便拿着手机，走到堂屋打开灯，灯一亮，几只小燕子又一齐细声叽叽起来。等过一天再问，爸爸说，小燕子会飞啦，今天全都飞走啦！

小燕子会飞以后，一般就不会再回来住了。它们会慢慢长大，变得成熟，夜里就睡在门前的黄瓜架子上，或是别的什么地方。

选自《文学报》2021 年 7 月 8 日

喝茶丢掉形容词

周华诚

紫藤普洱

车行在弯弯山道上，忽有人说，能不能停一下！

路边一棵紫藤树，挂了一树紫藤花。山风拂来，紫色花瓣片片飘零。大家下车去摘花。有人说，这么美的花，白白落了可惜，若是摘了，还可以做一道菜。

这是在仙居的杨丰山上。从此处俯瞰村庄，梯田层叠连绵，田间油菜花已然谢尽。油菜挂满果荚，碧绿一色。极目远眺，青山浓淡。所谓山外有山，天外有天，层层之外，更有一层。

晚上吃那道清炒紫藤花时，我脑海中依然浮现一幅略施淡彩的山水画。

我是第一次吃紫藤花。紫藤花一串一串，未开之花有些像小靴子。有人说这看起来像槐花。我以前还吃过锦鸡儿，土话叫“小娘儿脚”，也有人叫黄雀花。这三种花，都在四月里开，形状也差不多，如小鸟欲飞，唯有颜色不同——黄雀花是黄色，槐花是白色，紫藤花是紫色。

紫色的紫藤花，有着甜津津的味道，花里藏蜜——我在树下摘花时，生吃了好几枚，清香甜美。

有花的村庄，怎能不美。

我之前看过杨丰山的照片。有一张，时节应该比现在晚些，梯田里的油菜全部收割完毕，田里翻耕过，灌上了水，水面如镜。一场雨后，云雾缭绕，群山与田埂弯弯曲曲，如诗如画。杨丰山属仙居县朱溪镇。这些年，村里依托两千亩梯田的自然人文风光，努力连接社会各种资源，想要发展特色水稻产业与村庄旅游，带动农民增收。

是葱花把我喊去杨丰山的——葱花说，杨丰山四时皆美，春天有油菜花，夏天有水稻田，秋天有金黄稻浪，冬天有皑皑雪野，随便拍张照片，都是绝美的明信片。就这样，她成功地把我们喊上了杨丰山。当然，她所言非虚，杨丰山果然很美。

此外，把我们引来的，还有作为中国水稻研究所的专家朋友们的一腔热忱——他们蹲点联系这个高山村庄，也是想为村庄的发展出一点力气。

此刻，一树紫藤花下，村民、水稻专家、建筑师、回乡创业青年、文艺青年，就以这样的方式相遇了。山风轻拂，花香荡漾。

层层叠叠的梯田，弯弯曲曲的山路，拾级而上，一直攀登，不知几千步也，渐渐额头冒汗，身心爽快。好久没有这样，在大自然间自由畅快地呼吸。山野间鸟鸣，花香，青山远，云影动，都觉可爱。

紫藤花做成菜，吃起来满口花香。

吃紫藤花时，便想到要谢谢周天勇彼时大喊一声“停车”。这个浪漫的男人，他看见紫藤花时，就好像看见了一碗菜。

吃过夜饭，一枚大大的黄色月亮挂在天边。我们坐下来喝茶。周天勇从车后备厢中取出一饼普洱茶，取出一个纸箱子，里面是整套的煮茶器具，最后又搬出一桶水来。他说，这是从他老家的山里接的泉水，适合泡茶。

水沸，茶香四溢。

他又取出好几串紫藤花来。这才知道，原来他看见花时，不仅看见一碗菜，还看见一壶茶了——遂偷藏起一些。他拎起一串紫藤花顺手一撸，花朵纷纷落进茶壶，茶香里，飘出紫藤花的甜香。

喝茶丢掉形容词

刚入媒体时，有一位前辈跟我说：“写稿子，不要出现任何形容词。”他补充道："在任何地方。"

时至今日，我觉得所有初入行的新人都应该感谢愿意教你的人。这样的人已经不多了。那时候我写过不少文学作品，却根本不知道新闻应该怎么写。这时候有人点拨一两句，要好过自己在黑暗中摸索一个月。要是你写"那是一杯滚烫的水"，若在新闻里，这句话就不该出现。你怎么知道水是滚烫的？——他端起杯子又突然放下，用嘴去吹手指头。所以，你只是看见他做了一个动作，但你不知道那杯水是不是烫的。不要给任何事物下判断，因为它不一定是真的。他端起杯子又放下，用嘴去吹手指头，并不说明那杯水是热的——恰恰相反，也许是太冰了；或许水是温的，而他是一名演员。

当然，这里的稿子指的是消息稿。这种稿子看起来很简单，字数不长，有时不过三五百字，但常人并不了解背后的秘密。很多看起来越简单的东西，往往越难。久病成医，看新闻，现在大家明白了，字数越少，事儿越大。这和喝茶一样。喝茶，无非茶叶与水，两样东西，变幻无穷。围棋也是如此，黑白两道，玄而又玄。

比喻也应该警惕。苏轼说"从来佳茗似佳人"，佳茗如何，佳人如何，说了等于没说，全飘到了虚空之处。苏轼还把西湖比作西子。西施当然是佳人，那么一杯好茶，近似于一座西湖？如此说来，倒也无妨：从一盏茶里，喝出一座西湖来。如果从一盏茶里，喝出一座青海湖，喝出一条钱塘江，那也是允许的——就看喝的人，气魄是不是够大了。

真喝茶的人，从来都极讲究茶与水，《茶经》以降，莫不如是。"其水，用山水上，江水中，井水下。其山水，拣乳泉石地慢流者上，其瀑涌湍漱勿食之，久食令人有颈疾。又多别流于山谷者，澄浸不泄，自火天至霜郊以前，或潜龙畜毒于其间，饮者可决之以流其恶，使新泉涓涓然酌之。其江水，取去人远者。井取汲多者。"从陆羽开始，一代一代喝茶的人，都极其讲究取水，文献简直汗牛充栋，随取两例：

今武林诸泉，惟龙泓入品，而茶亦惟龙泓山为最。盖兹山深厚高大，佳丽秀越，为两山之主。故其泉清寒甘香……又其上为老龙泓，寒碧倍之……（田艺蘅《煮泉小品》）

泉品以甘为上。幽谷绀寒清越者，类出甘泉，又必山林深厚盛丽，外流虽近而内源远者。

泉甘者，试称之必重厚，其所由来者远大使然也。江中南零水，自岷江发流数千里，始澄于两石间，其性亦重厚，故甘也。（徐献忠《水品》）

数一数，有多少形容词？多少是主观臆断？说茶论水，自然不是新闻稿，不必太过较真；而作为饮茶说明文来对照，就实在使人如堕五里雾中。这些代代相传的饮茶秘籍，为何至今流传不衰，或正因其玄而又玄，无可落实之故。如此一来，煮泉品茗就成了雅事，成了一小部分有钱有闲阶级的高级享受，即便有的人后来也有钱有闲了，也想饮茶，却无与此对应的饮茶艺术审美能力，则必然也会被挡在高高的门槛之外。茶之典籍的行文，便是使茶神秘化，使之身价高抬。这也使得今日卖茶、饮茶之人，依然把这些过时典籍奉为圭臬，如若不然，“泉甘者，试称之必重厚”这样显然有悖今日科学常识的句子，早就作为糟粕弃之九霄了。

今日饮茶，显然很难，怎么喝才能喝出高级感呢？这依然是一门高深的学问。近日闭门吃茶，就认真研读几本茶书，发现论及茶的口感，有一些常用词句：陈韵绵长、层次丰富、香气内敛、茶水分离、茶汤爽朗、舌底鸣泉、药香浓郁。“甘甜”或“苦涩”之类都是最粗浅的层次。沏了一壶茶，我温壶洗杯，倒出一盏，准备品饮。接下来玄妙的时刻到了：这口茶味道怎么样？

唔……（这是一个很难回答的问题，毕竟入行太晚，浸淫不深。）

在这一点上，我倒是更欣赏日本的茶道，茶喝到最后，就是一个“枯寂”。可以讲究茶室的布置，把稻草切成短短的样子，跟泥土搅拌在一起涂抹墙壁，使之形成沉静朴素的颜色；可以是一间低矮的草庵，人须弓着身子才能进入，拉开窗户，则屋外的绿色逸入室间；饮茶的程序和礼仪可以烦琐复杂，要很长的时间才能做好饮茶的精神准备——唯茶器、茶叶可以简单，简到极致乃是粗陋，那也无妨。这种精神性，才是茶最可珍贵的地方吧。所谓茶道精神，是需要抛弃所有的浮华、富丽，抛弃物质、身份，顺便抛弃形容词，才能抵达的自由境界。

我不太愿意读那种从头到尾都是形容词，每个句子都是比喻的文章。（人皆谓之“文采斐然”也。）事实上，我根本读不下去。周作人的文章，后来越写越涩，越写越寂，我以为日本茶道精神与审美，对他是有深刻影响的。文章丢掉形容词，喝茶丢掉形容词，如此一来，也许更接近为文饮茶的本质。

想当年初入媒体，因了写新闻稿的训练，我知道“的”“了”都是废字，务必尽去；形容和比喻也是毫无用处，徒显幼稚；“也许”“好像”绝不允许出现；“不但”“而且”丢掉也无任何影响；所有出于主观判断的词也一律摒弃，冷热，好坏，香臭，甘苦，都只是你的一己之好；标点之中，逗句冒引已基本够用；最后一条，“勿超八百字”。如此这般，在我今日喝茶之时，可能也会有用，请容我一试。

并非要写一本茶书。

只是玩而已——喝茶，原本就是玩。现在的人，容易被手机牵住鼻子，碎片信息充塞两眼，人的心气就浮躁，喜怒哀乐，也都不随自己，随了手机。

不如做一点长情的事情。春天里植树算一件。小小的树苗栽下去，慢慢等着吧，冒一片新叶出来，再冒一粒新芽出来。这个事情急不得。一天看三回，没用。种水稻也是一件长情的事情。种下去了，就不能不管，一道一道劳作多着呢，春天，夏天，秋天——终于成熟了，收割，获稻。到了第二年春天，桃花一开，布谷一叫，又记起种水稻这件事了。还有，养菖蒲、养苔藓，也算一样，尤其是苔藓，没个三年五年，还真看不出来什么变化。

喝茶也是。

喝茶的长情在于，好些茶都得放放才好。放个十天半个月，半年一年，那不叫长情，一般都得放个三年五年。

稻友安安静，前两天给我寄一份文件，顺便寄来一包老茶，标签上的字就吓我一跳："八〇年代老六堡茶"，"槟榔香，香浓陈醇，汤色红浓"字样。掐指头一算，这茶简直比我还年长。开喝之时，我是不是得尊称它一声大哥？

同天，又收到云南文友艾文华寄茶。小艾是"90后"，诗人。写诗怎么赚钱糊口呢，就顺带着卖茶。这是好事。我说现在写文章的人，卖文为生，就无可为生。一般能干的人，要么不写了，要么写字之余，匀出时间干点儿别的营生。否则，靠稿费是活不下去的。有人卖画，有人卖酒，有人卖茶，都好。我文字之外，无甚可卖，只好去种点水稻——水稻也主要是父亲种的，卖了钱我就交给父亲——盘算一下，还不如我卖文来得多！所以，要改行，也得慎重选择，至少要选一样能卖钱的东西，比如卖房，肯定就比卖米好。

小艾寄的茶，有个古怪的名字——"忙肺"。"肺"在这个春天是个敏感词。"花朵"在这个春天，不，在每个春天，都是敏感词，蜜蜂才能找到它们。肺和空气、水一样，珍贵到我们平常都忽略了。早几年有个电影，《疯狂的赛车》还是《疯狂的石头》，里边有句俚语"顶你个肺啊"，火了一段时间，现在江浙这边也没有人再说了。所以"忙肺"这个词很有点儿意思。忙，也是个敏感词——难道不正戳中了当下人的心病吗，一个个都很忙的样子，也确实忙。忙个什么劲呢，又不大说得上来。反正是通病了。有一年，我因为种田卖大米，到北京参加一个新农人大会，对一个农产品营销案例印象很深刻。他们给一种青芒果起了个名字"瞎芒"，广告语是"谁的青春不瞎芒"，结果，芒果就卖火了。听说买"瞎芒"的都市白领，都是一边啃着芒果一边怆然泪下的。

因此，我一看"忙肺"这个名字，就觉得有网红的潜力。我问小艾，"忙肺"什么意思呢，是不是"忙你个肺"的简称——用来作茶名，很互联网。这下才知道，"忙肺"是山头的名字，在傣语里面意思是"河谷间的山岭"。云南产茶的山头，现在太多了，名字也很多。比如，第一次见到“冰岛普洱茶”，也很新奇，难道是那个北欧的海岛小国家？想多了。冰岛是云南省临沧市境内勐库镇的冰岛村，冰岛村产的大叶种普洱茶，回甘持久，甜味浓厚细腻一些。还有一次，看到“昔归”两个字，印在包茶饼的纸上，简直惊艳——太唯美了，太诗意了，还带着淡淡的忧伤——有没有？结果，人家“昔归”也是地名，云南省临沧市临翔区邦东乡境内的昔归村，有一座山，“忙麓山”，该山是临沧大雪山向东延伸靠近澜沧江的一部分。“昔归”要是翻译一下，意思是“搓麻绳的地方”——当然，也很诗意：昔日归来，人面桃花相映红，一个女子在那里搓麻绳；今日归来，人面不知何处去，麻绳依旧笑春风——同样带着淡淡的忧伤。

喝茶时，这些名字倒是很好的谈资。聊着聊着，就忘了开始是要聊什么了，这就符合喝茶的心性。喝茶呢，心态得松。比如说，安安静送我的这款茶，“八〇年代老六堡”，我摩挲了半天，准备过几天再喝。这茶都等了我三十年，再等几天又何妨。

忙肺古树，先喝起来。茶是新的，喝个生猛，从下午喝到晚上，茶汤居然还有劲儿。喝了这一泡，我再封起来，过两年三年再喝。

毕竟嘛，这是个长情的事儿。忙个肺啊，慢慢来。

选自《安徽文学》2020 年第 12 期

一朵格桑

龙仁青

巧合的是，就在发表了我的小说《水晶晶花》的同期《中国作家》杂志上，也发表了我非常敬重的阿来老师的一篇散文，题目叫《西藏的“张大人花”》，文中还提到了我。

在写下这篇文字之前，阿来老师首先看到了一种叫波斯菊的花儿在西藏四处盛开的浩荡之势：“最引人注目的是差不多有人烟处就必可见到的波斯菊，不仅开在拉萨罗布林卡，开在江孜白居寺、日喀则扎什伦布寺，就是车行路上，路边出现一丛丛艳丽的波斯菊时，就知道，又一个村庄要出现了。”

这样的现象让他感到意外又新奇，他想厘清这种花卉的来龙去脉，便带着一种求真解惑的执着，开始了他的寻访，并循着不断问询和查阅资料，他一步步逼近真相，并一点点打开了真相。

他为我们讲述了这样一个故事：

一百多年前，英国人仗着他们的洋枪洋炮，入侵西藏，当时担任驻藏大臣的有泰一味主张委屈投降，使得西藏时局险恶。这时候，清廷委派一位叫张荫棠的人物以驻藏帮办大臣的身份来到了西藏。

张荫棠就像是一把利剑，犀利又尖锐。他到了拉萨。经过一番查访，便向朝廷明奏，历数驻藏大臣有泰“媚外乞怜、鱼肉藏民、颟顸误国”等种种罪行，并告知藏族群众“西藏百姓与中国血脉一线，如同胞兄弟一样”，朝廷依据张荫棠所奏，严惩驻藏大臣及其余汉藏官员，张荫棠随之在西藏推行改革，推行他的治藏方略。阿来老师在他的文字中描述了这段历史：“张荫棠提出一系列重要主张，包括革除神权政治，收回西藏治权；广设学堂，推广教育，创办汉藏文白话报；训练汉藏新军，加强武备；修好打箭炉、江孜、亚东牛车路；开设银行，振兴农工商业，开发矿产资源等。此外，张荫棠还建议在西藏成立隶属于外务部的交涉局，专门负责西藏地方的对外交涉，以此阻止英国与西藏的直接交涉。”

从文字的描述看，张荫棠是一个大胆耿直、行事干练、雷厉风行的人，其实他也是一个热爱自然、钟情花草的人。波斯菊在西藏的最早出现，就是由他怀揣花籽，把它带到拉萨，并在西藏广为种植，使得这种外来的花卉在西藏随处绽放。当地藏人也因此把这种花亲切地称之为“张大人花”。

如此，波斯菊在西藏便有了这样一个意味深浓的名字。

张荫棠张大人 1906 年 10 月来到拉萨。随之却是世局突变，大清王朝气数将近，1907 年 7 月他便仓促离开拉萨，时间不足一年。阿来老师在他的这篇文字里这样感叹道：“还不够看到此花一个轮次的出芽长叶，抽茎展枝，开花结籽。”这位受到西藏藏族群众拥戴的“张大人”却已经不在西藏了，以他的名号命名的波斯菊，依然在这片高地上盛开着，并且也从西藏拉萨传播到了青海各地。

波斯菊到了青海，并没有把它之前的历史以及“张大人花”这个名字携带而来，在这里，它又有了新的名字。在青海东部农业区，人们把波斯菊叫作“八瓣梅”，是因为它的花冠有八个花瓣，也有人把它叫作“芫荽梅”，是因为它的叶子像极了比它更早进入青藏高原的芫荽，亦即香菜。这些明显带有民间地域色彩的名字并没有广泛影响，只有“张大人花”迄今留在了西藏藏族群众的口头，这个汉语的称谓经常被他们夹杂在藏语中说出来。

而如今，这个有着深厚历史渊源的名称，却被人们渐渐遗忘，人们给波斯菊赋予了一个新的名字：格桑花。

它们是同一种花吗？阿来老师先见性地预感到这是个错误。

有一次，阿来老师来青海，我们见面时，他便向我问及此事。那时的我自恃过高，无知又无畏，便自信满满地告诉阿来老师，格桑花之“格桑”，是藏语好运、幸福之意，所以，所有带来幸福感的美丽花朵都可以叫作格桑花，因此，格桑花并不是一种确指的花卉。

阿来老师据此把我说的话写入了他的这篇文字里。

然而，所有没有经过实证而信口开河的言辞，终有一天会被赤裸裸地剥离出来示众，让它不能掩去谎言的实质。时隔不久，我去了青海果洛，与在此地工作的藏族著名母语诗人居·格桑先生聊及格桑花的事，居·格桑的一席言说，让我立刻意识到，我对阿来老师所说的话，多么缺乏严谨性。居·格桑先生说，格桑花，藏语叫格桑梅朵，此名并非无所确指，而是出之有据。他说，第七世达赖喇嘛格桑嘉措——亦即近年来在汉地广受追捧，被讹为“情僧”的六世达赖仓央嘉措之转世，转世出生在四川理塘，他从他的故乡把一种花籽带到了西藏，在西藏广泛种植，人们便以他的名号中的“格桑”命名了这种花儿，所以叫“格桑花”——显然，张荫棠与波斯菊的故事与结果，恰是这个故事与结果的翻版。藏民族总是心存感恩，把点滴的美好，用这样一种方式铭记在心，并让这样的记忆以一种命名传承下去，让后世去纪念。居·格桑先生还说，以“格桑”命名的，迄今人们依然传叫的物品，不单单是格桑花，一种形似簸箕，专为僧侣所戴的凉帽，藏语叫作“格桑夏茂”，意即格桑凉帽，还有一种乘凉用的伞幢，称作“格桑斯雅”，皆是因为格桑嘉措从他的家乡理塘带到西藏，并在西藏盛行开来，所以便冠以“格桑”称之，格桑嘉措作为达赖喇嘛的显赫身份，以及“格桑”在藏语中的美好寓意，使得格桑花以及这些物品都被广大藏族同胞所爱。

听了居·格桑先生所言，想起我对阿来老师的胡言乱语，我顷刻间恐慌起来，急忙问居·格桑先生，可有白纸黑字的依据可以证明。居·格桑先生说，他也是听西藏一位信得过的学者所言，并未见到有据可查的文字。回到西宁，我又向多人求证，皆无结果。一次，偶尔查阅《藏英大辞典》及《藏汉大辞典》，赫然发现有“格桑梅朵”词条，但注释极为简单：秋季盛开的一种黄色花朵，汉语的注释是七月菊、延年菊。我继而又查相关汉语资料，但所指含混，至今也没有确认这种黄色花朵到底是哪一种花儿。

多次向西藏的朋友问询，其结果亦如阿来老师所经历的一样，开放在青藏高原的各种野生花卉，都被指为格桑花，问题又回到了原点上。

可以肯定的是，波斯菊并不是格桑花。波斯菊的原产地是墨西哥及美洲一些地区，后来经由波斯传入中国，波斯菊之名也是如此而来。它完全是一种外来植物，在西藏乃至整个青藏高原并无分布记录。一百年前跟随张荫棠张大人进入西藏，所以它在西藏有了“张大人花”的名字。格桑花早于波斯菊进入了西藏，把后来来到西藏的波斯菊称之为格桑花，显然是张冠李戴了。

阿来老师一直沉迷于高原花卉的寻访、拍摄、研究和书写，想来他早已觉知我的随口之言并不可信，但愿他能谅解我的无知无畏。

近年来，波斯菊在西藏、青海及川西北许多地区被广泛种植，单单在我的家乡青海，一些农牧地区为了发展旅游业的需要，把许多原本种植青稞小麦的土地开发成了“花海”，这些花海并无各自不同的特色可言，皆是复制粘贴，千篇一律，种植最多的便是波斯菊，这种发展态势已经引起相关人士的警惕，波斯菊已经成为一种入侵物种，这样肆意的种植如若失控，很可能会使这种艳丽的花儿成为下一个“飞机草”。抑制本土植物的生长，成为生态灾害。

如今，曾经的牧童已经是城市中的一员，每天穿行于鳞次栉比的高楼之间，背负着工作与生活的压力，忙碌，紧张，患上了焦虑症，对所有的事情都无动于衷。但是，迄今，我依然没有改变寻找夏天的习惯，每每到了季节从春末走向夏天的时候，我心里依然会有一种按捺不住的兴奋。我希望某一天走在路上时，忽然在某个墙脚处看到几株草芽窜出了地面，柔柔弱弱地举着针尖儿大小的一点点浅绿。然而，城市的夏天漫长而燥热，这种燥热占据着城市所有的空间，却把它原本的美好减损了，让人有一种无处可逃的感觉。就像是波斯菊，当它的美丽开始无节制地膨胀开来，这种蛮狠的行为，反而遮蔽了它们曾经的鲜艳和芬芳。

但愿波斯菊不要成为“飞机草”，被人们厌恶和唾弃。

我忽然意识到，我所企盼的夏天，是我故乡才有的夏天，而那样的夏天却已经离我远去。也许就是从明白了夏天与故乡的这种辩证关系开始，每年到了夏天，我渴望能有几天的闲暇，去一趟曾经的老家，去挖一次蕨麻，抑或去放牧一次小牛犊，寻找几处可爱的鸟巢。“每逢春天来临，我几乎都有着一种无法抵制的、企盼上路的欲望。这种久违了的游牧者的本能在我的心中激起。”当我读到美国自然文学作家约翰·巴勒斯写下的这几句话，感觉这些话就像是出自我的嘴，是的，这是一个自认为已经完全城市化了的牧童内心深处永远无法改变的本能。

选自《大益文学》书系之《呼唤》

嗨，你们这些动词

费晓莉

我突然想到一件很有意思的事。

给学生解释什么是动词的时候，老师要是指着树上的鸟这样说：看哪，树上有只鸟，鸟就是个动词。那将是一节多么有意思的课。

不过，听到这样的说法，语文老师多半会生很大的气。他们会把“鸟”这个字，一笔一画地写在黑板上，然后用食指指着这个字一再地纠正：鸟，小鸟的鸟，是个名词，是谁在说鸟是个动词？

是我在说！我的说法当然是错的，鸟嘛，当然是名词。但没有一点办法，我一看到鸟，就想：世上所有的鸟，都是动词。

无名氏

校园里树多，所以，鸟多。

我说的是数量，不是种类。

都是些素常鸟，麻雀、喜鹊、老鸦、黄肚子、小黑头等。

我还见过一只我给不了名字的大鸟。

我是在一个春天的早晨见的它。严格地说，我听见了它的声音。

那是一种高昂、瓷实、敞亮的叫法，声音又高又宽，“酷酷刮——酷酷刮——”一听就知道那是一只健康年轻的大鸟。

我已经走到教学楼下了，听到这个声音又赶紧折回身子向声音来源的方向走。

我看见它了，就在旗杆右侧那棵高大的柳树上。但天光还没有完全亮起来，我只能看见一只疑似灰色的大鸟在最高处站着，至于它是斜眼睛还是歪鼻子，看不清。

为了看清它的长相，我不断地调整着自己的角度。因为需要仰头使劲看它，我脖子生疼。

为了不让我看清它的长相，它先是悄悄地在树上蹲着，假装不在那儿。装了一阵，它大概感觉实在装不下去了，就忽地飞起来，换了一棵树。

我赶紧朝那棵树疾走。但没等我到那棵树跟前，它又忽地飞过旗杆，落到综合楼前的一棵白杨树上。我又急急忙忙往综合楼前走。

看见我又要过来，它还没站稳就又忽地飞起来，到餐厅边上的那棵柳树的头顶上站下。那棵树不算太大，它要是不走掉，我就能看清它的长相。

但还没等我走过去，它竟然生气地丢开树枝飞走了。

这一次，它没有再找树，而是飞过墙头彻底飞走了。

哼，又不是新娘子，看你一眼怎么了？

我也生气地上了楼。

我和它都有腿，我的腿短，它的腿更短，但它有翅膀，我没有。和我比起来，它的优势非常明显。

我生了那只大鸟一早上的气，中午回家吃了一个大大的烤红薯，气才消。我认真想了一下，它还是只不坏的鸟。要是它不飞走而是不停地在校园里绕着圈飞，故意逗我不停地追它，非把我活活累死在校园里不可。

它来了一次，肯定会来第二次，有了一次两次，就会有三次四次。我和它终有一天会再次见面，我一定能看清它的具体模样。

但那之后，它竟然没有再来过，至少我没有再见过，这让我非常失望。它大概认为我是个坏人。或者，它来了，但没有发出一丁点儿声音，悄无声息地飞进来，又像个贼一样飞走。

我估计这只大鸟记性好，气性大，这一辈子它就是要这样生气下去了，到老到死也不会再到它认为的这个有坏人的地方来了。真是只爱记仇的鸟。

两只爱走路的喜鹊

最和我亲近的是两只大喜鹊。它俩体态饱满，神态喜人。

厕所前面有并排的五棵大柳树，身高长相都一样，岁数也一样大。喜鹊两口子的家在从右往左数的第二棵树上。

这让我非常好奇。其他四棵树有什么问题吗？大鸟竟然瞅不上它们。

要是有腿，四棵树可能会生气地搬到别处住下来。

其他树生大鸟的气是有道理的。它们一样高大，一样漂亮，一样年轻，都希望身上有个鸟巢来给自己装装体面。

我的老家林子大，树多，好看的树也多，鸟巢一般在高大健康直端的白杨树或者松树上，像柳树这种长得并不端庄的树上一般不会有鸟巢。尤其是喜鹊，它们一般会找高大漂亮的白杨树住下来。

校园里也有白杨和松树，但它俩偏偏选择了柳树。这应该是它俩商量了又商量，思考了不少时间后做出的一个决定。

我看了好几天后，总算看出了一点究竟，得出了一个结论。要是一定要给喜鹊的这种行为找个原因的话，那就是这棵树正好对着校长室的窗户，它俩是特意在这棵树上安家的。

也许它们想让校长知道，它俩在学校里也不是吃白饭的，天天辛辛苦苦地为学校报喜，也是操碎了心，而且，只要它俩天长日久地这样报下去，等着吧，总有一天会给学校叫来天大的喜事。

假如这个推理不成立的话，那就只能是这个原因：这棵柳树恰好站在前后楼之间的空隙里，太阳每天总能把最早最新鲜的第一茬阳光送给这棵树，它俩每天总能在第一茬最干净的阳光中醒来，开始美好的一天。

夏天的时候，树上枝繁叶茂，鸟巢隐藏在密密匝匝的树枝和眉毛一样的叶子中间，我需要看半天才能看见。

校长也是在冬天大柳树落光了叶子后才看见鸟巢的。他在树底下遇见我，指着树说，看，那儿有个鸟巢。

看起来，因为校园里住了这样一对漂亮干净的大鸟，他非常高兴。

冬天的时候，这棵树上的鸟巢一目了然，其他四棵树的窘迫也一目了然。一眼看过去，只有这棵树拥有一个大鸟巢，显得富有。

为了端牢大鸟的家，这棵柳树在主干上又另外伸出相对的三根向上的粗树枝小心地端着，唯恐端不牢让别的树笑话。

其他四棵树上空落落的，像四个穷光蛋，非常落寞。

两只大鸟可不在乎其他四棵柳树的心思，照样在校园里愉快地走着。

我特意留心了一下，它俩有时在前院凉亭周边的草地上拉开较大的距离走，有时在操场上肩并肩走，有时在门房的屋顶上边走边看我们。大概是步子迈得大，它俩走起来身子左右摆动的幅度很大，看起来走得非常用力。

有一次，它俩跳到花坛边窄窄的花边矮瓦上一前一后挺胸收腹地走着。在阳光下泛着一点幽蓝的黑色燕尾服在它俩身后长长地拖下来，让我觉得它们离两个漂亮的模特，只差一双高跟鞋的距离。

我第一次注意到喜鹊的尾巴竟然那么长，要是起个绰号的话，就叫它俩长尾巴好了。

它们到底是长翅膀的，不会就那样没日没夜地走下去。它们会走一阵，浅浅地飞一截，又接着走。好像是担心把飞行技术忘掉，要时不时地复习一下。

我经常偷偷尾随它们，把两只大鸟吓一跳。有时候，它俩“忽”的一下出现在我眼前，把我吓一跳。但我和它俩谁也没有生对方的气，还是很友好地相互看一眼。算起来，我吓它俩和它俩吓我的次数差不多一样多。

每次见我过来，它俩就一连跳好几个蹦子，离开我远一点，接着走。

它们怎么那么喜欢走路？我要是有一对这么排场的翅膀，绝对不会跑到地上来用两条腿走路，天空多好啊。

我想，它们要么特别喜欢两条腿走路的感觉，要么就是在学我。但我没有一点办法，它们能学我走路的样子，我却学不了它们飞的样子。

夏天的一天早晨，燕打开楼道的窗户朝我招手，我走过去。

她把右手的食指朝下戳了几下，对着花园里的一只大鸟悄声说，看，你说的那只大鸟今天又来了。

我赶紧伸出头看，这不是大喜鹊吗？

但见它倒背着手，高昂着脑袋，在教学楼前的花园里，走过来，站一下，又掉过头走过去，一声不吭，像一个遇到了烦心事的中年男人。

不知道是不是它们两口子吵架了，另一只大鸟不愿意一块儿来这里走路，让它很是生气。

虽然那天我没有看清楚那只怪叫着的大鸟具体长什么样，但我敢肯定，不是喜鹊，更不是这只喜鹊。

这是喜鹊。我说。

喜鹊？哪里有这么大这么胖的喜鹊？燕说。

这当然是喜鹊，虽然它格外大格外胖。也许就是因为它太胖，所以才喜欢这样背着手走路。

后来我发现，这一只喜鹊非常喜欢独自到教学楼前花园里的松树下走走停停。

花园的围栏很矮，顶多有一尺高。

下课的时候，围栏外，学生们在走动在吵闹在哈哈大笑。围栏内，它定定地站着，不出声，也不走动，只是把长尾巴一翘再翘。它大概在想：只要我不吭声不走动，他们就不知道这里有个我。

这只喜鹊经常就这样掩耳盗铃地站在花园里。说不定它还在心里嘲笑我们：哈哈，这些人，长那么大的一对眼睛有啥用，连我这么大个的喜鹊都看不见。

这边的花园里有几棵大松树。树大不光招风，还招虫。这几棵大松树上面住的虫子应该也又大又多。可能总有一些虫子会因为各种原因从树上掉下来，而这只喜鹊正好在树下等虫来。

这个秘密它大概谁也没告诉，所以经常独自来这里。

它能够长这么胖这么大，说不定就是被树上掉下来的虫子养的。

我从来没有见过它上树捉虫子，可能它觉得那是啄木鸟的事情，它可不想抢着干不属于它的活，免得让别的鸟对它说三道四。

很奇怪，我很少听见喜鹊的叫声。

说实话，喜鹊的叫声还是很聒噪的，尽管也许它在兴高采烈地说一件喜事。

这两只喜鹊可能把自己当成了学校里的重要成员，所以严格按照学校的各项规定来要求自己。

它们大概首先学会了学校里规定的“两轻”——走路轻，说话轻。

它们脚小，也不穿高跟鞋，光着脚走路，走路当然很轻。但它们的嗓门大呀，它们是怎么忍了又忍才没有放开嗓子喊叫的？真是守规矩的好喜鹊。

学校里还要求两进，“古诗词进校园，普通话进校园”。要是它俩也这样要求自己的话，我想除了装哑巴，再没有别的办法了。

不知道它们到什么时候才能学会用普通话报喜，真是难为了喜鹊，不过，我还是听到过一次喜鹊报喜的声音。

那是一个早晨，我站在后花园一棵树下准备拍一张一棵披头树的头顶上站满麻雀的壮观景象。

高处的树上，一只喜鹊喊了一声“家”，声音短促，好像在叫的时候，突然嗓子不舒服了，需要停一下再接着叫，但它再没叫。倒是麻雀，从低处的树上扔过来好多“叽叽”和“喳喳”。让我觉得喜鹊问了一声“早”，这一大伙麻雀争先恐后地对着喜鹊说着“你早，你早，你才早”。

简直像是骂起来了。

麻雀像个汉字

我的教室后面也是个花园。

从窗户望出去，常常看见一大群麻雀落在披头榆树的头顶上，猛一看，就像榆树变成了一个怪物，结了不少麻黄色的果实，而且这些果实在清晨时分非常活跃，一直在动，一会儿拥到这边，一会儿挪到那边。

孩子们在早读，它们也没闲着，也摇头晃脑，起劲地背着什么。

比起喜鹊，麻雀更像一个个朴素温暖的汉字。我只要看见它们，心里就会有一种莫名的喜悦。

我上课的时候，麻雀落在窗台上，梳头，晒太阳，歪过脑袋看我们一两眼。教室里一旦有什么大响动，它们就会收拾起脚杆，急急忙忙扔下几句鸟语，飞走。我觉得窗户角那里已经攒了厚厚一层鸟语。

院子里有一颗大石头，青色，上面刻着一个红色的大大的“思”字。有时候，会有几只麻雀落在那个思字上，跳一阵蹦子。

后院有几棵碧桃树，结了豌豆大的果实，密密麻麻。

九月的时候，小果浑身变红，玛瑙一样，但还是好好地在树上待着，并没有变少的迹象。摘下一个尝，又苦又涩。既然不能长成一个甜果子，干吗要往大里长？还要长熟。长熟有什么用，又不能吃。

我奇怪的是，麻雀也不吃。它们“忽——”一声落在碧桃树上，抓紧时间说几句话又飞走，包了浅咖色头巾的小脑袋左顾右盼，就是不看红果一眼。

它们的小舌头还能尝出个甜苦？如果不能，这么好看的红果子不吃，一只麻雀，难道还想着吃肉喝酒不成？

但快退休的王老师说，树上虫儿多，“麻巧儿”虫儿都吃不完，一天天都愁死了，哪里还能顾得上这些尕果子。

王老师的“麻巧儿”三个字，让我赶紧去了一趟遥远的童年。

那时候，我们也是这样称呼麻雀，而大人们也是这样称呼我们的。

我们在原本安静地晒着月亮的巷道里飞奔而下，又呼啸而上，“嗵嗵嗵”的脚步声吵得宋奶奶睡不着。她只好坐起来，把宋爷爷从心底里翻出来，一遍一遍地想。

汪奶奶总是反复走在去药铺买头疼粉的路上。没有那一小包白色粉末的帮助，她会整夜整夜地头疼。

她头疼不止的毛病据说也是我们吵闹的结果。

村子里的狗总是在我们的大呼小叫中不明真相地叫嚣不止，累得气喘吁吁。

你们这些麻巧儿，吵得连老母猪都睡不着，更不要说人了。我妈总是这样骂我们。之前我妈说老母猪的瞌睡最瓷实，鬼都叫不醒。

我去吃饭，餐厅门口有一只麻雀。

这只小麻雀执意要在食堂门口逗留，好像随时准备着监视浪费粮食的孩子，谁要是浪费哪怕一粒粮食，它都会及时帮着捡起来。

这让我想起一个朋友说的事。

他去青海当兵，一次吃午饭，班里一个新兵拿起一个馒头咬了一口，又不想吃了，随手扔到了旁边的泔水桶里。连里一个领导看见了，一言不发地从泔水桶里捞起了那个馒头，甚至都没有擦一下，也没有看那个新兵，就大口吃了。那个新兵不知道怎么办才好，手足无措，极为窘迫。那天的晚饭，小兵没去吃，独自坐到营房后面哭。

可见，浪费是一件丢人的事。而这么丢人的事，孩子们又怎么会轻易去做？那只小麻雀在食堂的外面白白站了一个黄昏。

一次晚饭后，我正坐在学生公寓楼前的一把矮凳子上胡思乱想。一阵清浅、柔软的鸟叫声打断了我。

什么鸟？前面柳树的树梢上站着一只孤单的鸟。仔细一看，是一只麻雀。

它小，但树枝显然比它更小，承受不住它的压力，正在上上下下颤抖。

树枝可能想着把麻雀甩下来，但麻雀不但没有掉下来，还跟着它的节奏上下荡，并发出“叽叽——叽叽——”的声音。在此之前，我从来不知道麻雀也能发出这么清浅这么孤独的声音。

它是在给我演示什么叫浅吟低唱吗？

麻雀是喜欢热闹的物种，它独自在这里究竟是为什么？只有它自己知道。

看起来，这只麻雀有点伤感。它在这里找了一点难得的清静时间独自想事情，并很享受地在这个黄昏的树梢上轻呷一首小令或者绝句。它可能也非常希望树枝把它、把它的声音，连同它的伤感，一块儿藏起来。

但多么令它沮丧啊，被我看见了。

暮色渐深，这只麻雀还在树枝上享受着孤独的时刻，没有回家，只是在一次又一次乍起的风中不停调整着身姿。

黄肚子不是黄鹂

还有一种鸟，灰色外套，嘴巴、脖子连同肚子都是米黄色的，只是不知道叫啥。我为什么一定要知道某只鸟的名字呢？商店里不卖鸟，我没有把一只鸟指名道姓说出来的必要。

倘若是一株植物，如果我愿意，就可以把手机对着它，让手机上的某个软件帮我打听它的底细，包括姓甚名谁。

但鸟有脚有翅膀，你知道便知道，不知道便不知道，你要是把手机对着它的脸，它就会认为你是个坏蛋，会生气地飞走。

当我不再苦苦地探求一只鸟的名字时，事情就变得简单多了。我就按自己的见识叫它们，白翅膀、花脊背、红腿子……除非像最先提到的那种没有看清长相的鸟。

这只，当然叫黄肚子。

黄肚子喜欢在清早的树丛间低飞，叫一声“唧——”换一棵树，再说一声“唧——”。我每次见它的时候，它总是独自在飞，看起来非常享受一只鸟的早晨。

我其实非常想见见黄鹂，那个自唐朝就一直站在柳树上热热闹闹地扑腾着的美丽的鸟儿。

它是不是黄鹂？我很快就否定了自己的问题。黄鹂，肯定穿着黄色的外套。

我自小在大山里长大，我见过的鸟比许多人见过的鸟多，但没有见过黄鹂。

我一直怀疑黄鹂留在了唐朝。要不，我的老家，山大、树多，并且山和树都非常好看，它怎么能没有？

我的学校，树大、花多，还有这么多孩子，它怎么也没有？

是鹭不是鹳

隆冬时节，校门前的河里来了两只大鸟，大长腿，大个子，着一袭白袍。

这两只鸟比喜鹊大很多，真的，我敢肯定有五只喜鹊大。

它俩用一条腿安静地站在缓缓流动的浅水里，一条腿藏到肚子下面歇着。它俩站得多稳当多轻巧啊！要是我，用一条腿的话，不要说站在水里，就是站在平地上，也站不了那么稳当，更不要说长脖子还要一伸一屈地动个不停。

我站在河这面看了它俩很久，它俩始终没有掉头看我一眼。它俩离我有点远，我看不清它俩是什么鸟。当然，我看清了也未必能准确地叫出它俩的名字。

我一直觉得这种秀才一样的漂亮鸟都在南方，我要是想看它们一眼，就得踏过万水千山，谁想到能在校门口把它们遇见。

这是啥？我没头没脑地问身边的一个男人。

不知道啊，那个人说是白鹳。

他说着指了指远一点的一个正在拍照的中年男子。

我端足了姿势，趴在栏杆上准备好好看一看白鹳的时候，身边的又一个男子说，这是白鹭。

白鹭？那一定就是“一行白鹭上青天”里的白鹭了，那种我只在古诗里见过的鸟，我更得好好端详一阵。

据说白鹭对水的要求很高，不干净不来，不甜不来，不安宁也不来。它们不去南方，在寒冬来这里，是不是在向我们证明，门前的这条河变得越来越好了？

我身边的两个男人正在热烈地讨论这两只白鹭晚上在哪里睡的问题。

是啊，晚上它俩睡哪儿？它们要是涉水过来，直接进我的学校里就好了。学校里有温暖的草坪和不错的大树。

这么想着的时候，它俩终于掉转身子，两条腿都插进水里，迟迟疑疑地朝这儿涉水而来。只是它们走得慢极了、轻极了，在漫步前行中，眼睛一刻不停地端详着脚底下的情况，长嘴巴时不时地向水中狠狠地啄一下，不知道有没有运气差一些的小鱼进入它们的嘴巴里。

我又多看了一阵，天哪，它俩还涂了个黄嘴唇，这么前卫的嘴唇我可不敢涂。

它俩虽然不太喜欢动个不停，但这么多人站在河堤上看它俩，毫无疑问，它俩闹出的动静最大。

要是这会儿让学生们站在河堤上，我指着它俩说，什么是动词？喏，它们就是动词。我想，没有一个学生会反对，尽管看起来，这两个大个头的动词显得文静深沉一些。

这么好的一对大鸟，要是也住在我的学校里，该多好。这样，它俩就能和别的鸟一样，随便站在校园的一角，用简洁生动的语言和孩子们交流，并在孩子们的身边留下清雅的脚印。

鸟是大自然和孩子们最亲近的符号。

我觉得孩子们最初认识大自然，不是原上的离离草，也不是深巷里叫卖的杏花，而是落在翠柳上的两只黄鹂。

一旦说到这两只力气很大、从唐朝一直歌唱到了现在的鸟，我立刻会感觉到周围的一切开始动了，因为马上就会有一行白鹭要飞上青天了。

咦，我怎么又说回来了？

嗨，你们这些动词。

选自《中国校园文学》2021年8月中旬刊

山色里

李万华

灰喜鹊

经常去散步的一座小山，山腰长了些灌木，有人来建几座凉亭水榭，起先还有几家供人休闲的园子，经营者在那里砌起矮墙，修建风格独特的房屋，搭起帐篷，栽植花木，用水泥石头筑成桌椅。后来园子被关，人们撤去，门窗拆走，院墙坍塌，成为废墟，荒草趁机而生，流浪猫和风时常出入。加之小山无人管理，登山的人随意穿行，草地灌丛被踩踏出许多小径，凉亭水榭油漆脱落，丢弃的塑料碎片时常挂在树木枝头，更有犬类随处大小便，看上去一派破败杂乱。

起初只在有行人的地方走，遇见不知品种的大狗，很远就躲开。每次去山上，不一定都有行人在——我去登山的时候，人们大多离去。偶尔有吹萨克斯的男子，只听得音符断断续续，不见人影。后来渐渐将散步路线拉偏，到一片行人不愿进入的杂木林中。杂木林野草横生，枝柯缠结，阳光不肯落地，时常让人想起《刺杀骑士团长》里的铃声。

出杂木林，沿红砖铺就的路往前走，拐个弯，会看见一面小池，应该也是早年砌就。奇怪的是，池里的水并不是死水，仿佛哪里有水源。水池一侧，碎石围起一片两百多平方米的松林，松下是一些水泥圆桌，没有椅子。起初经过松林几次，都不曾进去：虽然松树尚幼，从远处看，还是显得阴森，并且那些水泥桌子，好些已被掀翻，七零八落，荒草没过，仿佛此处发生过什么凶杀大案，现在又有鬼魅居住。

那面水池是山上鸟雀喝水的唯一地方，每次经过，都有鸟雀飞到一边的树枝上等我远去。我一不喝生水，二不游泳，何必惊慌。每次弄得我很不好意思，匆匆逃离。

那是初春的一个早晨，灰蒙蒙的，老天仿佛蒙了一块纱巾，风有些冷。这种光线使得松林更加幽暗，我决意进去看看。走近时，见许多灰喜鹊在林中嬉戏。说嬉戏，也不恰当，其实是无法确定灰喜鹊到底在松林里做什么。探头探脑，看到几只站在水泥圆桌上，跳来跳去，竞选一样。几只在地上来去踱步，偶尔低头，谋划什么。还有几只，毫无意义地，从这棵松树飞到另一棵松树。松树上大约还有一些吧，抬头，却只见松枝在空中纵横，一些灰色光线自缝隙漏下。灰喜鹊的叫声我已熟悉，“嘎——嘎——嘎”，带些孩子气。此时，它们一声不出，松林静悄悄的，让人觉得有什么阴谋正在进行。

松下厚厚一层松针，迈步时不想出声都不行。我想更靠近一些，看看它们的眼睛。我曾以此种方式观察过猫，以前还观察过羊和牛，尽管大多时候，它们的眼睛中除去警惕便是温顺，便是纯净，但一些简单的情绪波动还是能看出来。

它们最终嗖嗖嗖地飞出松林，依旧没出声。我连半只灰喜鹊的眼睛都没能看清，还被扔在原地，些许懊恼。

灰喜鹊为什么不像花喜鹊那样黏人呢？

童年时候，从没见过灰喜鹊，偶尔在书本中见到“灰喜鹊”一词，觉得大约也是常见的那种喜鹊，不过羽色不一样，是不起眼的灰色罢了。但书中的灰喜鹊似乎又有着不可企及的美，我必得想象，必得了无边际而又茫然无措地想象。后来见到，果然如此，灵动的体形，黑脑袋，灰白色身子，淡蓝的翅膀和尾巴，尾尖上一抹白，总是跳来跳去。

鸟类学家说，世界上的灰喜鹊只分布在两个地方：亚洲以及欧洲的伊比利亚半岛，而伊比利亚灰喜鹊是从亚洲灰喜鹊中分化出去的。亚洲的灰喜鹊是怎样到伊比利亚半岛去的，至今仍是谜，因为伊比利亚发现的灰喜鹊化石在四万年之前，而灰喜鹊并不能做长时间飞行。如果要分辨亚洲灰喜鹊和伊比利亚灰喜鹊，非常简单：亚洲灰喜鹊尾尖有白斑，伊比利亚灰喜鹊则没有。

过一天，再去松林看它们，却发现一只都没有了，仿佛它们从未出现过。松林也并没有因此而更幽暗一些，或者因此而更明亮一些。

第三日又去，还是不见它们。下山的路上想，那群不出声的灰喜鹊，仿佛一些寒窗苦读的书生暂住庙宇，它们一贫如洗，身边却簇拥着意欲报恩的狐仙。现在，它们皇榜高中，春风得意，骑马去看长安花了。

灰头鹀

坐在田埂上，我对两只小云雀的午后时光发生了兴趣。很显然，我的到达惊扰了它们，可这广袤原野又不仅仅是它俩的，我便赖着坐在田埂的草丛中。高原八月，其美不能言。云在天空大开大合，风呼啦啦地长时间吹，麦子抽穗，金黄油菜大片相连，地头苔草深至膝盖，翠雀花幽蓝，马先蒿的浅紫和异叶青兰的白已将草丛渲染，青山远处绵亘，烟岚也在那里。少见人烟，庄稼的生长更多时候似乎只靠老天。小云雀的雏儿大约在麦田中，也可能在油菜地里，还有可能在田埂的蒿草中，无法确定。因为当我注意时，发现小云雀夫妇已经在布迷魂阵：鸣叫着，在麦田上空悬停一会儿，飞到路旁一棵小云杉的枝子上，左右观望，然后到路面捉虫子，逮够一嘴虫子，再飞到云杉上观望，然后依次飞进麦田、油菜地和蒿草丛中。

在我到来之前，它俩是否也如此这般谨慎小心地哺育幼鸟呢？不清楚。或许它俩的午后时光极慵懒：打个盹儿，梳理梳理羽毛，找五个肥胖的虫子，三个自己享用，两个带回给孩子，展示歌喉，半空中嬉戏片刻，追一只蝴蝶，误入歧途……大约不可能。鸟儿应该最自律，懂得慎独，不屑于人前人后各一套。没人监视时，想必它们依旧勤谨，任劳任怨，遵守自己的秩序，恨不得将大地上所有的食物都喂给孩子。如果选劳模，除掉大杜鹃那几个投机取巧者，大多数鸟类都应该入选。当然，像我这种擅自闯入者，是不受欢迎的，这从它俩咄咄逼人的叫声就可以断定。如果原野和天空有围墙，有柴扉，想必它俩早已关门闭户，拒我于外。所谓小扣柴扉久不开，不一定是柴扉里面没人，有可能是来者不受欢迎。不过在原野上，面对花鸟鱼虫，我是厚颜无耻者，它们如果侧目，如果议论，我也会将那些言论奉作真理。

两只灰头鸦站在穿过原野的电线上。有一瞬间，我将它们当作休憩的小云雀，但百灵科的小云雀是不会站在电线上的，如同雁不栖树那样。刚才那两只在云杉枝上观望的小云雀，攀住的是云杉枝顶端松针簇成的小圆球。一只灰头鸦与另一只灰头鸦相距约五十米左右。这是不远不近的距离，既非陌路，亦非熟络。其中一只高声鸣叫，神情专注，一只沉默不语，像一对中年夫妇。

它们之间不会有事发生，我想。于是伏身，用手机录下风过醉马草的样子。醉马草的穗子已经泛黄，若是小时候，肯定要将它们一一拔回家，晒干，扎成扫帚用。小时候，总想将原野的许多东西带回家，一把醉马草、几棵柴胡、一枝川赤芍……现在，走进原野，仿佛回到了家。如此一时风突然变大，叶子击打叶子，发出啪啪声响。不放心，再次抬头看那两只灰头鸦，发现鸣叫的那只灰头鸦，一边叫，一边向沉默的那只慢慢挪过去，试图靠近，但那只静默者，沉思片刻，毅然离去。

早先，另几只灰头鸦谈情说爱时，我曾在水畔将其关注。灰头鸦属于黏液质，不喜欢柳莺、大山雀那般在枝上蹦来跳去。灰头鸦雄鸟为讨雌鸟欢心，会做出撒娇模样：跟在雌鸟后面，也不出声，只将两翅耷拉下来，不停抖动，仿佛雏儿在讨要食物。我性情算不上急躁，大约也不柔婉，看灰头鸦雄鸟那死皮赖脸的样子，觉得无法忍受，可那只灰头鸦雌鸟，居然一点都不厌烦，任其傻来傻去，丢人现眼。

我也曾见到它们的雏儿跟在母亲身后讨要食物的情形。那是一个多月前，在一座已经寥落的医院草坪上。灰头鸦的嘴角、眼圈和面颊为黑色，整个头颈喉胸为灰色，远处看去，就一愣头青，俗名“青头愣”大约因此而来。那只雏鸟面颊的黑色尤为严重，看上去仿佛因为街头约架而鼻青脸肿，但它的母亲格外宠爱它，片刻不离，找出的每个虫子都喂它，典型的慈母形象。

粗略地算一算，灰头鸦短暂的一生，我大致也见到了。此刻雏儿羽翼丰满，离巢而去，留下的中年夫妇，便将日子过得按部就班，既没风暴，也无微澜，活着仿佛本该这样。

选自《黄河文学》2021 年第 2—3 期

旧时月色

文 河

月亮升起的时候，人间就静了。

旧时树多，草茂。树多成林，一片一片的树林，月亮照着，一摊一摊树影汪汪如泼墨，远看有生动变化的轮廓曲线。旧时水也多，池沼、溪流、湖泊，很多地方，都亮闪闪的。月亮照着水面，每个水面都有一个月亮，旧时的月色也就更多了。以前，人们称月亮为月婆、月姊，人和月亮是一种世俗的关系。

在中国的抒情传统中，月色也是中国人心灵的底色，像宣纸一样，无边无际地铺着，铺远了，就看不清了，人的心灵和天地浑然一体。月色是一种调和，也是一种抚慰，那种朦胧，似梦境，又不是梦境。这种底色，也正是老子所说的“光而不耀”，由此产生了渺若烟云又空灵含蓄的水墨艺术。

多年前，受一个出版朋友约稿，打算写一部李清照的传记。写了一个开头，从一个月夜开始的，月色里还有一丛绿竹，微风里竹影婆娑。后来却缺乏足够的热情，遂作罢。李清照，这个名字里，镶嵌着一轮月亮。

明月照积雪，又冷，又亮。明月照大漠，空旷，浑茫。月色也有凛然的时候，不过，这并不是主要的。苏东坡的词句“我欲乘风归去，又恐琼楼玉宇，高处不胜寒”，这应该是我们一种普遍的文化心理。我们的精神境界，追求的是温润，而非高寒。积雪是很快就会融化的，变成檐前的滴水声，而大漠只是一种情调、一种境界，是人世的边塞，塞外荒寒正是为了映衬关内的繁华。中国传统的美学意象，主要还是“春江花月夜”。月色中有情感的传递和恒久的牵挂，“思君如满月，夜夜减清辉”。日光是爱，月色是思。思，是一种浓而不烈的感情，唯其如此，才更能绵绵无尽，悠悠不断。

中国人追求清凉之境，却又能止于幽寂，与整个世界无间然，千江有水千江月。月色与流水，明亮而不刺眼，宁静而不沉寂。清凉之境，也是佛教中国化之后的心境，禅宗之境。禅宗的静，是静谧，而不是静寂，充满了宁静的生机。杨万里的诗“小荷才露尖尖角，早有蜻蜓立上头”，禅宗就是那只长着透明翅膀的红蜻蜓，浑身透着静谧，但又随时会轻盈地飞起来。生命和意识若是长久地静在一处，便会失去灵动之气，变呆。

五胡乱华，南北朝对立，史书中杀气冲天，流血千里，一切秩序都被打乱了，天地失色，整个人世都陷入仓皇无措之中，人在残忍中又带着一种动物式的无明和凶蛮，除了自己被无限放纵的原始欲望，人世间没有什么想要去珍惜和笃信的。而在乐府民歌里，小儿女情思婉转涌动，月色仍保持着应有的明亮和安静。这种情思脉脉不断，盈盈似水，一直涌流进张若虚的《春江花月夜》里。

想到细雨，会想到柳色覆盖的金陵。想到月色呢，则会想到秋风吹拂的长安。月落长安，雨湿金陵。那风中折柳送别的人在哪儿呢？那灯下拈针缝衣的人在哪儿呢？那月下执杵捣衣的人在哪儿呢？一代一代的人，在急速流逝的岁月中老去，消失，泯灭无踪，而月色依然。

月色中的桃花源，桃花满枝，一朵朵红着。露水落下来，连花朵中的枯枝都变潮湿了。犬吠，灯火，房屋里隐隐透出人的说话声，还应该有婴儿的啼哭。真正的仙意隐藏在烟火红尘之中，正如真正的佛境即是人境。桃花源里的月色，也是王摩诘辋川山中的月色。也许可以这样说，东篱采菊的陶渊明如果被禅宗的露水浸润，就会变成坐看云起的王摩诘。

唐诗宋词里的月色，《老残游记》里的月色，《红楼梦》里的月色，《聊斋》里的月色，张爱玲小说里的月色。长河悠悠，月华如练。

《水浒传》里可以不必有月色。但如果《西厢记》里没有月色，张生和崔莺莺受禁止的感情，仍会一如既往地向前发展，只是，这种感情的底色，将会失去诗性的明丽纯净，变得晦暗混浊。男女之间的艳情，在朦胧如幻的月色里生发进展，才能浓烈而不失含蓄，旖旎而不显狎邪。《花间词》里的作者，尤其明白这个道理。

月色中的虎啸，有几分神秘感。黑暗中的虎啸，则只有冷冰冰的恐怖了。月黑杀人夜，风高放火天。这是对人世界限的突破和泯灭。月色从中国人心灵中消失的时候，一片晦暗，往往天下就乱了。

路边的槐花开了一阵子，开始落了。淡白隐绿的花朵，簌簌往下掉，地上已是厚厚的一层。国槐花小，堆积多了，就成阵势了。槐叶稠密，密不透风，也不容易透雨。晚上偶尔落下一阵疏雨，并不影响散步。回来的时候，走在树下，密叶间突然一缕蝉鸣，声如裂帛，破空而来，倒让人一惊。抬头一看，云彩早已散去，一轮明月，静静悬在天空。

草　色

韦应物有好句："微雨夜来过，不知春草生。"

天地自然中，时刻有美好的事物在发生和出现，虽然我们没有看见，但这一切却依然与我们有关，因为我们始终在着，并没有缺席。这里有一种人与万物的交融和律动。在与不在，知或不知，这种万物交融的感觉却并没有隔绝。古人的生命感觉向来是虚实相生的，辽阔而充实，具体而空茫。如今，我们已经丧失了这种对于天地自然的感觉，所以，人生的幅度也变得狭小了。

清晨，微雨后的空气多么清润，春草之色多么新鲜。川原悠悠无尽，草色绵绵无尽，那离开的人，渐行渐远，慢慢变成一个虚影，一个墨点，然后，消失在天际。而归来的人呢，踏着青青草色，越来越近，身影清晰，由虚相变成了现实。仿佛这世上一切美好的事物，无论你看见或看不见，都是真实的，笃定的，不可怀疑的。

佛经里的诸佛之所，宝相庄严，香花遍满，七宝琉璃铺地，然而，我却更喜欢人间的青青草色，阡陌纵横。我想，我终究是一个世俗之人，有尘俗之想。

读《古诗十九首》，好像在读整个悠远的人世。这些诗里有一个广大深远的空间，也有千年万年的光阴徘徊。风吹嘉树，风吹人世，古国那跌宕的心灵，对忧乐爱恨生死，由于过于执着，还没有想到超脱。即便对自己的人生想开了，也带着一种自我安慰的调子。古国苍苍，川原茫茫，草色绵绵，相思不断。盛夏，几场大雨过后，北方的草色连天，浩浩长风中，绿得荡气回肠。

对我而言，江南是一种文化情结，而不是一个地理概念。在我的文化想象中，古典的江南淡绿浅青，正是春草初生的颜色，哪怕冬天也是如此。这种情结，也是一种文化乡愁，但只适合怀想。它是由众多的史书笔记和古典诗词所塑造培育的。所以，当我说到江南，更多时候，只是一个文字里的江南、诗性的江南、逸笔草草的江南。南朝的江南芳草萋萋，烟雨迷离；唐宋的江南笙歌悠扬，月光如水；明清的江南呢，繁花似锦中，又似乎总是莫名地透出一缕挥之不去的故国之思、遗民之恨。那夕阳芳草波光潋滟的江南，时光陈旧，王孙未归——也永远不会再归了。

我们这儿常见的草有萧、艾、蒿、茅、蓟、断骨草、芨芨草、狗尾巴草、猪耳朵棵等。还有一种草，生命力和繁殖力极强，叫莎草。有一个词牌名就叫“踏莎行”。如果雨后赤足踩在莎草上，凉津津的，感觉尤好。乐府诗里有“蒿里”之诗，蒿草味道浓烈，有荒蛮之感。残秋，草叶落尽，蒿草的梗株变红，棵棵铮铮挺立，那红色极艳。

晨读杜诗。杜甫流落秦州之时，生活极其困顿，当地有位友人，送薤三十束，杜甫为之写诗一首，说此薤“束比青刍色，圆齐玉箸头”。玉箸头，是说薤根之白。薤有圆锥状鳞茎，可食。自古衣食艰难，至今依然。一个伟大的诗人，其生活也只是寻常。或者说，寻常生活，即能成就一个诗人的伟大。陶渊明的生活，更是如此。生活的丰富，在于心灵的感受，而不仅仅在于肉体的经历。强烈的印象，可能会对心灵产生刺激，却不一定能被心灵摄取和回味。而薤是菜，不是草。记得读乐府诗《薤露》，“薤上露，何易晞”，很长一段时间，我都以为这是一种北方地区密密丛生的野草。朝阳初升，叶上露珠滚滚，晶莹闪烁，让人想到惠特曼的诗集——《草叶集》。

还是杜甫的诗句“万国兵前草木风”，乱世的草，好高啊。而中国的乱世，也真多啊。

有一种命运遭遇叫花落溷藩，就是花瓣落到了厕所里，似乎比一朵鲜花插在牛粪上更为不堪，而有一种文学之美则叫落花依草，娟然自媚。有一个男作家叫何大草，有一个女作家叫草白。都是好名字。先秦诸子著作，《庄子》里有盛夏草木的气息。春秋战国，楚国给人一种草木莽莽的感觉。

深秋初冬，郊外漫步，我喜欢看那些荒草，有时也在上面坐一坐，躺一躺，看那蓝得发硬的天空。几场苦霜，天气肃杀，荒草就变枯了。枯黄的草色，干净而清爽，风吹过来，草叶摇曳，这种色彩，也不再显得跳脱。黄昏，天地静悄悄的。残阳浓红，茅草长长的密叶静静伏着，没有风，然而草丛的倾伏状态，仍保存着某场大风的“风姿”和“风势”，仿佛这场风还没有去远，随时就会回来。寂涩的草色，铅华尽洗，最能让人省思。

梅 意

吴伟业应清廷之召，无奈出山，风雪途中，写诗寄意：“辜负故园梅树好，南枝开放北枝寒。”此句意在言外，是象征，也是写实。此时的梅树，开的就是向南的枝条。即使是一树花，也有不同命运。吴伟业，号梅村，诗称“梅村体”，果然和梅有缘。他比钱谦益更有品节上的愧疚感。宋朝灭亡，先失去半壁江山，衣冠犹存，南宋又延续了一百五十多年。南宋灭亡，虽是由于外族入侵，但还是有一个缓冲的集体心理定式。明朝则是忽喇喇大厦倾，很快就倒了，南明没支撑起来，文人的幻灭感和哀痛感更强烈深沉，江山易主，同体大悲。

这种悲，包含着绝望，整个人生存在的绝望，广袤得九曲回肠的绝望。连颓废都不是，颓废还可以是精美的，是情感多于情绪的，是情感的有余而非不足。颓废只能是感受性的。当颓废超越于生活态度时，其实是可以变成一种细腻的美学的，一种艺术的创造。大悲痛，大绝望，便削发为僧。明亡后那些出家人，陈寅恪指出有其政治意义在。他们不是放下这个世界才出家的，而是走投无路才出家的。像诗人陈子龙，抛不下九十老母，遁为僧。后欲结兵举事，事泄被获，便乘间投水而死。

梅花在南宋被赋予人格和情操上的新意，如绘画里的折枝梅。折枝，是江山的隐喻。在北宋则是审美上的歌咏，一种个人化的自我投射，比如那个梅妻鹤子的隐士林和靖。北宋惆怅，只有敏感而多情的人才会惆怅，比如晏小山、秦少游。惆怅是女性化的。惆怅是对人生的意犹未尽，其中有爱和不舍。而古典式的惆怅不是颓废。现代的颓废则情绪多于情感，是精神的局促不安。这样，自我世界便狭小了，容不下相反的事物。在一个大的格局中，相反的事物，并非矛盾和冲突，而是相互补充，在心灵的空间，同体而相反的两翼更能扶摇直上九千里。

南宋则显得冷瑟，有身世之感，比如姜白石，其咏梅词《暗香》《疏影》，读起来美则美矣，但总感觉有一种隔，用张爱玲的比喻来说，就是像月光下一只蝴蝶停在白手套上。好的作品应该有肌肤之亲般的实在和确凿。范成大晚年于苏州石湖玉雪坡植梅数百本，且修梅谱，称梅为“天下尤物”，可谓推崇备至。范虽有宰辅之才，但其生命的幅度和北宋欧阳修诸人相比，毕竟小了许多，故而风流不逮。就连辛弃疾这等豪健的雄杰，慷慨悲歌中也处处见其积郁难舒，当然不可能有苏东坡的旷达。苏东坡的旷达是对整个人生的超脱，所以是大的。

当生活的意义和目的是索取而不是给予的时候，现在，我们能给我们生活中的事物赋予什么新意呢？山河大地，我们置身其中，既不能使其增色，又不能静观风景。我们缺乏对事物的理解力。说到底理解力也是一种生命力，它的深刻缘于生命的蓬勃和宽宏。理解力甚至是一种热爱，但真正的热爱不是一种占有，而是真诚的奉献和给予。

而梅树也真是一种神奇的树。梅花开时，便只有花朵。梅花落了，才长出绿叶来。梅花的叶子很厚密，很粗涩。仿佛叶子是怕遮掩了花朵之美，才故意谦慈地退避，让花朵独领风骚。

选自《散文》2021年第6期

冷漠而温柔的夜晚

玄　武

1

坐待日落，昼光收而天地冥。就仿佛是我赶着那枚红丸，关入群山之圈中。说赶，其实一前一后，彼此有默契和惯常的步速。尾随而已。一个知道该往哪里跑，在哪里停下，等待着，但不催促。一个相应跟着多少年下来的节奏。

我想起少时，村里一个几岁的小孩。他只有一只羊，拴在自己左胳膊上。他没有母亲，饿了就趴到羊身下，咂巴羊奶头。我见过这样的场景。后来他害羞了，吃羊奶避开人，但是我还是能够见到。他因此恨我。

许多次黄昏，他和他的羊，在天光里的轮廓从小到大，从远到近，从模糊到清晰，缓缓靠近了村口。

现在我是那个小孩。日头是我唯一的羊。

2

夜游看到一对夫妻鸟，在树杈间交颈而眠。我总是担心鸟儿睡梦中掉下去，我小时候在柿子树上睡觉，发生过这样的事。睡前我还有意用双脚勾住树枝又交叉呢。但不管用，人这种种类，入睡是四肢舒展开来的。不能像鸟儿。

鸟儿怎会掉落。它的小爪子扣得很紧，翅膀也挨住旁边的枝叶。树是它的软床，怎么睡也不会滚下床去。

这对夫妻鸟梦见了我的灯光，但是看不到我这个人。我隐在暗里，灯光是我的隐身衣。有一只鸟不安地扭动头，却没有飞的意思。

现在鸟儿梦见灯光隐去。我离开，万物如常。鸟的梦断续不连贯，明天醒来，曾经的梦更加模糊，像是前世事了。

这个人闯入鸟梦，究竟意义何在，于鸟，于他，于树，于他冲荡开的那片暗？

3

无月，无一颗星，夜晚的旷野，不知何故是微亮的，像天擦黑时的天光。万物依稀都在，站着的站着，晃动的晃动，藏猫猫的藏猫猫，比如那只成精一般狡猾的兔子。

路上如此，旷野如此，在山间也是如此，仿佛黑暗被弄丢了。夜晚被调包，成了一个弄虚作假的黑夜。

前几日极寒时还不是这样，即便有月，弯月或者半月，也基本十米外不可见物，大物唯显轮廓。

我还没有弄明白原因，似乎不大有人关心，也不大有人见到。人们忙着赚钱，算计职位升迁，或者此时做着艳梦。他们会发出尖厉的讥笑声，说吃饱了撑的关心这样的事，说关心这个有用吗？他们玩着抖音转着段子嘴里塞着东西口齿不清地说，这个人好无聊啊。他瞎转无聊，他读书也好无聊啊。

夜晚如此，目前能想到的是雾霾所致。雾霾像一个锅盖扣在上空，霾粒反射了城市光线，而且似乎还起了保暖作用。

想不到霾的影响有这么大，夜晚的黑都被它强暴篡改。但真的是这样吗？

4

夜晚不属于人类，他们为睡眠、恐惧所控制，在睡梦里躲避黑暗和寒冷。

夜晚的旷野，仿佛另一星球。一只兔子在树林里独自玩耍，不见别的，就它一个。它看不到我，在一棵松树下蹲着，可能正吃松子，两只耳朵耷拉下去，半晌不动。很长时间，大约一刻钟维持那样的姿态，以致我怀疑看走眼了，以为是一个动物蹲状的石头。这时它惬意地伸了个懒腰，蹦跶了一下，又退回去继续吃。它甚至还打了个滚。它孤独而自在，就像造物之初的一个小神灵。它追逐我打过去的一豆点红光，玩得开心。手电亮起的时候，它的眼睛亮了红光。它向下一矬，一动不动，仿佛瞬间石化。忽然一跃，就在一跃之间消失了。

对它，对我，这偶遇都是不真实的事。我和它原本毫无干系，也不可能有干系。彼此的距离，比人群中相识却永不交往的两个人之间更为遥远。

我可能跨过了谁的坟头。出声念了句抱歉打扰，黑暗里打个躬。前面又是坟头，再后来也懒得说了。人类是敬畏与死亡相关的事物的，这传统几乎成为基因遗传。我一样，过此，心中多少起瘆意，后来就没有了。

坟旁边是垃圾，城市不断运来的垃圾就要把一个山谷填满了，我猜也有些无主之坟深压在垃圾之下。新开的道路旁随处都是坟，逼仄地挤在行道树之间，像随时想逃开，却又受拘，逃不掉的样子。

一只什么动物，发出一种人类的惨叫声，一声又一声，在山谷里回荡。我知道发情野兔的叫声很吓人，是肾上腺憋到大脑沟回里一般的痛苦大喊，是的，是大喊，很大声，接近于婴儿不舒服憋足吃奶气力的哭喊。你简直不能相信，那是一只胆怯的几乎躲开万物的小小的兔子发出的声音。但这个惨叫声我听了很久，后来确定不是兔子。也不是猫狗，不是鸟类。应该出自我不知道其声的某种动物，那一种像被囚禁虐待的女人大声哭泣一般的声音啊，仿佛带了身体的伤痛。

起了风，树林开始摇晃，像一座黑魆魆的船。是黑暗使地上万物有了整体感。拨开树枝，一只很小的鹌鹑，躲在枝叶深处。我头钻进去，它在灯光里几乎透明，茫然地抓着树枝，不知发生什么。它睡得正熟，好像梦中见到了一个恶魔似的人类。我伸手就可以轻轻捏住它。我和它脸对脸，对着端详了一会儿。

它几乎没脸，脸上只有一只尖喙。我离开，它没有动。我只是丰富了它的梦。但是一只鸟的记忆留不住一个梦。

黑暗淹没时间，让人对时间失去概念。天快亮了。

草丛窸窸窣窣，隔了冷硬而茫然的风声，也辨得出来。强光手电照着，枯草连片不见头，高过膝盖。深一脚浅一脚过去，忽然有物扑棱棱飞起，吓我一跳。自拍动翅膀的声音可知，它的肉很大，是肥壮丰满如唐朝女人一般的鸟。

它咯咯叫着，原来是野鸡。只瞬间，不知落向哪里，声音停息，不见了。抬头见漫天星辰，刚才羽毛似的细细的月亮，沉得不见了。

打着灯光再向前走，拔脚吃力，有的草窝子近大腿深。灯光边缘觉得有物——是直觉，并未见到动。手电聚了光照过去，没有东西。想往前走，不甘心，再照，哇，是一只雄雉！离我只两三米远，它埋了头在草深处，一动不动，以为能骗过我，却暴露出漂亮的羽毛和尾巴。

捡了块石头扔过去。雄雉吃了痛，一言不发飞起来。它飞得好高！不像以前见过的野鸡斜飞，而是一飞冲天。灯光照见它在苍蓝的天空下飞翔的姿态，像一朵暗红的大花盛开。赞叹！

5

午夜零时的短松林，苍黄的半月低悬，微微有光，但树影里是黑暗的。一棵稍高的树杈间，宛若有一只大鸟——很少有大型鸟。偶有一次，一只大鸟还是两只，从我头顶砉然起飞。我没有看见，没有预料到，浑身都抖了一下。那声音像把黑暗和其他什么东西撕裂了一般。从拍击翅膀的声音判断，是非常有气力的鸟，大而机警，体型使得它不能钻入枝叶，停留在树巅。它应当只是过路鸟，歇一晚上再赶路，像古代风尘仆仆的旅人。它要去哪里，是一对夫妻吗？应该没有带孩子。很抱歉打扰了它们。在它们，也许带了惊惧而去，以为误投了一家十字坡或者龙门那样的黑店。

现在我走近了那只大鸟，绕树三匝，仰头细细寻找。有些角度完全望不到，以为眼花看错，再转又出现了。打开头灯，鸟微微动一下，鸟头很小。它跳出来在一边枝上，我看到它扬起的尾巴。

是黄雀，小小的黄雀。原来是一大群黄雀，因为寒冷，钻枝桄里抱在一起，依靠彼此身体的温度取暖，抵御寒夜。至少有二十只，拢作一团，如同圆球一般，以致昏暗里看去，竟成一体。

我没有再打扰它们，举步离开。眼睛适应了黑，月光仿佛明亮起来。一棵小松树与我视线平行处，似乎也有东西。我已经站在树边了，就像路遇熟人，站着寒暄时那样的距离。树上有鸟，在我眼边，而且感觉到有两只。

我犹豫着，但还是好奇占上风，开了头灯。天哪，又是黄雀！眼前一尺远！

静静端详它，小东西很小，羽毛几乎透明。应是当年的新雀，涉世不深的样子，茫然不动。灯光晃着，它什么也看不到。罩在灯光里，它像被关进嵌入黑夜的一只光笼。

据说黄雀很好养。我忽然有念想捉一只回去，给小臭玩一下。就一下，教小臭认识一下老谋深算的鸟，让僵硬的成语成活。但是不放它，明天晚上再带它回来林子放飞，免得在家里放飞，它不能识得回来的路，找不到种群。它一只鸟，夹在大群的麻雀、乌鸦、喜鹊里，是无法生存的。它们都欺生。连斑鸠也不会放过它。更何况还有污秽的夜鸟，比如杀人夺命的强盗一般的枭。

我摘下一只手套，有窸窸窣窣的声音，担心惊动它，又急，不能摘另一只了，在黄雀两边双手做捂合状。鸟不动。我听到自己的心在跳动。手捂过去。

动作还是慢了。我害怕用力过猛弄坏了它，这么纤弱的鸟儿啊。也不敢捂太紧，它从我指头缝里扑棱着飞走了。

不止它一只。整棵小树在尖叫，在扑棱。原来竟有这么多黄雀在同一棵树上！刹那间全部飞起来。就仿佛一棵树在起风时用力一甩，飞出了自己所有的小果子。有几只鸟在光里不知何往，拍动翅膀原地空中维持平衡，忽然俯身，朝光源——我的头顶飞了下来。

这是一群不知所措的黄雀，和一个不知所措的人的相遇。它们撞了我一下，然后不见了。明明是我冒犯了它们，结果却像是它们欺负了我。许多年后，我会想起半月昏暗悬在头顶，头灯微亮，一群黄雀四面八方劈头盖脸落在我身上的情景。这真是一场奇妙到有些诡异的邂逅。

这只是家附近一个园林公司的几千亩地的荒野。仅仅是荒野，不用人管，它就复活了，并且能够复活你身上死去很久、以为此生不再能重生的东西。

人人需要一片荒野，自然，放纵，甚至野蛮。在荒野中，你能够成为一颗种子。但也唯有少数人是种子，许多假的东西与荒野排斥，甚至像塑料一般，是荒野的敌人。

只一月时间，我扭曲的颈椎，感觉不到疼痛了。

选自《文学报》2021 年 2 月 4 日

地 盘

孙继泉

来过我家的人，站在大门口一瞧，都说：嗬，你的地盘可真大呀！

其实，我的地盘一点都不大。这块地盘不仅是我的，还是树的，花的，草的，鸟的，蝶的，虫的，仅属于我的只有室内。室内也不绝对，苍蝇蚊子壁虎蜘蛛蚂蚁都进来了。妻子不仅讨厌苍蝇蚊子，尤其恐惧蚂蚁。特别是蚂蚁一片片或一队队地行动，爬到餐桌上、橱柜上或青菜上，她简直要发疯。为此她想出了一个环保的办法，把五香面儿撒在门前，阻止蚂蚁，还真有效，除了通过其他物品带进来，从地面上再也没来过蚂蚁。

我对妻子说，这块地方本来就是它们的，咱不能不给它们留地步。

我清楚地记得，很早以前，这儿是一片庄稼地，有时候种麦子，有时候种地瓜，还种过菜。地头上有一棵黑杨、两棵槐树，沟里有一片紫穗槐。夏天，树上蝉声激越，沟里蛙声一片。除了播种、管护和收获，平时没有人到这里来。田野上的风吹来吹去，鸟雀和蜂蝶到处飞舞，昆虫在地上地下自在活动，还有山鸡和野兔来回穿梭。后来，从这儿修通了一条路，我家在这儿盖了房子，是三间瓦房，父母带着我们兄妹四个从老街那个逼仄的老宅搬过来。十几年以后，翻盖了四间平房。这期间，我们兄弟三人陆续成家，妹妹出嫁。父母、哥哥和弟弟搬出去，这个院子归了我。我进城之后，院子曾经闲置了好多年。里面长满了荒草，也成了鸟雀的世界，使这儿恢复了往日的生机。几年前我回到老家，推倒平房，建起了二层楼房，院子硬化的面积越来越大，致使这儿的空间越来越小。

我们留下了那棵黑杨，几次翻盖新房都没有刨掉。这是一棵小叶杨，不是速生杨，它长得慢，但由于年岁久，也很粗了。槐树和紫穗槐都刨净了。不过，不断地从院落里生出小槐树来，不知是老槐树遗留的根还是种子生发的。我在合适的位置上留了一棵，每年它都开出一串串粉嘟嘟的花。其余的裸土都叫我栽上了树和花草，有皂角、合欢、栾树、杜仲、连翘、海棠、木瓜、石榴、紫荆、玫瑰、无花果……不下二三十种。为了驱蚊，还特意栽种了艾蒿和薄荷。它们在这儿长得很快，树身和树冠都在一点点膨大。但无论怎么长，它们所占用的空间都是固定的。而鸟雀和虫蝶们就不固定了，因为它们是动物，会爬，会跑或飞。

每年的春夏秋三个季节，我都在这儿度过。今年停暖的第二天，我就从城里搬过来。气温还不是很高，昆虫多半没有醒来。收拾好东西之后，我发现裤脚上伏着一只斑蝥，这是我今年见到的第一只昆虫。我轻轻地跺了一下脚，斑蝥就掉到地上，六足朝上，不住地踢蹬。它自己翻不过来，它没有这个力气。我找了一截木棒，递给它，它用六足死死地攥紧，不松开。后来我把它引到一棵树上。等我忙活完，再来找它，怎么也找不见了。

没几天，燕子来了。燕子是好几只。它们在院子里荡来荡去，考察了好几天，决定在二楼阳台的檐子下做窝。我自然高兴。平素我喜欢冲一杯茶，搬一把藤椅，坐到二楼的阳台上看书。怕影响它们，我一个春天都没到阳台上去，也没怎么到紧邻的那间屋子里去。为住做巢的是两只燕子，一对燕子夫妇。它俩一趟又一趟到地里衔来新泥，佐以自己的唾液和羽毛，忙活了好几天，把一只小巧结实的燕窝做成了。夏天的时候，它们在这个窝里孵出三只小燕子，秋天把它们带到南方去了。

与此同时，喜鹊也在黑杨树的树冠上营巢。喜鹊是留鸟，有一窝喜鹊一直住在黑杨树上，这个春天，它们大概要把爱巢修整一下，或者为即将出生的小生命做些准备。夫妇俩从附近的地上捡拾细小的干树枝，捡起来之后衔在嘴里，飞到院墙上，左右看看，没妨碍，就飞到一棵别的树上，再看看，没妨碍，飞到黑杨的一个别的树枝上，再看看，没妨碍，才飞到巢里，把树枝放好，再出去。直到把窝做好，它们嘎嘎叫着欢快地在院子上空翩飞，很骄傲的样子。

留鸟除了喜鹊，还有麻雀、戴胜、鹎鸽、斑鸠、黑卷尾、白头翁。麻雀是离人最近的鸟，在冬天会把窝做在空调机的角落里，有时它们会顺着管道钻到中央空调的风道里出不来。还有的在抽油烟机的排气孔里搭窝。这样的做法最终都会付出惨重的代价。但是它们仍然不离不弃，在房子四周换个地方继续搭窝。其他的鸟只在院子里活动，不知道它们住在哪里。

几场雨之后，气温升高，花草精神抖擞起来，陆陆续续开花，油菜花、虞美人、木瓜、玉兰、连翘、锦葵、商陆。再往后，海棠、紫叶李、金银花、梧桐、楝子、石榴、月季、枣花……昆虫多起来，蝴蝶、蜜蜂、胡蜂、瓢虫、蜻蜓在花间翔舞，好不热闹。雨季，蜗牛爬出来，在地上蠕动，不小心就会听到脚下嗞啦一声，坏了，一只蜗牛在脚板下碎了。于是，雨后走在院子里就得格外注意。有的蜗牛扯着一道白色液体往墙上爬，往树上爬，往石头上爬，总之，往高处爬。可是，往往爬到高处下不来，就无缘无故地干在那里，过一段时间，只剩下一个空空的壳儿。还有曲鳝，从泥里出来，在光滑的地上扭动，因为走得太远，等太阳出来，再也回不到泥里，就蜷曲着干在地上，成了鸟的食物。

天气渐凉的时候，有些昆虫刚刚出世，像萤火虫、金龟子、蝈蝈、蟋蟀、螳螂、豆娘、蚂蚱、草蜢，它们在夜间发出各种叫声，直到把秋意一点点叫浓。

早晨的鸟声，晚间的虫鸣，给我的乡间生活增添了无穷乐趣。

大地安静下来，夜行动物来了精神。刺猬迈着方步，在院子里不慌不忙地寻找吃物，遇到动静就停下来，看看没有危险，就继续行走。还有黄鼬，多数时候，它们像闪电一样往来行走，有时候也会悠闲自得地观察和思考。我经常在夜间一个人默默地坐在院子里，看远处黛青色的皂山，看星星，入定一般，不弄出任何动静，好几次看到黄鼬走到离我一米左右的地方停住，愣一愣，看看我，然后从容不迫地走开。子夜时分，万物安然，但是，偶尔也会听到惊心动魄的打斗和争战，那或许是鸟窝里发生了内讧，或者猫头鹰抓住了可口的美味。第二天，我在院子里时常会看到几片羽毛，在风中轻轻地摆动。

你看，院子就是这样。看似是我的，其实是它们的。我只是过客，是暂住的。我看着它们和我相遇时惊慌地走开、逃离，真有些不好意思。羞愧之余，经常对它们说：对不起啊，我还会把这块地儿还给你们的。等我老了，也会立下遗嘱，入土之后，坟墓不砌砖石，只留一个土包，让各种花草在上面生长，让虫蝶和鸟雀在上面自由自在地飞。

选自《绿洲》2021 年第 1 期

流水桃花

韩　玉

夜里，起了滴滴答答的雨，敲打着窗沿。一声两声三声，声声都是春意，夜梦也随之清新了。山中春夜寂静，枕上听见后山桃树叶片轻吸雨水声，如蛇行草上，如丹青手案边铺展宣纸，带着清古的文气。翌日清早，到后园一望，几枝胭脂色，斜斜伸出矮墙来，映着清早的日光，水润华丽。抬头向山上望，一树树碧桃，约好了一般，齐齐绽在眼前，红色，粉色，深粉、浅粉，扯天连云，拽住一朵朵白云，倚云娇羞。早春，白玉兰开过，明黄色迎春开过，皆不如一树树碧桃惊心。

真正悟得桃花美，是来燕京后。春日，一早出城去，城外荒凉土坡上，一所旧屋残破土墙边，不起眼的屋角，或是荒无人烟的水岸，突然一树桃花横斜眼前，人便会呆住半晌，如此夺人眼目的桃花野生于无人处，觉得可惜，后来也便释然，以为野桃含笑，正是自在天然。

故乡称桃花作破冬之花。漫长寒冬，枯寂半载，冻土冰封白雪枯木荒草，瘦了人的眼目。一朝东君主张，春水破冰而出，哗啦啦东流，柳树绿了，桃花红了，鸭子呱呱叫了，人们脱掉沉重的冬衣，露出笑颜。山前屋后，争看桃花。人面如桃花，这是家乡春天第一枝，当仁不让报春花，出入于寒素，予人以暖气洋洋的绚烂明媚。老人家说，在遥远苍茫的古镇上，有名唤桃花的女子，穿朴素衣裳，做着平淡的事，将平凡日子过成了诗。清晨溪边汲水，水畔浣衣，午后打桃枝影里摇摆过，日色黄昏，河畔桃林里，巧笑倩兮，碰碎一树桃花风。

雨后晴明，日色嫣然。什么都不做，坐在山坡桃树下，被花枝轻轻笼着，人闲闲的，看天，看云，看风摇曳树枝，看桃花逐水流，想象着另一个地方，有一人，正挑枝轻嗅，一脸桃花色。

南方的友人说，清早到阳台，望见青苍的山峦覆着一层软白，是桃花雪；望见护城河里波飞浪卷，是桃花汛；望见楼下游园里桃花覆着薄雪，一朵朵都似桃花眼。三月桃花雪，桃花是雪，雪也是桃花。每年他都期待桃花雪，春天以及百花总是短促如华年，雪可令它们稍稍驻足几日，谁不希望年华永驻呢，如岁岁常开的桃花。

我生长于北地，桃花雪无缘得见，桃花雨却是读过的。

凉月如眉挂柳湾，越中山色镜中看。
兰溪三日桃花雨，半夜鲤鱼来上滩。

江南二三月间，桃花始发，总伴有绵绵春雨，连续不断，称作桃花雨。诗人夜间行舟，以“桃花雨”一破夜色朦胧，兰溪山水、夜雨，连同不见的桃花，皆明丽清美。

女子丧夫，痛苦发癫，被家人锁在房中，夜晚破窗，吃掉窗前满树桃花，从此痊愈。《本草》中也说，古人相信孕妇佩戴萱草花，易生男孩。古人与自然草木间保持着神秘而美好的联系。外婆爱讲古，说一书生进京赶考，借宿一古庙，庙中壁上一画，画中水岸人家，一株桃花盛开。书生庙中苦读，每日对画摩挲，爱惜无言。一日晚间，书生青灯黄卷之际，画中桃树，呼啦变作美丽的桃花仙子，从画中翩翩而降，红袖添香夜伴读书。翌日，又亲手蒸了一锅白生生的馒头，用仙力装满一缸水，复回画中去。此后日日如此，一直相伴。后来书生高中，再回旧地，却全然什么都不见了。有人说，这株桃花仙，被一个老和尚收服，从此再不能行走人间。如此奇闻逸事充满了我整个童年记忆，老和尚也成了不食人间烟火的泥塑木雕，专司破坏人间姻缘。

后来，我在文章里写过：

三月，桃花开，要走很远的路，最好去看一个人，翻过一座山，蹚过一条水，过荒村，住古庙，有书生挑灯夜读，逢着一个桃花仙子，结一段仙缘。不要遇到识破机栝的老和尚，自古及今，古书上，庙祝里，老和尚颇多，亦可厌，打跑为是。

桃花仙子的传说依旧在，老和尚也日日念着自己的法经，一代一代孩童听着这样的故事渐渐长大。

多子多孙、繁荣兴旺，是祖先的家基根本。先秦美的观念，非只脸面艳若桃花，还要以德配位，使家庭和睦，才是真的美。其叶蓁蓁，灼灼其华，不只状新嫁女子妆容艳丽，更是多子多孙的预兆。李时珍说“桃”字从木、从兆，十亿曰兆，云桃树结果多，正是昌盛貌。清人姚际恒以为，《桃夭》诗写桃花色最艳，故以喻女子，开千古词赋咏美人之祖，人面赛桃花，又家丁兴旺，可喜又可贵，古风淳朴，自桃花可见一斑。

古今绘桃花者，邹一桂清雅素丽，佚名善画白桃花，富丽中自带一丝清冷，沈铨内敛谦逊，如思念远人的女子。“念远心如烧，不觉中夜起。桃花带露泛，立在月明里。”清代余穉桃花，最得我意，无他，唯一“静”字题得破，繁复明丽中，自出一缕安静气，非有他那样古井之月的心思不能为之。梅清，兰雅，桃花人以为俗，俗中见大雅，方是圣手，桃花遇见了对的人。每一株花树皆是安静的，俗闹的只是看花人的眼。

有草木之心的人，春来总不忘花事。玉兰、杏花、梨花、李花、海棠、樱花、桃花、马兰花，春花烂漫，一年中最兴旺的时节，元气生发的时候，人也变得有生气。心情低落时，去城外看看花，桃花明丽艳红，梨花淡白，海棠深红，杏花灵巧，樱花清秀，桃花的热闹最能治愈，治愈忧伤，治愈萎靡，一洗岁月带给人的风霜雨雪。

民间以为桃花木可保平安，说黄帝制礼作乐，祭祀时也以桃人立门旁。《太平御览》引《典术》云:“桃者，五木之精也……桃之精生在鬼门，制百鬼，故令作桃人梗著门，以厌邪，此仙木也。”所谓“生在鬼门，制百鬼”，在《山海经》亦有描绘:“沧海之中，有度朔之山，上有大桃木，其屈蟠三千里，其枝间东北曰鬼门，万鬼所出入也。上有二神人……主阅领万鬼……以时驱之，立大桃人……”后来人们以桃符代驱鬼的二神，除夕日，门户上悬苇索，挂桃符，百鬼畏之。

西山八大处，每岁春秋日，往登山，一山新绿，万木青翠。路两旁，有老妪背着筐子卖玩物，各色物品间，总夹杂着一段一段三寸长，或更长一些的桃木枝。卖者虔诚，纸牌上书“保人平安”几个字，二十元一枝。我见过，桃枝比手指粗些，紫红色外皮，闻上去一股木香。买者纷纭，毋论真假，平安是人间良美的愿望。

植物园有照手白桃，名字雅致好听，花色嫩白如玉。我遇见它时正是黄昏，日色西沉，白桃半明半暗，正看得出神，一阵清风拂过，花瓣纷纷飘落，落了人一身一脸，叫人想起李煜词，拂了一身还满。黄昏见花飘落，没来由地伤感，水流花落，天上人间，都是哀景，像暮年心思。

桃花诗虽寥落，但远古神话中却有它们盛大的身影。

昨日读宋人逸事，有三老人互问年龄。一人曰:吾年不可记，但忆少年时与盘古有旧。一人曰:海水变桑田时，吾辄下一筹，尔来吾筹已满十间屋。一人曰:吾所食蟠桃，弃其核于昆仑山下，今已与昆仑齐矣。前人说世有蟠桃，核大如碗;《酉阳杂俎》中还有更大的桃核，半扇可盛五升水。夸父逐日，干渴而死，死前将手杖一抛，化作一片桃林，巨人的手杖怎能小呢。桃树、桃花、桃子，就应该大，才配得上夸父，配得起上古人们的大气度、大胸怀。何彼襛矣，华如桃李。平王之孙，齐侯之子。先秦之民，待桃花如此贵重。桃花，自古便繁盛、华贵，是王侯气度的象征吧。

写《花镜》的陈淏子，说:“余生无所好，唯嗜书与花。”我一生亦无所好，唯嗜书、画与花。昨日山中写生，试写桃花一幅，一溪一径一天云，一枝胭脂色横斜水上，是为桃花流水，春日清美。

选自《散文》2021 年第 5 期

满窗明月

刘江滨

人在旅途，夜晚走在陌生城市的街头，最打疼我们眼睛的一定是一窗一窗的灯光。那温暖、柔和的光亮，不禁会勾起游子思乡思亲的情愫，照得内心的孑然孤独无处躲藏。同样，在外久了，顶着星光回家，走到楼下，会不由自主地抬头朝属于自己的那一扇窗望去，若有一灯荧然，不啻明月的清辉立时栖满心里的每一个角落。

这种感觉恐怕人人都会有吧。

窗是家的象征。《说文》云："在墙曰牖，在屋曰囱。窗，或从穴。"远古时期，人们筑房造屋，在墙上或屋顶上凿出一洞，以透光和空气，还可让烧饭的烟冒出。白天看袅袅炊烟，晚上看荧荧灯光，在田里耕作的人就知道归宿在何处。虽然对一处房屋或一个家来说，门的重要性远远大于窗，没窗或许可以将就，没门是万万不行的。但门更多的是物质属性，而窗却更多的是精神属性，寄寓了人们诸多情感和审美的内在要素。

小时候，家在农村，窗户是木头做的，由窗框、窗棂组成。窗棂也不讲究，简单的方格状。夏天钉上浅绿色的窗纱，冬天则糊上粗糙廉价的麻纸。这种麻纸上面疙里疙瘩，透光性差，白天屋里也暗乎乎的。天麻麻亮的时候，经常被鸡鸣或麻雀叽叽喳喳的叫声吵醒，又不愿意起来，就盯着窗户看，那些纸上的疙瘩竟被看出了诸般人或动物的形状，就像看天上的云彩一样，白云苍狗，天马行空，有趣好玩。遇到凛冽的寒风在树梢上狂啸，薄薄的窗纸呼哒呼哒地响，反而觉得室内暖和，睡得更香；有时窗纸突然就被吹破了，冷风顺势从破口处灌入，如果恰巧遇上下雪，雪花拥挤着飞舞，能把人冻得上下牙打架。这时没有更好的办法，只好找些旧棉衣棉裤塞到窗格，待风儿消歇了，再重新糊上窗纸。

因为窗纸薄而脆，故留下一句歇后语，事情即如窗户纸——一捅就破，或者说只差捅破那层窗户纸了。那时在农村流行听房，一帮嘎小子簇拥在窗根底下，不仅听，还要偷窥，用手指蘸些唾沫将窗户纸捅破一个小口子，将一只“贼眼”镶嵌在窗纸上。

讲究一点的人家将窗户做成了艺术品。那一年我去山西乔家大院和王家大院，不禁为各种窗棂所吸引，造型各异，式样繁多，不仅仅是方格形的，还有菱形、圆形、卍形、扇形、瓶形等等我叫不出来名的形状，还雕刻着蝙蝠石榴、葫芦仙桃等寓意美好吉祥的物事。普通人家喜欢在过年或结婚时贴窗花，即在窗户上贴上各式各样的剪纸，或飞禽走兽，或神话人物，或五谷丰登，或福禄喜寿，红彤彤，喜洋洋，一个物质的窗户成了透视人们心灵的窗口。山西有一首民歌《剪窗花》这样唱道：“银剪剪嚓嚓嚓，巧手手呀剪窗花。莫看女儿不大大，你说剪啥就剪啥。啊儿哟，祖祖辈辈多少年，解开多少愁疙瘩。不管风雪有多大，窗棂棂上照样开红花。”物质生活固然重要，可艺术的生活同样不可或缺，精神的抚慰让一切都漾出了生命的机趣，与过年贴窗花一样，一条红头绳就足以令喜儿欢欢喜喜过个年。

窗户是人们在室内与外部世界建立联系的连接点，即使足不出户，一年四季的细微变化，春草绿了，秋叶黄了，风雨雷电，雪花纷飞，都能在窗前依次展现。窗户更像是一个画框，涂抹描绘出各种色彩各种意象的图画。古人早就发现了这一点，如杜甫：“窗含西岭千秋雪，门泊东吴万里船。”张耒：“梦觉隔窗残月尽，五更春鸟满山啼。”李清照：“窗前谁种芭蕉树，阴满中庭。”白居易：“清风两窗竹，白露一庭松。”等等。现代诗人卞之琳也有名句：“明月装饰了你的窗子，你装饰了别人的梦。”清代戏曲家李渔在《闲情偶寄》中说“开窗莫妙于取景”，其实，窗外的景色是固定的，如何看景，更在于取景者的心情。譬如秋末的残荷，破败寥落之相何美之有？乐观的人却找到了听雨之乐。“隔窗听雨”成了古诗词中最多见最丰饶的意象。而东西南北四面的窗，本是普普通通的方位，却被诗人赋予了迥然有别的特殊况味，如南窗寄傲，北窗下卧，西窗剪烛，东窗嘛，哈，——东窗事发！窗户也有诸多雅称，如茜窗，绿窗，竹窗，纸窗，玉窗，金窗，幽窗，轩窗，等等，这些好听的名字无不盈满了诗人温润美好的意趣。

窗外的风景不仅是风景，是美，有时还是信念、意志和生命。美国作家欧·亨利的小说《最后一片叶子》就讲述了这样的故事。青年女画家琼珊患了肺炎，病得厉害，而且对活着已失去了信心。她躺在床上望着窗对面墙上的常春藤，秋风中叶子一片一片落下，她认为最后一片叶子落下的时候，她也要随之而去了。但奇迹发生了，经过几天的风吹雨打，那最后一片叶子依然贴着墙挂在藤枝上，绿中泛黄，不曾凋落。琼珊以为这是天意，信心大增，身体竟好了一半。后来得知，那片叶子是老画家贝尔曼在闻知此事后在夜雨中画在墙上的，他却因此患了肺炎死去。这时的窗，更像一面镜子，映照出来的是人性善的底色和力量。

我现在的居室，南窗北窗通透，不再是狭小的纸窗，而是宽大的落地玻璃窗。北窗外是一条河，河对岸是公园，花红柳绿，碧波荡漾，四季皆为风景。南窗外不仅可观赏小区庭院的绿草如茵、枝叶扶疏，更喜欢明月破窗而入的清幽感觉，一如李白诗句“满窗明月天风静”所述的意境。明月装饰了窗子，窗子也装饰了人生的诗和梦。

选自《人民日报》（海外版）2020 年 12 月 12 日

辣蓼记

张雄文

童年，我常与弟弟雨天摸泥鳅，但母亲的呵斥也常常隔着雨幕传来。

水沟两侧和田埂长满辣蓼草，顺地势蔓延，绿莹莹不留一处空隙。它们似乎格外强势，它们长到的地方，寻常可见的牛筋草、马唐草、马齿苋、狗尾巴草、灯笼草和泥胡菜没有一点踪迹。雨水从沟渠边香椿树叶间滴漏下来，辣蓼叶被洗涤一新。到了霜降前后的深秋，辣蓼草开出一串串穗状红花，密集，像极了燃烧的篝火，在绿叶映衬下灼灼闪烁。

有时我忍不住伸手摘下三两束，摩挲、闻嗅一阵，又将花穗好奇地揉捏而碎，花粉成泥汁，手指尖微微麻辣许久，像蜜蜂临死前刺出倔强的毒针。记得那时村里没有上医院的概念，生了病，最多请村里受过短期培训的赤脚医生张才学开几片西药，至今他还是村里的“主治”医生。或者请年事高有祖传医术的华国先生看几回，煎几服中药。能去火车站附近的公社卫生院让穿白大褂的医生看病，算是村里殷实人家。我的祖母过世时才六十出头，我至今没有弄明白她得了什么病。此前她身体一直硬朗，常给生产队出工，与同辈老人们一道采茶、晒谷，样样不落后于人。染病后，父亲请了华国先生看了几次，不见好转，再无他法。一天我从村小放学回家，父亲把我拉到一边悄悄叮嘱，他让我到祖母床前大声说“会好起来的”，父亲大概希冀孙儿辈的安慰能使祖母获得生的欲望，病情得到奇迹般的好转。

一年到头我总要病三四回，祖母给我喊过魂，祖母选了一个天刚断黑的时间，让母亲领我一起去屋外，随后，她在前头喊我乳名，说：“回来哦！”母亲则牵我的手在后头大声答应着：“回来喽！”我们从屋外田埂上一路呼应七八回。

母亲也有治病绝招，就是扯痧。父亲常年在外地国营煤矿上班，母亲是村里四属户，里里外外都要操劳，家里姊妹多，我又是老大，如果得了病，母亲的脸上便堆着霜，嘴里数落不止。她从水沟扯回一大把辣蓼，匀一半用砂罐煎熬，又拣几根辣蓼，折揉成一团，蘸水在我脖颈上擦拭，渐渐便有了火辣辣的感觉，我痛得哀声连连，头左右摇摆，却终未能逃脱母亲的“毒手”，不止脖颈后面，左右两侧也被扯拉出了乌黑发紫的瘢痕。有时候，后背也要被如法“荼毒”一番。两个弟弟始终在一旁幸灾乐祸状地嬉笑，扯完痧，母亲又从砂罐舀出一碗辣蓼汤，强行让我喝下去。

辣蓼是苦辣的，鱼虾们大概也害怕吧？盛夏的中午，日头亮得发白，躺在竹椅上乘凉，望着天边孤零零的白云，便突发奇想。我来到地沟边扯了好几捆辣蓼，放入搪瓷盆，用捣衣棰棰出汁液，叫来大弟，端着搪瓷盆，顶着毒辣的阳光直奔不远处的池塘。池塘明澈见底，天光云影徘徊其间，能清晰看见水中细小鱼虾，稍稍听到声响，它们便倏地一闪，隐在水草中去了。我们在池塘边围一个小坑，将盆里浓稠的绿汁缓缓倒入坑中，水坑很快染绿了。果然，鱼虾们接二连三翻着肚皮蹿上来，双手将鱼虾捞起，不多会竟有了小半盆。母亲第一次不因我们弄一身湿泥而责罚，而是乐呵呵地从地里摘了青椒和紫苏，给我们打了一顿肠胃长久寡淡后的牙祭。这牙祭的滋味，至今余香在口。多年后，一家人陪着垂垂老矣的母亲围桌闲话，我依旧唾沫飞溅说起这段往事。

对童年的我而言，母亲手中的辣蓼最大好处是用来做酒，逢年过节时能喝上自酿的甜酒。辣蓼开花前，母亲从水沟里割回成捆的辣蓼，在阳光下暴晒，干透后收藏起来。年节到来时，母亲先用升子量一两升米，在石磨上磨成米粉，将米粉倒入团箕，再加几把干辣蓼捣碎，加水后与米粉搅拌，随后又是一连串的工序：上臼、上框压平、切块、滚角、接种、入缸保温培养、出缸入匾、上蒸房、晒药，酒药才算做好。做甜酒是随后两三天的事。在前一天母亲将糯米洗净，用井水泡一晚上，第二天清早，她在屋外靠墙处临时用砖头搭建的柴火灶上架上大铁锅，倒入清水，再将一个圆柱形的大木甑放在锅上，倒入泡过的糯米，盖好甑盖，点燃柴火后，我在灶边添柴，不能熄火，母亲时不时用筷子将糯米饭散开，有时还会舀了清水洒上去，等糯米饭不很热时，酒药终于上场了，母亲先将几个鸡蛋状的酒药捏碎成粉，均匀撒在米饭里，再将米饭装入旁边早已洗净的坛子，盖上盖子密封，坛沿上加了水抬到里屋。大约八九天后，揭开坛盖，一股香甜甘醇的酒味直扑口鼻，甜酒便做好了。甜酒再密封收藏久一点，便能酿制烧酒，不过烧酒是父亲和家里来客们的专利。父亲醉意朦胧喝到得意时，常与客人聊到辣蓼："酒好不好，酒药是关键。自家用辣蓼做酒药酿的酒，喝了不上头，比外头买的白酒好。"

"少年辛苦真食蓼，老景清闲如啖蔗。"我与辣蓼在年少结识，而今行将步入天命之年，该有"如啖蔗"的清闲啖蔗吧？

选自《星火》2021 年第 3 期

我看见世上最美的夕阳

骥　亮

安静小城

我们抵达铜鼓县城的时间，是晚上十一点半，早已错过了饭点。

这是一个极其安静的小城，没有高楼大厦和宽大的马路，没有迷人的夜景，只有一条小河，穿城而过。

我们饥肠辘辘，想要找个夜宵摊填填肚子，但在开车绕了几条极其安静的街道后，我们开始担心这种突然的闯入，会吵醒入睡的人，打破小城的宁静。

好在，我们在路过下一条街道时，发现了藏在深处的一个院子里还亮着灯，于是把车停了下来。在院子入口处的夜市摊，我们压低嗓门点了些烧烤，之后又被隔壁夜宵摊老板娘的热情感染，炒了几道小菜。

同行诗友抹着嘴说，没想到这辈子最好吃的羊腿，就在凌晨一点的铜鼓。

我点头，笑了笑，脑海开始搜索和这个小城有关的所有记忆。

当初大学毕业参加省里公务员考试，在填报岗位时，我的目光至少在铜鼓这个地方停留了十几分钟。我也不知道为什么，对一个地名特别的城市，我总会有某种先天的迷恋，比如铜鼓，这个一看就让人联想到乐器的小城。

我没有想到，最安静的小城，就躲在这，一场迟到了十二年的相遇，来得静悄悄。

东浒村人

当我再次回到古樟树下时，没有抬头看那些绿色的“云朵”，而是把目光投向了四周。

不远处的稻田里，一只公鸡在枯黄的禾蔸丛中懒散地走着，或许是为了找几只虫子吃吃，或许只是简单地散散步。

田塍上，有人提着相机，不断地往后退，准备挑选一个绝佳的拍摄角度，突然，一条黑色的狗，好奇地钻进了画面。

稻田的隔壁，成片的残荷像无数枝长短不一的笔，在静静地书写着 2018 年的深秋。

乡村小道上，一家三口在收稻谷，已经忙碌好一阵子了。先前穿围裙、裹着头巾扫谷子的母亲，此刻如释重负，已把头巾摘下，不时和路过的村民聊着闲天。大约十五六岁的儿子，和父亲几乎没有交流，但父子俩倒、装、抬稻谷的一连串动作，配合相当默契，一袋袋稻谷，就这样在大板车上堆成了一座“小山”，然后被安静地押送回家。

笔会开始的时候，我们三十多个人在古樟下围成了一个弧形，或蹲或坐，开始读诗，听风，一起看夕阳。

一名小男孩，在稻田边跑啊跑，试图分散我的注意力，结果把自己给摔了一跤。但在他爬起时故意只给了我一个后脑勺，很快，他似乎又觉察到某种异常——衣服的后背沾满了苍耳，于是，他来不及穿那只刚从右脚脱落的鞋，就开始一颗又一颗地清除那些该死的苍耳。

我静静地看着这名小男孩，看着他的背影，仿佛看到了二十多年前的自己。

选自《星火》2019 年第 1 期

向牛致敬

侯志明

一想到即将进入辛丑之年就一遍遍想到了牛，想到了塞北的牛。

我打小就和许多牲口打交道，所以很了解它们的一些习性。尤其是牛。

说这句话，可能有人觉得别扭，怎么打小就和牲口打交道？是的。因为小时候我们生活在一个半农半牧的地区，为了生存，家家都要养几头牲口。比如马、驴、骡、牛等，我们家都养过。

养活这么多的牲口，是件不容易的事。勤快的人家会越养越多，懒惰的人家只能越养越少。我们家属于前者。

就从我们饲养过的牲口来说，牛是最省事的。它不像马。马只要不干活，或者说只要有空，就不住嘴地吃，晚上也从不躺下休息一会儿。驴骡也是这样。但牛不同，吃饱了就会躺下休息，一边休息，一边不慌不忙地咀嚼吃到胃里的东西。只是每次躺下的时候，会毫无例外地长吁一口气，仿佛要吐出一天的劳累或者心中委屈。

牛有委屈吗？我曾问过母亲。母亲像叙述她亲自经历的事一样告诉我：牛原来是天上的一位神，玉皇大帝看到人们为了活命，天天干活，很辛苦，就派了牛到人间传话：一周七天，五天休息，两天干活儿。可是牛太笨，把玉皇大帝的话传反了，传成了两天休息五天干活儿。玉帝知道后十分生气，把牛喊来，抬腿一脚踢到了牛嘴上，把牛的上牙给踢掉了。所以牛从此就没了上牙，只有下牙，而且把它发配人间，帮助人们干重活。牛很后悔很责怪自己的笨，一躺下就想起这件事，就要长长出一口懊悔的气。

母亲讲的，我虽然觉得不符合温柔敦厚的牛的性格，不相信，但有意思、好玩，所以至今记得。

牛干活时从不贪婪地去找东西吃。因为没了上牙，笨嘴笨舌，夏天的小草基本吃不到，冬天多数时候吃的也是最廉价最粗糙的小麦秸秆。只有在春天耕种时太劳累了，才见父亲会给它加一点菜籽榨油后残留的麻饼。这时，我会看见它闭了眼，一边慢慢地咀嚼，一边流出口水来，想必那是珍惜感恩的口水吧。

除了牛，我没见过我们家养的其他牲口流口水。

鲁迅有句名言都知道，说牛吃的是草，挤出来的是牛奶、血。其实它吃的是所有牲口不吃的草，干的是所有牲口不愿干的活儿或者说干不了的活儿。它给人的也绝不只是奶和血，还有皮、毛、骨。

皮，自不需说，今天也没有几个人离得开。许多我们今天不再用的，在我小时候是家家无法离得开的。比如冬天炕上铺的毡子，御寒的窗帘，过冬的棉袜子、毡靴子，都是牛毛做的。牛毛更是蒙古包的主要材料。连牛骨头人们也从不舍得扔掉，总要攒起来，拿到供销社换回生活的必需品。

牛也是我们家最大的帮手。它不但比马比驴能负重，而且也认干。比如耕地，我曾问父亲，为什么不用马和驴？父亲告诉我：牛，劲大，有耐性，好使唤。

羸羸老牯牛，

默默数春秋；

田里禾苗壮，

一步一点头。

父亲大概不知道，牛的美德，自古就有赞美的诗。

在我的印象中，不管是干活还是走路，牛从来都是不慌不忙，从来都是踏实认干，甚至有点温良恭俭让。我也见过牛发脾气，那是在被牛虻叮咬后，它会挣脱一切羁绊，哪怕是正在拉的犁、正在拉的车。它跑时会把尾巴直直地向上竖起来，不顾一切，直到甩掉它的敌人。就像我们平时说的脾气大的人发脾气并不可怕，可怕的是老实人发脾气，一旦发了，如雷霆万钧山崩地裂地吓人。牛有时候会这样，但很少见。即使这样，我认为它的性情也是最温和最通人性的。知道了牛的性情，便觉得“做革命的老黄牛”“做人民大众的牛”这两句口号真好！

从我记事起，我们家杀过鸡杀过猪杀过羊，但从来不曾杀过牛。即使它们老了，老得不能再为主人干活了，父亲也从来没有把它们宰了吃。尽管那时我们家也缺吃，尽管当地的人都认为，老牛力尽刀尖死才是牛的归属。当然，父亲也不会让它们不干活白白地终老。父亲会以很便宜的价格卖出去或者交换出去。这虽然对牛无意，但对饥饿年代的父亲及其他的七口之家来说也算不易。

我们家不杀牛，并不意味着不吃牛肉。在大集体、生产队时，逢年过节，我们最欢喜的就是生产队杀牛宰羊。因为那是我们唯一可以吃肉的机会，可以打牙祭的时候，除此之外，别无他法，别无指望。

我就清楚记得，有一次，又要过什么节了，生产队又准备杀牛。这次杀的是一头个头不大，还在奶着一个不到一岁小牛犊的母牛。它是一头黑色的、瘦瘦的、头上长着一对细小的角的牛，因为它的前腿跌断了，一天比一天瘦了起来，所以生产队决定把它杀了给大家过节。

早晨，当几个黑脸的汉子，把它从圈里牵出来时，一向温顺灵性的它，似乎意识到了什么，忽然左突右蹦、前冲后踢起来，似乎完全忘记了自己的一条腿已经断裂，断裂的腿还在流着血，表现得十分威猛。它可能觉得在脑袋都要掉的时候，流血算不了什么，一条腿算不了什么。它这一闹，许多人惊呆了。就连手里拿着刀的屠夫也有点胆怯了，满脸的横肉拧在一起，两只手也瑟瑟抖了起来，刀也掉到了地上。就在人们不知道如何是好时，这头牛突然又变得乖顺起来。它左瞅瞅右看看，仿佛在求救，又仿佛在寻找它的孩子。当在场的人再次被震惊并震惊得说不出话来的时候，它昂起头“哞”地叫了一声，然后“扑通”跪到了地上，接着，眼泪扑簌簌地流了出来……之后，它没再做任何挣扎。

那天，当我把该分的肉拿回家时，并没有往日的兴奋。我的脑子完全被那叫声被那眼泪和那一跪占据了，挥之不去。

直到中午，当牛肉在锅里快煮熟的时候，我听到外面传来异样的声音，像哭声，像嚎叫。

我推开门，走出院子，看见的是，晌午的牛群正在回到村里，正准备到井台饮水。路过刚刚杀牛的现场，头牛或者看到了什么，或者闻到了什么，总之它发现了自己的同类自己的亲人的血，于是它第一个昂起了警觉的头，放声嚎叫起来。其他的牛，无论是嬉戏的，无论是低首缓行的，无论是正在喝水的，听到嚎叫，全部停下了脚步，一样警觉地昂起头，发出粗壮的、声音各异的嚎叫。有的牛还把脚深深地插入土里，愤怒地将土抛向天空抛到背上。所有的牛先是嚎叫，继而号哭，此起彼伏……

几十年过去了，那场面至今难忘，那声音依然清晰地在我的耳际回响，令我一天天感觉到，牛一点不像牲口，牛更像人，人应该向牛致敬。

牛年好种田，中国农民千百年来挂在嘴上的这句话，与其说寄望天时，毋宁说笃信牛性：吃苦耐劳忠厚善良一定与吉祥相伴！

选自《青年作家》2021 年第 3 期

鸢 尾

管 弦

我对鸢尾的关注，源于清代诗人高鼎的《村居》：“草长莺飞二月天，拂堤杨柳醉春烟。儿童散学归来早，忙趁东风放纸鸢。”

这样的诗儿，分明就是一幅明朗生动的画儿呀。沉浸在诗画中，我还特别喜欢听孩童朗诵这首诗，清嫩奶绵的声音里，透出无比的欢喜与纯洁。鸢，也早就跳进了我的脑海。

鸢即老鹰，纸鸢则泛指风筝，是一种纸做的形状像老鹰的风筝。鸢尾开出的花儿，就很像老鹰的尾儿，这也是她被称为鸢尾的原因。她一般有白、紫、蓝、黄等各色，花瓣常为六瓣，有三瓣花瓣上长有浅浅淡淡的与主色调不一样的花纹，与没有花纹的三瓣相间排列着，花儿由此展现了立体感和层次感。微风过处，花瓣儿也有一丝微微的颤动，真像了一只鹰，盈盈欲飞。

我常常在春天的草丛中，目不转睛地注视她，我看到的多是开着纯净白色或明亮紫色的花朵的她，花间的花纹或淡紫、明黄，或浅棕、粉白。有时，一滴清润的露珠儿寻上花瓣，抖一下，摇一下，又无声地滑入泥土；有时，一只小飞虫扑上茎叶，静一下，动一下，又张开小翅飞走了。我闭上眼睛，想象着他们与鸢尾亲吻相拥的感觉，是不是透着光与影缠绕和交织的欢愉呢？再睁开眼睛，鸢尾也静悄悄地看着我呢。我迎向她的目光，却不敢将她拥入怀中，因为我知道，她有毒。

性味辛、苦、寒的鸢尾，全株都有毒，毒性最大的部分是根茎和种子，尤其以新鲜的根茎更甚，根茎和花儿的汁液也都有毒。她对每一类生命都有影响。牛和猪误食了她，会出现泻下、呕吐、消化器官及肝脏炎症等。人类服用鸢尾中毒的症状则是恶心、呕吐、腹泻等，孕妇可致流产，心、肺、肝、肾、脑功能不全者及妊娠期是必须禁用鸢尾的，否则，生命会很快走向终结。

理所当然地，鸢尾成了中国现存最早的药物学专著《神农本草经》中的“下品”，下品为佐使，主治病以应地，多毒，不可久服，可除寒热邪气，破积聚，愈疾。鸢尾也确实上能清利咽喉，下可消积通便，清解热毒之力颇胜，临床上多将她用于治疗咽喉肿痛、食积胀满、便秘等症，她还具化瘀止痛之功，可以治疗跌打损伤。当然，若是因病不得不服用她的话，须得严格掌握使用剂量。《贵州民间药草》把剂量控制得很精确：“成人不能超过一钱，小儿不超过三分。”若要采摘她，最好穿戴上专业防护用具。

这么美，这么毒，却又这么有用，鸢尾的风格便有了孤寂冷峻的炫目，也让一些说不清道不明的邪毒惧怕。在古代，她还是驱鬼祛邪的法宝之一，《神农本草经》说她主治“蛊毒邪气，鬼疰诸毒，破症瘕积聚，去水，下三虫”。中国历代医家陆续汇集而成的医药学著作《名医别录》说她可以“杀鬼魅，疗头眩”。她的治疗形式，也比较奇特，唐代医药学家陈藏器的《本草拾遗》中有记载：“飞尸游蛊着喉中，气欲绝者。鸢尾根削去皮，纳喉中，摩病处，令血出为佳。”把削去皮的鸢尾根，放在喉中病处摩擦至出血，便可达到消除蛊毒邪气的效果，也确实是很神奇啊。不过，这种治疗方法也是让人感觉比较难受的，咽喉部本来娇嫩，要摩擦至出血，也是很疼痛的，出血后可能会带来黏膜溃烂等新的不适，都会增加患者的痛苦。据说，古人做这些疗法时，都小心翼翼地把持着。他们会选中一处好地方的鸢尾，穿上特殊的服装，戴上特殊的手套，轻摘轻放，精心制作，用心地把她们用到患者身上，唯恐有任何一丝闪失。这样谨慎周全的做派，除了防毒治毒的需要，也饱含着他们对人类和鸢尾之生命的敬畏。

而鸢尾，也没有辜负古人。在向阳生长的娇美柔弱中，在如同老鹰俯身啄食一般的尖锐生猛中，她慢慢衍生出独特的力量。鸢尾，仿佛是黑暗中的孤独舞者，展示出一种近乎挣扎的姿态，洋溢出新鲜的活力与动感，而内心，却充满了无语的倾诉。这样想着，我的眼前，似乎有一道金光闪过，荷兰画家文森特·凡高的《鸢尾花》和《插在瓶中的鸢尾花》赫然出现，那挣动的花朵、浓密的花叶、蓝紫色与亚白色的馥郁芬芳、在旷野或瓶中的傲然盛放，无一不以精彩的形象、鲜明的色彩、细致多变的线条，迸发出强烈而深厚的情感，融合在清新和谐与律动激昂的画面里，饱绽着永恒的生命力。

这都是大自然赐予我们的爱啊，这样的爱，已经足够我们保持对每一个日子的热烈而长久的渴望与向往。光明，已经从黑暗中闪射出来了，磅礴澄澈，深邃放达。

再一转头，我与《村居》里那散学归来的孩童遥遥相遇，他们小巧而灵动的身影儿，奔跑在春风里，手中牵着风筝的线，任风筝飘到最高最远。那么多的欢声笑语，随着美丽的鹰，都飞上了理想的蓝天。

看着，想着，我也渴望放风筝了。

选自《湘江文艺》2021 年第 3 期

一只山雀也有它的理想

申赋渔

我一直在想：鸟儿有没有理想？

在我家厨房的天花板上，住着一窝山雀。工人在给厨房吊顶的时候，多打了一个出风口，从墙外能清楚地看到这个洞。我不反对鸟儿在我的屋檐下、窗口或者任何一个角落里搭窝，我甚至很喜欢鸟儿来搭窝。这是它们对我的友善与亲近，我希望它们利用这个洞。我以为工人在吊顶时，会从里面把这个洞堵上，然而他没有，所以鸟儿并不是把窝建在这个洞里，而是从这个洞深入我的房间，窝就搭在我房间的天花板上。这么一来，天花板就成了一块葱郁的草地，一个隐蔽的灌木丛，甚至一小片幽暗的树林。

我长时间坐在厨房的餐桌边，倾听着头顶上小鸟们的动静。我吃饭原本就很简单，极少煎炸炒烹，油烟机也很少打开，现在更是尽量不发出动静。我泡一杯茶，拿一本书，一大早就安安静静地坐着。

在我醒来之前，小鸟早已醒了。鸟妈妈不断地从窗口掠过，给小鸟送小果子和小虫。只要鸟妈妈一过来，头顶立即变得喧闹。这一窝至少有四只小山雀，鸟妈妈一定忙坏了，整天都在觅食。偶尔，它会在外面的栾树上歇一歇。它没有鸣唱，只是“咯咯”地咂着嘴，仿佛在思索或者叹息某个棘手的难题。生活就是这样，每家都各有困扰。

巢中的小雏鸟是自在快活的。它们断断续续地发出细嫩的“咿呀”鸣叫。鸟类学家们称之为“次鸣”。这是雏鸟在学着鸣唱。它在唱给自己听，一边听，一边完善自己的曲调。对于雏鸟而言，这是它一生中关键的时刻。如果错过了这个时间，它大概永远也学不会好听、精准、有意义的鸣唱了，它会变成哑巴，甚至无法生存。虽然许多鸟儿的鸣啭是天生的，可是天生的曲调也要练习。在本能的鸣叫之外，歌唱的本领也有高下。这个高下，将决定它们的未来。

山雀要学会一种别人听不到的高频呼叫。那是一种奇怪的“咝咝”声。当大型捕食者或者某种巨大的危险迫近时，山雀就要发出警报，让同伴们赶快躲避。我相信，当我无所事事地坐在厨房喝茶时，雏鸟们已经开始尝试这种性命攸关的呼叫了。它们天生知道自己应该怎样做。

与山雀相比，人类在这一点上显得有些茫然失措。我们有时对悄然而至的危险一无所知。我们面临的最大危险恰恰是来自我们的同类。我们很难发出类似于“咝咝”的警报声，人与人之间没有这样诚实的约定。我们发不出，即使发出了，也很少有人在意或明白。我们只好一次又一次地看着悲剧在身旁上演。我们不像鸟儿那样爱自己的同类。

山雀另外要学的一个本领，也让我深受启发。我们或多或少地，都会处在某种噪音之中。噪音无处不在。每当此时，我们除了加大嗓门，制造更多噪音试图将其压制之外，似乎别无办法。如此一来，噪音层层叠加，最终谁也听不清谁，人人都变得愤怒。而山雀不是这样的。每当噪音增大时，山雀们从来不加大自己的音量，而是改变自己鸣啭的频率，用一种更加清晰的声音对话。它们鸣唱的对象只是同类，对于其他鸟类或者动物，声音的大小毫无意义，甚至只会带来威胁。

事实上，噪音对于人类的危害要比对鸟儿大得多。鸟儿们耳蜗的毛细胞会定期更换，如果受到了损害，它们总能自我修复。可是人类则不能。如果我们耳蜗的毛细胞受伤了，就只能坏掉，不能重生。我们对此却很少在意。我们已经习惯于喧闹，并在这喧闹声中不断地提高嗓门。人的年纪渐长，受到的损害也逐渐堆积，听力越来越弱。而我，大概很快就听不到小巧灵动的戴菊鸟高频的鸣唱了。我们总试图让别人更多地听见自己的声音，同时却又关闭着自己的听觉。然而每一只鸟儿都知道，发出声音是为了对话。

无论在怎样恶劣的环境中，一只山雀总能接收到另一只山雀的频道，一只山雀总会懂另一只山雀，哪怕它的声音再细微，它表达的意思再曲折，它想诉说的情感再绵长。

芒种刚过，正是山雀的鸣唱最婉转动听的时节。这是恋爱的季节。所有恋爱中的雄鸟，大脑都处于一种兴奋之中。它们的歌声变得更缠绵、更明亮，变得千回百转。它们全身的力气都用在歌唱上，大脑被歌唱的冲动完全占据了。每天早上，我都被这些让人痴迷又心碎的歌声叫醒。这是一天当中最美好的时刻。

天还没有大亮，我处在睡梦与醒来的边缘，然后就听到乌鸫的鸣叫。它的歌声很独特，圆润、晶莹，尾声又带着一种历经沧桑的嘶哑。它显示出青春的甜蜜和冲动，又带着一种令人忧伤的深沉。乌鸫在哪里呢？听不出来。它在地上跳跃着，从一个地方换到另一个地方，它不停歇地歌唱，追逐着另一只矜持又高傲的乌鸫。

这时候不要起床，还早。眼睛也不要睁开，用耳朵去听。乌鸫的歌声只是起了一个头，歌手们正陆续赶来。

“叽咯叽咯”，这是大山雀。大山雀就在屋后这棵高大的栾树上。它一直重复着同一个单调的旋律，等你有些厌倦了，它调子一变，突然就吐出一串柔美抒情的音符，像是飞快地说了一句情话，又立即装作若无其事。然而另一只山雀对此却心知肚明。整个春天里，它们一直不知疲倦地玩着这个情感游戏。然后，到了夏天，一窝叽叽喳喳的小鸟儿就诞生在我的天花板上。

尾随着大山雀歌声的是相思鸟。它才是真正的歌唱家，什么样的调子对它来说都轻松自如。每个音节之间都几乎不需要过渡，直接滑过去，又是无懈可击的动听。甚至来不及听，一连串的音符已经像泉水一样流到心里。相思鸟不是唱给我听的，然而我还是被它的多情深深打动。所有美丽的声音背后，一定饱含着最真的爱恋。

相思鸟的情歌很快被一只金丝雀打断。它突然吐出长长的一串颤音，它的歌词绵长得无边无际，它不用换气，不停歇地表达着内心的欢喜。这种喜悦是不管不顾的，是淋漓尽致的，又是曲折灵动的。在这扣人心弦的颤声之中，它突然又唱出几个高音，就像春花次第开放的原野上，突然长出几棵挺拔的小树，树上满满的都是花朵。金丝雀的雌鸟很少歌唱，即便唱出来，也单调无味。可是它喜欢雄鸟的长歌。雄鸟的歌声越是繁复，雌鸟筑巢的速度越快。在最兴奋的时候，它们之间相互沟通的，是人类听不到的一种声音。它们喜欢用高频的颤音对话，这是不被打扰的情话，也是幸福的顶点。爱不是一种简单的情绪，它是一种无与伦比的动力，推动并改变着彼此的命运。

可是这动力，不是无限的。鸟儿的大脑承受不了这种可怕的、疯狂的燃烧。大脑能量的消耗是惊人的。人类的大脑在启动之后，它动用的将是人体20%的能量。鸟儿和人一样会消耗巨大的能量，它们大脑的容量要小得多，所以更加不能承受这样的激情。好在，鸟儿比人类更有谋略，它们会关闭自己的大脑。恋爱季节一过，它控制鸣唱的中枢神经就开始萎缩，直到第二年的春天，再重新生长。如果不这样，它们对情感的激烈投放，会毁灭自己。人类永远做不到那样收放自如，所以人类不会像鸟儿那样浓烈，也不会像鸟儿那样宁静。人类总是备受情感的煎熬，在一种胶着的痛苦中寻找稍纵即逝的安慰。

人类对鸟儿之间的浓烈之爱与美好表达是羡慕的。伟大的音乐家莫扎特，曾经用音符记录椋鸟的鸣啭。田园诗人约翰·克莱尔也曾用词句描写夜莺的歌唱。人类的音乐与诗歌根本不能表达鸟儿鸣唱的精妙，我觉得并不是人类的手段不够高明，而是我们对鸟儿的情感一无所知。

鸟儿其实是用生命在歌唱。它们在歌声中寻找恋人，在歌声中努力生存。鸟类学家克雷布斯和他的同仁们用一系列繁复的试验证明，一只鸣啭动听的山雀会占有更大的领地，会拥有更多的配偶，会活得更加长久。

在我的头顶上，小小的山雀一直在鸣叫，一丝不苟，认认真真，反反复复。在学会飞翔之前，它先要学会鸣唱。

在这鸣唱里，寄托着它们对未来的理想。这是个什么样的理想呢？我并不同意鸟类学家们的意见。

我认为小鸟儿只是希望在长大之后，能有另一只鸟儿和它好好说话，彼此什么都懂。

选自《解放日报》2021 年 8 月 1 日

编后记

2021年度中国精短散文选编本，就要付梓。

我们依然是顺续上一年年选选稿的时间段：从2020年10月到2021年10月。

根据所选全部作品内容，依次划分：历史文化类、情感类、自然地理类。

我们期待更加多元、更多维度地展现更为广阔的文学视野、更为深刻的人文关怀。

感谢作家给予我们深厚、温暖的文字。感谢广大读者的关注与支持。

编后赘述，以此说明编者综意。是为记。

编　者

2021年11月27日

2021 年选系列封面绘图画家介绍

黄菁 广西艺术学院美术学院教授，中国美术家协会会员，广西美术家协会理事，漓江画派促进会理事，中国南方油画山水画派研究院研究员，北京当代中国写意油画研究院理事。

《侗家鼓楼》 黄菁　60 cm × 80 cm　布面丙烯、油彩　2018 年

黄菁画作短评

（黄菁）不会把自己设计在一个既得的视觉符号里，以此换得所谓风格的建立，即便建立了符号或图式，他也会在有新鲜视觉到来时搁置它而另开新局。因为黄菁忠实于自己的感受，相信作品的独立价值。他认为每个画家都有一定的概念惯性和思维，这其实是风格、特点确立的基础。然而好画家却往往是在建立概念后，打破概念，再建立概念的循环渐进中确立自己并找到快乐的。因而黄菁选择一个题材一种画法的时候，也会很在意它是否可持续发展，是否有开拓专题的前景。

——刘新（广西艺术学院教授）

图书在版编目（C I P）数据

2021 中国年度精短散文 / 葛一敏主编 .-- 桂林：漓江出版社，2022.4

ISBN 978-7-5407-9228-2

Ⅰ. ① 2… Ⅱ. ①葛… Ⅲ. ①散文集－中国－当代 Ⅳ. ① I267

中国版本图书馆 CIP 数据核字（2022）第 041527 号

2021 ZHONGGUO NIANDU JINGDUAN SANWEN

2021 中国年度精短散文

葛一敏　主编

出版人：刘迪才
责任编辑：刘红果
书籍设计：石绍康
责任监印：张璐

出版发行：漓江出版社有限公司
社址：广西桂林市南环路 22 号　邮编：541002
发行电话：010-65699511　0773-2583322
传真：010-85891290　0773-2582200
邮购热线：0773-2582200
电子信箱：ljcbs@163.com
微信公众号：lijiangpress
印制：北京中科印刷有限公司
［北京市通州区宋庄工业区 1 号楼 101 号　邮编：101118］
开本：690 mm × 1000 mm　1/16
印张：17.25　字数：242 千字
版次：2022 年 4 月第 1 版
印次：2022 年 4 月第 1 次印刷
书号：ISBN 978-7-5407-9228-2
定价：42.00 元